BBULMEDIA

www.bbulmedia.com

혈왕전서

血王全書

천산지사(天山之事)

3

혈왕전서

미르영 신무협 장편 소설

목차

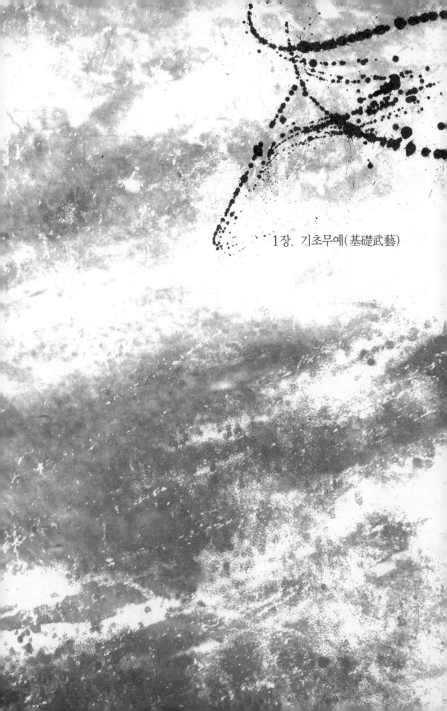

1장. 기초무예(基礎武藝)

천세결은 관조하며 마음을 닦는 비결이다.

마음을 수양하고 정심한 기운을 유지하는 것에 천세결만한 것이 없었다.

보통의 무인이라면 각자의 비결을 통한 단련으로 고도의 집중력을 보이게 하는 수련을 주로 하지만 서린은 그들과는 달랐다.

천세결이라는 특이한 비결이 있기 때문이다.

하늘을 씻어 내는 비결이라 이름 붙여진 이유가 있었다.

인간은 하늘과 같고 그것을 씻어 청정을 유지하고자 탄생된 비결이 바로 천세결.

무량광대(無量廣大)한 하늘을 한눈에 관조하고 모든 것을 살펴 원일(元一)로 돌아가게 하는 최상의 심결(心結)!

그것이 바로 천세결이었던 것이다.

마음에는 복잡한 환상이 수만 갈래로 일어났지만, 하늘을 씻어 내는 천세결은 그 하나하나를 바람에 사라지는 구름마냥 산산이 흩어 놓았다.

그런 천세결을 뒤를 이어 혈왕의 기운이 맴돌았고, 삼극정법이 견고한 의지를 굳건히 잡았다. 호흡은 사사묵련에서 가르쳐 준 방법으로 전신 모공으로 하고 있었지만, 삼극정법 안에서 천세결과 사사묵련에서 가르쳐 준 심법이 어우러져 혈왕기를 돌리고 있었다.

'환상이 시작되기 전에 맡았던 향이 영약인가 보구나.'

혈왕기가 늘어나고 있었다.

원인은 피부로 흡입되고 있는 밀혼향이 원인이었다.

밀혼향은 환상을 주기도 하지만 영약이라고 할 수 있는 기물.

연화홍령(蓮花虹靈)이라는 천년에 한 번 꽃을 피운다는 전설의 영물로 만든 까닭에 정신에 시련을 주기는 하지만 견뎌 낼 경우 자신이 가진 기운을 보상으로 주기 때문이었다. 서린이 환상을 극복해 내자 연화홍령의 기운이 혈왕기를 자극하는 것과 동시에 흡수되고 있었던 것이다.

혈왕기가 늘어나자 서린은 세 가지 심결에 집중했다.

다른 형태이면서 혈왕기의 움직임을 통해 세 가지 심결이 일맥상통한다는 것을 알았기 때문이었다.

'어쩌면 연혼이라는 것이⋯⋯.'

지금 하는 수련이 연혼이라고 하는 것에서 뭔가 느껴지는 것이 있었다. 서린은 하나로 합일 시킬 실마리를 찾자 의식 깊숙한 곳으로 침잠해 들어갔다.

　'제일 먼저 삼매(三昧)에 들다니 정말 대단한 놈이군.'

　정신적 고통에 빠져 아직까지 허우적거리는 다른 수련생들과는 연혼을 시작한 지 두 시진이 지나지 않아 달리 안정을 찾아가는 서린을 보며 밀혼영주는 감탄을 금할 수 없었다.

　지금까지 수련생 들 중 가장 빨랐던 이도 하루가 지나서야 안정을 찾을 수 있었기 때문이었다.

　'양을 좀 더 늘려야겠군. 어차피 이번 놈들이 마지막이니 전부 써도 상관없겠지.'

　이번 기수가 마지막이기에 밀혼영주는 남아 있는 밀혼향을 전부 쓰기로 했다. 서린이 얼마나 견딜지 궁금하기도 하지만 묘한 승부욕이 밀혼영주를 자극하고 있어서였다.

　밀혼영주는 여섯 시진에 한 번씩 밀혼향을 피웠다. 열두 시진에 한 번이던 것을 두 배로 높인 것이다. 거기다가 서린의 주변에 삼재의 형태로 향로를 가져다 놓고는 두 번째 향을 집중적으로 피웠다. 그렇게 밀혼향의 사용량을 높였지만 서린의 편안한 표정을 바꿀 수는 없었다.

　날이 갈수록 수련생들은 야위어 갔다. 흡수되는 밀혼향의 기운이 육체가 무너지는 것은 막았지만 정신의 고통이 그들의 살을 메마르게 하고 있었던 것이다.

서린도 말라 가는 것은 마찬가지였다. 혈왕기가 밀혼향의 기운을 흡수하면서 육체에 돌아가야 하는 것을 최소한으로 제한하고 있었기 때문이었다.

다른 수련생들과 마찬가지로 비쩍 말라 가면서도 편안한 표정을 짓고 있는 서린의 모습이 이율배반적이었기에 밀혼영주는 혼란에 빠져들었다. 도저히 서린의 상태를 짐작할 수 없었지만 밀혼향을 피우는 양을 줄이지는 않았다.

혈왕기가 커 갈수록 세 가지 심결이 유기적으로 맞물려서 돌아갔고, 서린의 명상은 더욱 깊어졌다. 백 일이 다 되어 가는 연혼의 수련 중 어느 날 서린은 모든 것이 하나로 관통하는 느낌을 받을 수 있었다.

'아!! 이것은 하나로구나. 각자 다른 흐름이지만 모두가 거대한 대자연의 흐름에 속한 것이로구나.'

세 가지 심결이 연결되어 하나가 되는 순간에 깨달음을 얻을 수 있었다.

천세결이 그렇고, 삼극정법이 그랬다.

사사묵련의 심법도 모두 자연의 흐름을 표현한 것이었다. 모두가 하나로 녹아들고 있었고, 그런 과정을 분명히 알 수 있었다. 불안하기만 하던 혈왕기도 그 흐름을 따라 벗어나지 않았다.

'으음, 이것을 천세혈왕삼극결(天洗血王三極結)이라 해야겠구나. 사사묵련에서 알려 준 심법의 이름을 모르나 삼극정법의 테두리 안에 있으니 그리하기로 하자.'

서린은 자신이 지금 운행하고 있는 심법의 이름을 붙였다. 한 가지 기운의 운행 경로와 세 가지 심법이 합쳐진 심법이었다. 드디어 서린은 자신만의 심법을 만든 것이다.

'나만의 심법을 얻었으니 다행스러운 일이다. 스스로 얻을 수 있을 것이라고 하시더니 할아버지의 말씀 맞는 것이었다. 알 수 없는 향 때문에 혈왕기도 늘어나 앞으로 고련을 거쳐야겠지만 앞으로는 수월하게 다룰 수 있겠구나.'

서린의 의식 속에 봉인되어 있는 세 가지 고대 비예 중 하나는 이미 깨어났다.

그것이 바로 혈왕기다.

나머지 두 가지는 혈왕기를 의지대로 사용하는 비결이다.

오직 천우신경이 있을 때만 깨우는 것이 가능하기에 제대로 사용할 수가 없는 상황에서 다행스럽게도 혈왕기를 다룰 수 있는 심결을 얻었다.

탄기선봉으로 기를 느끼고, 천간십이수로 기의 운용을 배웠던 서린은 기의 운용에 있어서 어느 정도 자신 있었지만, 혈왕기를 제어하는 것은 쉽지 않은 일이다. 할아버지에게 배운 삼극정법이 있기는 했으나 사실 그것만으로 혈왕기를 이끌 만한 것은 되지 못했는데 이제는 아니었다. 삼극정법의 새로운 묘용을 깨달은 것이다.

'으음, 할아버지가 자신에게 알려 준 것은 삼극정법이 다였으나 그것이 가장 큰 공부이자 전부였다. 삼극정법이 고대부터 내려오는 동이족의 유산중 하나라고 하시더니…….'

새롭게 알게 된 삼극정법의 현묘함은 그 오떤 심결도 따를 수 없는 것이었다. 혈왕기와 철한풍 같은 기운을 갈무리하는 것은 물론이고, 천세결이나 사사밀혼 심법을 아우를 수 있다는 것이 그것을 증명했다. 이런 사실을 깨달은 서련은 할아버지에게 감사하지 않을 수 없었다.

'하하하, 그동안 불안했는데 이제는 웬만한 무예들은 마음 놓고 익힐 수 있겠구나.'

삼극정법을 바탕으로 자신이 기초를 정립한 천세혈왕삼극결(天洗血王三極結)이 무척이나 마음에 들었다.

꿈틀거리는 혈황기를 다룰 수 있게 됐으니 무예를 익힐 수 있고, 마음 놓고 펼칠 수 있게 됐으니 기쁘지 않을 수 없었다. 더군다나 적이라고 할 수 있는 자들의 안배를 통해 얻은 것이니 마음속으로 환하게 웃음 지을 수 있었다.

'나름 쓸 만한 것들이니 그동안 배운 것들을 정리해 보자.'

서련은 급히 마음을 추스르고 심상 속으로 빠져들었다.

철한풍을 맞으며 정리한 천간십이수와 비연선자의 절기들을 되새기기 위해서였다. 이렇게 서련이 새로운 세계로 접어들 무렵은 연혼을 시작한 지 팔십여 일이 지나는 시점이었다.

서련이 연혼의 수련을 마치고 자신만의 무예를 정립해 가고 있었다면 다른 이들도 나름대로의 성취를 얻고 있었다. 다들 들어오기 전부터 무예를 익히고 있던 자들이라 뛰어난 심법을 얻고 정신이 단련이 되어 가자 새로운 경지로 접어

들고 있었던 것이다.

'매일 보고 있는 나조차도 믿을 수 없는 지경인데 상부에서도 믿을 수는 없겠지.'

얼마 전, 수련 경과를 보고하자, 좀 더 자세하게 보고하라는 명령이 떨어졌다. 다른 기수들과는 달리 전원 강신과 연혼을 견뎌 냈기 때문이었다.

의외의 결과 때문인지 사사묵련은 이번 천금영에 소속될 수련생들의 성취에 놀라고 있었다. 인간이 가진 육체의 의지의 한계 가까이 몰아붙이는 수련이기에 그동안 많은 불상사가 있었던 것이다.

사실 이런 예는 사사묵련 역사상 한 번도 없던 일이다. 많으면 절반, 아무리 적어도 십여 명이 죽어나가는 수련이다. 수련생들 중 단 한 사람도 탈락한 사람이 없었다는 것은 불가사의한 일이었던 것이다.

'밀혼향을 더 써서 그런지 활력을 찾아가고 있군. 이제 얼마 있지 않으면 수련이 완성될 것이다.'

목내이처럼 비쩍 말라 가던 수련생들의 피부에 차츰 윤기가 돌기 시작했다.

의지로 자신의 정신을 충분히 지킬 수 있는 상태가 되자 밀혼향이 자연스럽게 육체와 하나가 되어 가고 있었기 때문이다.

백 일이 가까이 오자 극한의 한계를 버텨 낸 수련생들이 하나둘 눈을 떴다.

먼저 눈을 뜬 수련생들에게 밀혼영주는 전음을 보내 수련이 끝나지 않았다는 것을 알렸다. 다른 이들의 깨달음을 방해할 수 있기 때문이었다. 수련생들은 명상에 잠겨 자신을 관조해 나갔다. 몰라보게 달자진 자신을 추스르기 위해서였다.

그리고 마침내 백 일이 되었다. 마지막으로 눈을 뜬 서린은 자신을 바라보고 있는 밀혼영주를 볼 수 있었다.

'여전히 의심의 눈초리군. 하지만 이제는 달라질 것이다. 그동안 몰래 심기 시작한 혈왕기가 머지않아 본격적으로 활동을 하게 될 테니 말이다.'

자신의 주변에 밀혼향을 두 배나 더 피우는 밀혼영주에 느끼지 않을 만큼 조금씩 혈왕기를 주입시켰다. 거리를 두고 진력을 주입하는 것이 가능한데다가, 미혼영주가 조금은 흥분하고 있는 탓에 목표한 만큼 도달할 수 있었다.

"다들 모여라."

수련을 마치자 밀혼영주는 수련생들을 불러 모았다. 백일 가까이 가부좌를 틀고 있었지만 다들 움직이는 데는 지장이 없는 것 같았다.

"다들 무사히 수련을 마쳤으니 너희들은 이제 천금영에 배속되어 실전을 겸해 무예를 익히게 될 것이다. 너희들에 대한 기대가 상부에서 대단히 크다. 그러니 앞으로 열심히 하도록. 지금까지의 각오라면 샘나게도 천금영의 가장 강력한 조를 꾸밀 수 있을 것이라 생각한다."

"조를 꾸민다고요?"

"그래 너희들은 이제부터 흑연조(黑煙組)라 불릴 것이다.

각 영에는 모두 두 개의 조가 있다. 너희들은 그중 천금영에 속한 흑연조가 되는 것이다. 그럼 이만 나가 보도록. 밖에 천금영주가 너희들을 기다리고 있을 것이다."

그르르릉!

말을 마친 밀혼영주는 뒤로 돌아 다른 석문을 열고는 나가 버렸다. 밀혼영의 본거지가 있는 곳으로 간 것이다.

그르르릉!

기관이 돌아가는 소리와 함께 밀혼영주가 나간 곳과는 반대의 문이 열렸다.

그곳에는 천금영주가 있었다. 그는 이번에 새로이 배속받은 그의 수하들을 환하게 웃는 표정으로 맞이하고 있었다.

"하하하, 모두들 잘 끝냈다. 날 따라오도록 해라. 이제 천금영으로 가야 할 시간이다."

서린과 수련생들은 천금영으로 향했다. 회혼묵지를 가로지르는 한천빙로의 서편에 위치한 거대한 암굴이 바로 천금영의 본거지였다.

"이곳이 바로 천금영이다."

길게 이어진 석굴을 따라 희미한 빛이 비치고, 양옆에는 석실들이 줄을 이어 위치해 있었다. 천금영은 말이 영채(營寨)이지 석굴과 다름없었다.

"당분간 이곳에서 머물며 수련을 하게 될 것이다. 그런 연후 실전을 겸한 훈련에 투입될 것이다. 삶을 장담할 수 없는 원정이니 준비를 철저히 해야 할 것이다."

"어떤 수련을 하게 되는 것입니까? 그리고 언제 이곳을 떠나게 되는 겁니까?"

질문을 한 것은 서린이었다.

'지켜볼 만한 녀석이라고 생각했는데 강단 있군.'

천금영주의 눈에 이채가 서렸다. 수련을 마친 지 얼마 되지 않은 수련생이 질문을 한 경우는 이번이 처음이었기 때문이다.

"아직은 상부에서 지시기 떨어지지 않아 확실하게 말해 줄 수는 없다. 확실한 것은 너희들이 수련을 시작한 후 일 년이 되면 이곳을 나간다는 것이다. 이곳에 남아 있을 수 있는 시간이 아직까지 다섯 달 정도가 남아 있다는 말이다. 그동안 너희들은 몇 가지 무예를 수련하게 된다. 각자에게 비급이 지급될 것이고, 그걸 통해 사사묵련의 기초 무공을 익히게 될 것이다. 그리고 일 년이 되는 날 실전에 투입될 것이고 살아남는 자는 련을 위해 일하게 된다."

"기초 무공만 수련하는 것입니까?"

"아니다. 가장 기본적인 것을 끝났으니 각자 익히고 있는 무예를 수련해도 좋다. 그렇지만 내가 나누어 주는 비급을 먼저 익히는 것이 좋을 것이다. 그래야만 목숨을 지킬 수 있을 테니 말이다. 비급을 나눠 줘라."

명이 떨어지자 영자들이 나타나 수련생들에게 비급을 나누어 주었다. 수련생들의 손에는 각자 똑같은 네 권의 비급이 쥐어졌다. 뒤이어 수련생들을 이끌어 석굴 앞에 서게 했다.

"모두들 들어가라. 그리고 그 문은 다섯 달이 지난 후 열릴 것이다. 안에 벽곡단과 식수, 그리고 무예를 익히기 위한 무기들이 있을 것이다. 앞으로 실전 수련에서 살아남기 위해서는 각자 최선을 다해 익혀야 할 것이다. 너희들은 이곳에 오기 전부터 무예를 익힌 자들이지만 기초라고는 하지만 사사묵련의 무예는 차원을 달리하는 것이니 처음부터 다시 익혀야 할 것이다. 시간이 있을지 모르겠지만 너희들이 익힌 무예를 사사묵련의 무예에 녹여 내는 것은 상관없다. 그것까지 막을 생각은 없으니 말이다. 충고지만 기초 무공을 철저히 익혀라. 그렇지 않다면 첫 실전을 겸한 훈련에서 제대로 싸워 보지도 못하고 죽어 나갈 수가 있으니까 말이다. 모두들 나름대로 성취를 이루기를 바란다."

"알겠습니다."

그르르르릉!

모두들 금수주의 말에 석굴로 들어섰다. 기관 장치가 되어 있는 듯 일제히 석굴의 문이 열리고 사람이 들어서자 이내 닫혀 버렸다.

그르르릉!

쿵!

문이 닫히자 석굴이 울리는 여운이 주변을 맴돌았다.

*   *   *

'후후! 드디어 시작인가? 이제 내 나이 열여섯, 사사묵련에서는 나이를 가리지 않는다고 하더니. 열일곱 살이 되면

나도 처음으로 생사결(生死結)이라는 것을 해 보게 되겠구나.'

동굴은 캄캄했지만 그리 어두워 보이지는 않았다.

백두의 깊은 동굴에서 철한풍을 흡수하며 안력을 키운 까닭도 있었지만, 천세혈왕삼극결이 자리를 잡기 시작해 혈혈기감이 완벽해져 굳이 보이지 않더라도 사물을 인식할 수 있기 때문인 것 같다.

나는 무예를 익히기 위해 철저히 준비된 사람이라고 할 수 있다.

어려서는 남사당의 기예와 할아버지의 호흡법이라 알려주신 삼극정법이라는 심결로 기초를 단련했고, 스승님으로부터 세상에 다시없을 기의 운용을 배웠다. 두 가지를 통해 키워 온 기운을 철한풍과 융합해 최적의 상태가 되었다.

거기다가 예상치 못하게 사혼밀화와 충돌하느라 할아버지가 내게 봉인시킨 혈왕기를 깨울 수 있었으니 무예를 본격적으로 배운다면 앞으로 얼마나 성장할지 나로서도 짐작을 할 수 없는 상황이다.

눈치채지 못하게 놈들의 말단부로 잠입을 하기는 했지만, 사실 상황이 많이 달라졌다. 형으로 인해 이번 일을 자원했는데, 놈들의 손에 없는 것이 확인된 이상 계획도 달라져야 했다. 형을 찾기는 하겠지만 순서가 달라졌다. 그동안 놈들에게 당했던 민족의 치욕을 씻고 되갚아 줄 원대한 계획에 동참하는 것이 먼저가 된 것이다.

사사묵련이라는 놈들의 뿌리가 어디까지 뻗어 있는지 아무도 모른다.

사사묵련이라는 거대한 나무의 줄기라고 할 수 있는 명나라는 지상으로 우뚝 서 있어 드러나 있지만, 뿌리라고 할 수 있는 대륙천안은 이름만 알 뿐, 아직도 정체를 드러내지 않고 있는 상황이다.

내가 놈들의 뿌리를 어디까지 캐낼 수 있을지 모르겠지만 최선을 다해 볼 생각이다. 내가 놈들을 휘젓는 사이 저 멀리 요동에서는 대계가 착착 이루어질 것이고, 언젠가는 화려한 꽃을 피울 것이기 때문이다.

'이제부터 나를 단련하는 일만 남았다. 앞으로 시간은 충분하니 차근차근 나를 완성해 가면 되는 것이다. 그러면 놈들의 중심부로 다가갈 수 있을 것이고, 정체가 밝혀지면 한번에 모든 뿌리를 캐내면 되는 것이다.'

삼몽환시술(三夢幻施術)을 이용해 진짜 서린이란 아이가 전해 준 것이 사실이라면 사혼밀화와의 충돌로 난 우리 민족의 고대 비예 중 하나인 혈왕기를 예상한 것보다 훨씬 빨리 깨운 상태다. 시간이 빨라졌다는 것이 어떤 결과를 불러올지 아무도 모른다. 누구도 예상하지 못한 것이니 말이다. 예감은 아주 좋다. 혈왕기를 깨우면서 사왕의 기운을 일부 얻었기 때문이다.

혈왕기는 지극히 순수한 기운.

앞으로 내가 키워 나가야 될 나만의 기운이다.

거기다가 사왕의 기운까지 얻었다. 혈왕기 이외에 나에게 봉인된 나머지 두 가지는 어떤 것인지 모르지만 상관은 없다. 이 두 가지 힘이라면 무엇이든 할 수 있을 것 같다는 자신감이 생겼기 때문이다.

'후후후! 나머지는 인연이 닿아 천우신경을 얻게 되면 알게 되겠지. 다섯 달이면 다른 것을 정리하기에도 빠듯한 시간이다. 천우신경이 감추어져 있는 곳이 천혈옥이라고도 하고, 천장비고라기도 하니 이곳이 아닐 수도 있으니 나중으로 기약하자.'

일단 생각을 접었다. 천우신경에 대한 것은 나중의 일이기 때문이다.

내가 얻거나 익히고 있는 것들을 정리했다. 생각해 보니 새삼스럽다. 알게 모르게 많은 것을 얻었으니 말이다.

혈왕기와 철한풍(鐵寒風)은 상극이라고 할 수 있다. 서로 어우러졌으니 양기와 음기가 조화라 할 수 있다.

사왕의 힘이라는 사혼밀화는 양과 음의 이면이라고 할 수 있는 기운이니 이 또한 합일이 가능했다. 더불어 이곳 사사묵련에 와서 수련하는 동안 한천빙로와 묵사지에서 오행의 기운 또한 일부나마 얻을 수 있었다.

삼극정법(三極正法)과 천세결(天洗結), 그리고 이름 모를 사사묵련의 심법을 하나로 묶어 천세혈왕삼극결(天洗血王三極結)이라는 진결 만들었다. 스승에게서 음인수(陰引手), 탄양수(彈陽手), 절맥수(絕脈手), 그리고 교혼수(交魂手)를 통해 정반합의 묘리를 발휘할 수 있는 천간십이수(天干十二手)가 있다. 사령오아 아저씨들이 가르쳐 준 장천산행(長天山行)과 진짜 서린의 어머니인 비연선자라는 분이 남기신 창천무심행(蒼天無心行)과 곤룡수(困龍手), 그리고 제룡신편(制龍神鞭)은 한 방면에는 뛰어남을 간직한 절기다.

"사사묵련에서 익혀야 할 것이 무엇인지 한 번 살펴봐야겠다."

사사묵련에서 준 비급을 살펴보기로 했다.

손에 들고 있는 비급의 표지에는 사사밀혼 심법(死邪密魂心法)과, 무인정(無印晶), 사밀야혼(死密若焜), 참절백로(斬截百路)란 제목이 붙어 있다. 먼저 사사밀혼 심법부터 살펴보았다.

"으음, 한천빙로와 묵사지에서 익힌 것이 바로 사사밀혼 심법이었군. 그곳들이 아니면 절대 익힐 엄두도 내지 못했겠구나."

사사밀혼 심법은 책으로는 도저히 익힐 수 없는 것이었다. 그야말로 강신과 연혼의 수련으로 몸으로 먼저 체득해야만 익힐 수 있는 심법이었다. 책자에는 몸으로 기운을 체득하고 난 다음에 어떤 마음가짐으로 내기에 의지를 실어 운용하는지에 대한 것만 적혀 있었던 것이다.

"어디."

무인정은 일종의 격공장법이었다.

무음무성(無音無聲)의 장법으로 격중되는 순간 마름모꼴의 장인이 찍히는 암경의 일종이었다. 사밀야혼은 보신경의 일종이었다. 보법과 신법, 그리고 경신법(徑神法)이 어우러진 것이었다.

마지막으로 참절백로(斬截百路)!

그것은 불가해한 무학이었다. 참절백로는 사사밀혼을 이용해 나름대로 자신의 무학을 창안할 수 있는 무학비결이 담긴 요결이었다. 내가 익힌 천간십이수와 비견되는 것이었다. 다른 이들은 어떻게 해석했는지는 모르겠으나, 이와 비슷한 천간십이수를 익힌 나로서는 그 요체를 쉽게 알 수 있었다.

"앞으로 다섯 달이라고 했나? 그동안 이것들을 얼마간이라도 나에게 맞게 조금이라도 고련해 내야 한다. 진짜 수련은 다음에 있을 것 같으니 말이다."

들은 바로는 첫 번째 실전 훈련에서 반이 탈락한다고 한다. 훈련이 적지에서 실시되어 살아남는 자가 드물기 때문이라고 한다.

"역시나 지독한 놈들이다 이런 식으로 다른 민족들을 압박하다니 말이야."

대륙천안에서 하는 방식은 지독한 면이 많았다. 암흑가의 인물이나 무림의 고수들 중에 죄를 지은 자들을 이용하는 것이다. 그들은 지옥 같은 훈련 후에 세외이족이라 불리는 이들의 힘의 근원들을 차근히 말살시켜 오고 있었던 것이다.

그것도 천여 년을 넘게 이어서 말이다.

'언젠가 될지는 모르겠지만 너희들에게 당한대로 그대로 꼭 돌려주도록 하마.'

다른 새의 둥지에 알을 낳는 뻐꾸기처럼 사사묵련의 둥자에 들어왔다. 이제부터 사사묵련은 그동안 그들이 저지른 일에 대한 대가를 치르게 될 것이다.

다섯 달이라는 수련의 시간은 그리 긴 시간이 아니었다.

천세혈왕삼극결의 완성과 천간십이수를 비롯한 다른 절기를 묘용에 맞게 몇 가지를 고련해 내는 것은 아무리 서린이라 해도 쉬운 일이 아니었기 때문이다. 그래도 성과는 있었다. 몇 가지 무예를 나의 것으로 만들었고, 혈왕기 얻게 되는 따라오게 되는 특이한 능력 하나를 찾아낸 것이다.

천간십이수와 곤룡수를 합쳐 혈왕오격(血王五擊)을 만들어 냈다. 완벽하게 완성한 것은 아니지만 그럭저럭 쓸 만하다고 생각한다. 철한풍의 기세에 뇌전의 기운을 담은 음인(陰引) 자전철풍(紫電鐵風)이다. 당하는 자는 가슴에 한줄기 뇌전의 문양을 남긴 채 이승을 하직할 것이다.

다음은 혈왕기의 기운에 한천빙로와 묵사지에서 얻은 기운을 담은 탄양(彈陽) 음양혈기(陰陽血氣).

위력은 나도 모른다. 자전철풍을 펼치고 난 뒤 석실벽에 새겨지는 뇌전의 문양을 본 후부터는 나머지 혈왕오격에 대해서는 위력 시험을 하지 않았기 때문이다. 그렇지만 상당한 위력을 낼 것이라고 본다.

나머지 세 가지는 오행지기를 아우르는 곤룡(困龍) 오행제밀(五行制密), 철한풍과 혈왕기를 접목시킨 절맥(絶脈) 철혈제왕기(鐵血帝王氣), 마지막으로 철한풍, 혈왕기, 오행지기, 그리고 삼몽환시술의 정화를 모두 섞은 교혼(交魂) 삼극혈혼결(三極血魂結)이다. 다섯 가지 공격법이라 혈왕 오격이라 이름 붙였지만 진정한 위력에 대해서는 훗날 알게 될 것 같다.

혈왕오격을 만드는 작업은 그리 어렵지 않았다. 천세혈왕 삼극결과 지금까지 얻은 것을 합치는 것이었기에 간단하면 서도 위력적인 것들을 만들어 낼 수 있었다.

진짜 서린이 삼몽환시술을 이용해 내 영뇌(靈腦)를 틔워 준 덕분이다. 너무 간단히 만들었기에 아직은 완벽한 것이 아니다. 좀 더 가다듬고, 기운의 운용을 더욱 세밀하게 해 야 완벽해질 것이다.

다른 것도 만들었다. 사밀야혼(死密若倨)과 장천산행(長 天山行), 그리고 창천무심(蒼天無心)을 근간으로 하는 천 세제룡(天洗制龍)이라는 보신경(步身徑)이다. 혈왕오격을 제대로 쓰기 위해서, 그리고 앞으로 익힐 무예를 위해 만든 것이다. 몸을 완벽하게 움직이는 것이 무예를 익히는 근간 이기 때문이다.

가장 큰 성과는 혈왕기의 또 다른 특성을 알아냈다는 점 이다. 수련을 하는 동안 천혈옥에서 펼쳤던 혈혈기감은 완 전한 것이 아니었다. 수련을 통해 혈혈기감을 완벽하게 체 득하게 되자 새로운 것을 알았다. 혈혈기감 통해 자연의 기 운을 완벽하게 느끼게 되면 동화되어 존재를 감출 수 있다 는 사실이다.

자연스럽게 자연과 동화할 수 있는 환상의 은둔술이라고

할 수 있었기에 혈왕잠월(血王潛月)이라고 이름을 붙였다. 천금영주가 준 네 권의 비급 중 세 권은 이렇게 내가 만든 것들에 완전히 녹아들었지만 참절백로만은 아니다. 실전을 통해 하나하나 완성해 가는 것이기 때문이다.

참절백로의 비결은 이미 해석을 끝내고 완벽하게 숙지한 상태다.

완벽히 내 것으로 만들기 위해서는 실전을 통한 고련의 과정을 거쳐야 하는 것이다. 다른 것들도 마찬가지다. 지금까지 완성해 놓은 무예들도 참절백로를 수련하며 실전이라는 극한 상황 속에서 조금씩 다듬어 갈 것이다. 나만의 절기로 말이다.

나름대로 착착 준비를 해 가고 있지만 한 가지 마음에 걸리는 것이 있다.

혈왕잠월을 알게 된 후부터 밀혼영주로부터 얻은 후 눌러 놓았던 사혼밀화가 움직이기 시작했다. 혈왕기에 버금가는 사계의 힘이라 그다지 놀라운 것은 아니지만, 사혼밀화의 움직임이 시작된 것이 정체를 알 수 없는 느낌을 알아차린 후였기 때문이다.

*   *   *

장장 이틀간 내린 폭설로 인해 천지 사방이 백색으로 뒤덮여 있었다. 사방이 적막강산으로 변한 설원 위로 움직이는 것이라고는 아무것도 없었다.

꿈틀!

평원이나 다름이 없는 설원 위에서 제일 높다고 할 수 있는 언덕 위에 뭔가가 움직였다. 꿈틀거리는 것은 사람이었다. 흰색의 피풍의를 둘러쓰고 주변과 동화된 두 사나이는 먼 곳을 응시하며 사방을 두리번거리고 있었다. 뭔가가 나타난다면 쉽게 알아볼 수 있는 위치라 감시역을 맡고 은밀하게 숨어 있는 이들이 분명했다.

"젠장! 더럽게 춥네! 다른 지단에서 언제 도착하는지 연락이라도 온 것이 있나?

칼자국이 눈 밑에 선명한 사나이가 투덜거리며 물었다. 추위에 인상을 구기면서도 그의 눈은 설원을 떠나지 않고 있었다.

"모르지. 여기 천산이 좀 먼 곳인가? 정확히는 아니지만 하루이틀 안에 도착할 테니 기다려 보자고."

"크크!! 기다려 줘야겠지. 어차피 뒈질 놈들이지만 말이야."

"그래도 본 단에서 심혈을 기울여 선택한 놈들이다. 누구나 비장의 한 수가 있으니 너무 자만하지 마라."

눈 밑에 칼자국이 있는 사나이가 비아냥거리자 다른 사나이가 굳은 목소리로 말했다.

"미안하다. 목숨을 보존하려면 방심하지 말아야 하는데 내가 잘못했다."

"그래, 방심은 금물이다. 방심은 언제나 화를 부르니까."

칼자국이 있는 사나이가 고개를 끄덕였다.

"다른 지단 놈들은 그나마 괜찮은데, 총단 놈들이 걱정이다."

"총단에 있는 놈들이, 왜? 뭔가 마음에 걸리는 것이라도 있는 거냐?"

"저번에 마지막 기수로 들어온 천금영놈들에 대한 소문이 심상치 않아서 말이다."

"한 놈도 탈락 없이 강신과 연혼을 통과하고 기본 무공을 전수받았다는 것 말이냐? 그거 헛소문이라고 생각했는데."

칼자국의 사나이도 들은 것이 있었지만 헛소문이라고 치부했기에 고개를 갸웃 거렸다.

"우리도 강신과 연혼을 거쳤지만 총단에서 받아들인 자들이 거친 것과는 다른 종류다. 우리보다는 총단의 것이 훨씬 더 나은 수련법이지. 그리고 총단의 수련 기수 중 그런 소문이 난 적이 한 번도 없었다. 불이 나지 않으면 연기도 없으니 그저 헛소문이라고 치부하기에는 마음에 걸린다."

"으음."

친우가 괜히 헛소리를 할 사람이 아니기에 칼자국의 사나이가 신음을 흘렸다.

"이번 살인 경주(殺人競走)에서 그들과 마주치게 되면 무조건 피하는 것이 좋을 것 같다는 생각이 든다. 다른 이들은 너처럼 헛소문이라 치부하지만 예감이 좋지 않으니 말이다."

"네가 그렇게 생각한다면 그렇겠지. 이번 살인 경주에서 살아남아 일백좌(一白座) 안에 들려면 네 말대로 그놈들은

만나지 않는 것이 좋을 것 같다. 너나. 나나 피하는 것 정도
는 자신이 있으니 놈들을 만날 일은 없을 거다."

칼자국을 가진 사나이의 말에 다른 사나이가 고개를 가로
로 흔들었다.

"그러면 좋겠지만 어쩔 수 없이 만나야 할지도 모른다."

"무슨 소리냐?"

"이번 살인 경주에서 살아남는 자들이 백 명이 넘으면 사
사밀교에서는 서슴없이 손을 쓸 테니까 말이다."

살인 경주는 실력의 고하를 겨루는 것이 아니라 자신의
목숨을 판돈으로 걸고 벌이는 생사쟁투의 도박판이다. 경주
가 진행이 되는 동안 목숨을 건 수없는 생사결이 벌어지고
살아남는 자들은 고수라 불려도 손색이 없는 성취를 이룰
수 있기에 수련생들은 뛰어들기를 주저하지 않는다.

그러나 문제는 살아남을 수 있는 사람이 딱 백 명이라는
것이다. 경주가 끝나고 살아남은 자들이 백 명이 넘으면 사
사밀교의 진정한 고수들이 손을 쓴다. 서로 간의 경쟁에서
한 단계 위의 고수들과의 경쟁으로 바뀌는 것이다. 그러니
살인 경주가 끝난 시점에는 무조건 백 명만 남아야 하는 것
이다.

"철혈율이 적용된다는 말이냐?"

"그래, 지단주가 얼핏 하는 이야기를 들었다. 도주하거
나, 실력이 떨어지는 자들을 제거하기 위해 밀영들을 동원
하는 명령을 내리는 것을 말이야."

"제장, 몇 번을 죽어야 할지도 모르겠구나."

"걱정하지 마라. 철저히 준비를 하면 일백좌 안에 들 수 있을 테니 말이다."

"무슨 준비를 한다는 것이냐? 이대로 있다가 사흘 후 자정이 되면 시작하는 것이 아니었냐?"

"너, 상부에서 내려온 지침대로 준비하지 않은 거냐?"

"무, 무슨 지침?"

"사사밀교와의 살인 경주는 오랜만에 시행되는 것이라 새로운 지침이 내려왔다. 일일이 설명할 수 없으니 지침을 봐라. 지침대로라면 준비해야 할 것이 많다. 너도 숙지하고 준비하는 것이 좋을 것이다. 그것이 네 생명줄이 될 테니까."

"네가 아니었으면 객지에서 비명횡사할 뻔했군. 고맙다."

"고맙긴."

친우에게 경각심을 심어 주었으니 새로운 지침을 숙지하지 않았다는 것이 문제가 될 수는 없을 터였다. 자신이 아는 친우라면 살인 경주가 시작되기 전에 완벽하게 준비를 끝낼 수 있을 것이 때문이다.

"그나저나 아주 재미있을 것 같지 않냐?"

"그렇겠지. 전원이 참여하는 살인 경주는 백 년 만에 처음 있는 일이니까."

"마지막으로 오게 될 스무 놈을 합하면 대략 천 명이니, 경주로 하나에 딱 백 명이로군. 십 대 일이라…… 우리가 살아 날 확률이 얼마나 될까?"

"모르지. 사사밀교의 놈들이 워낙 지독한 면들이 있어서 말이지. 그러니 준비를 철저히 해야 된다. 통과하려면 아홉 놈만 죽이면 되기는 하지만 우리가 온 것을 눈치채면 놈들도 정예를 투입할 것이 분명하니 더 죽여야 할지도 몰라."

"그럼 최대한 신속하고 은밀하게 놈들을 처리해야 한다는 말이로군."

"그렇지. 살인 경주 기간은 일 년이지만, 무슨 방법을 써서라도 최대한 빨리 놈들을 해치워야 한다. 암습을 가하든지 아니면 독을 쓰든지 말이야. 그리고 다른 놈들이 눈치채기 전 빨리 돌아와야 한다는 소리지."

"그렇겠군."

천산의 오지 이름을 알 수 없는 언덕에서 비밀스러운 대화를 나누고 있던 두 사람은 사사묵련 여덟 개 지단 중 섬서성 지단에서 온 자들이다. 살인 경주니 하는 말은 생소했지만 강신과 연혼의 이야기를 하는 것을 보면 사사묵련에서 하는 행사와 관련이 있는 이야기였다.

두 사람이 하는 이야기는 사사묵련이 가지고 있는 비밀 중에 하나.

천금영과 밀혼영, 그리고 세격영에 얽힌 비밀이다.

사사묵련의 지단은 모두 여덟 개다. 총단까지 모두 아홉 개의 지역에 삼 영이 존재한다. 각 영의 인원은 모두 일백 명으로 이루어진다. 각 영마다 총단에 이십 명, 나머지 팔 개 지단에 열 명씩이 배치된다.

이런 배치가 변경이 될 때가 있다. 바로 다음 기수의 영자들을 선발할 때다. 총단과 지단을 비우는 자들은 수련생들을 살피고, 다음 대 영자로 발탁하는 역할을 맡는 것이다. 사사묵련의 총단과 지단에서 수련하는 수련생들의 인원이 얼마가 되는지는 아무도 모른다. 수련을 하는 것 자체가 비밀이기 때문이다.

하지만 강신과 연혼의 수련이 끝나고 나면 대략적인 수련생의 숫자는 파악할 수 있다.

실전을 통해 영자를 선발하는 살인 경주 때문이다. 적과의 실전을 통해 벌어지는 살인 경주를 통해 수련생 들 중에 살아남은 자들이 다음대의 영자로 선발이 된다. 그 숫자가 각 영마다 백 명씩이다.

이번 살인 경주는 천산 전체에서 벌어진다. 바로 지단과 총단을 합해 총 천여 명의 수련생들이 천산과 서장의 지배자인 사사밀교를 상대로 실전 훈련을 하는 것이다. 각 영마다 살아남은 자가 백 명이 될 때까지 끝없는 격전이 벌어지는 것이다.

사사묵련에서 백 명을 남기는 이유는 다음 대의 영자들을 위해서다.

새로운 영자들이 탄생해야만 전대 영자들이 사사묵련을 떠날 수 있기 때문이다.

서린이 수련했던 총단을 제외하고 각 지단도 영자가 될 자들을 선발할 권한이 있다. 마지막에 기초 무공을 가르치는 것은 똑같지만, 총단 못지않은 강신과 연혼의 수련 과정이 지단마다 준비되어 있다. 배출되는 수련생들의 수가 적지 않았으나 결코 많다고는 볼 수 없었다. 적들 또한 많은 수의 고수들을 배출하고 있어서다.

본격적인 전쟁이 시작되지는 않지만 소소한 전투는 끊임없이 벌어지고 있었고, 상당한 희생이 따르기에 죽어 나가는 자들이 많았던 것이다.

살인 경주 또한 소소한 전투 중 하나일 뿐.

다른 전투와 다른 게 살인 경주는 사사묵련의 철저한 준비 아래 이루어진다. 목적은 두 가지. 보다 큰 전쟁을 대비해 적의 수를 줄이고, 사사묵련의 진정한 절학을 전할 고수를 키우는 것이다.

출발은 총단과 지단의 수련생들이 다 모인 뒤에 하게 된다. 살인 경주를 시작하는 순서는 모두 틀리다. 전대 기수의 영자들을 선발했던 기준으로 순서가 정해지기 때문이다.

제일 많이 살아남은 영자들을 보유하고 있는 곳이 제일 나중에 출발한다. 제일 먼저 출발하는 곳이 전대에 가장 적은 영자를 배출한 곳인 것이다. 이렇게 하는 이유는 적이 강력하기 때문이다. 뒤로 갈수록 강력한 적들이 출현하기에 가장 강도가 센 수련을 거친 자들이 후에 출발하는 것이다.

수련 영자 일천여 명이 모두 모인 후 두 시진에 한 번씩 출발한 후에 최후의 일백 명이 남을 때까지 적들과 싸운다. 적을 피해 가면 되겠다고 생각하지만 몇 가지 제약이 있다.

적들이 만만치 않은 것은 물론 사사묵련에서도 그리 허술하지 않기 때문이다.

이번에 천금영의 수련생들이 움직이는 열 개의 경로에는 세상에 드러나 있는 사사밀교의 근거지들이 있다. 사사묵련에서 의도적으로 잡은 길이다. 수련생들이 경주를 마치고 도착해야 하는 기한은 출발과 함께 최대 일 년.

최대한 성과를 내고 일 년 안에 출발지에 도착해야 한다. 그것도 백 인 안에 들어야 한다.

도착지는 바로 출발한 곳이다.

천산 끝에서 끝까지 왕복을 해야 하는 경로. 중간에 멈출 수도 없다. 멈추는 시기는 대지에 뼈를 묻어야 할 때뿐이니까.

출발하자마자 싸움을 벌이는 것은 멍청한 짓이다. 비록 각 경로마다 사사밀교에 대한 정보가 주어졌지만, 아직은 완전하게 완성되지 않은 무인들이 바로 수련생들이기 때문이다. 수련생들은 대부분이 격전의 초기에 목숨을 잃는다. 경험이 일천할 뿐만 아니라 수련의 성과에 자만하기 때문이다.

사사밀교의 집요함은 가히 비교할 수가 없다.

그리고 천산의 험준한 지형이 그들을 죽음으로 몬다. 수련생들은 두 가지 적을 동시에 맞아 인간 한계를 넘는 여정을 겪어야 한다.

최대의 격전지는 항상 출발지 인근이 되곤 한다. 적들의 추적이 최종적으로 모이는 곳이기 때문이다. 도착해야 할 기한이 다 되었을 때 가장 많은 목숨이 이슬로 사라지는 것이다.

＊　　　＊　　　＊

"다들 모인 것 같군."

천금영의 영주인 금수주는 자정이 가까워 오자 산 정상에 모인 천금영의 수련생들을 바라보았다. 각 지단을 책임지고 있는 영자들과 자신을 포함한 오십여 명 또한 자리를 같이 하고 있었다. 많은 인원이 있었지만 숨소리 하나 들리지 않았다.

"그런 것 같네."

대답하는 이는 뜻밖에서 밀혼영주 장민석이었다. 어느 사이인가 천금영의 집결 장소에 나타난 것이다.

"자네는 어째서 밀혼영의 살인 경주에 가지 않고 이곳으로 온 것인가?"

"의외인가?"

"이번에도 또 그런 모양이로군."

"후후, 자네 생각이 맞네. 살인 경주에 뛰어들기 전에 죽은 놈이 너무 많아 영자를 선발하는 것도 미달이니 말이야. 어차피 밀혼영의 수련생들은 이미 영자로 정해진 것이나 마찬가지라서 잠시 보러 왔네."

"역시 그랬군. 그럼 이곳에 온 것은 그 아이 때문인가?"

이곳에 있어서는 안 되는 처지지만 금수주의 말대로 밀혼영주는 서린에 대해 궁금한 것이 있어 찾아온 것이었다.

"자네도 알다시피 사혼화의 힘을 견뎌 낸 것은 그 아이가 유일하네. 그러니 관심이 가지 않을 수 없지. 상부에서도 관심을 가지고 있으니까. 어쩌면 자네의 뒤를 이어 천금영을 이끌지도 모르는 아이이니 관심이 가지 않을 수 없지."

금수주와 경쟁하는 처지이기는 하지만 장민석의 솔직히 자신의 심정을 말했다.

"그렇다면 같이 지켜보기로 하지. 강신과 연혼이 끝난 후, 지금까지 그 아이가 기초 무공이라고 알고 있는 것들을 얼마나 수련해 냈는지 말이야."

"참관을 허락해 줘서 고맙군."

"고마울 것까지야. 그나저나 놀라게 될 수련생들의 모습이 선하군."

"그렇겠지."

"자신들이 익히고 있는 것이 각 영이 가진 모든 것이라는 것을 이번 경주를 통해 알게 될 테니까 말이야."

"오랜 시간 동안 무수히 많은 이들이 갈고 닦은 절기 중의 절기라는 것을 알게 되면 놀라지 않을 수 없겠지."

"그런데 알게 될 놈이 얼마나 될까?"

"모르지. 하지만 사사밀혼 심법(死邪密魂心法)을 얼마나 깨우칠 수 있는 것에 달렸겠지."

"으음, 그것이 관건이 되겠군. 비장의 무공을 익힌 후에 사사묵련에 들어오기는 했지만 그 정도로는 놈들을 상대하는 것이 그리 만만치 않을 테니 말이야. 이미 우리는 그들에게 모두를 주었으니까 이제부터는 수련생들이 할 일이지. 그럼 이제 천금영의 살인 경주를 시작해야겠네."

천금영주는 수련생들이 서·있는 곳으로 다가갔다. 수련생들은 모두 복면을 하고 있었다. 일에서 일천여까지 숫자가 써져 있는 복면을 하고 있는 그들의 눈은 어딘지 달라 보였다. 강신과 연혼을 거치며 날카로웠던 그들의 눈이 어느 정도 가라앉아 있었던 것이다.

그중 이십이라는 숫자가 수놓아져 있는 복면을 쓰고 있는 이의 눈은 깊게 침잠되어 있었다. 그가 바로 이번 살인 경주에 참여한 서린이었다.

"모두들 잘 들어라. 지금부터 실전 수련이 시작된다. 지침을 다 읽었을 테니 너희들도 잘 알 것이다. 일명 살인 경주라 불리는 이번 참절백로(斬截百路)가 가장 중요한 수련이다."

무심한 눈빛을 보이는 수련생들의 눈이 경직되었다.

얼마나 위험한 것인지 다들 잘 알고 있는 까닭이다.

"이곳은 엄연히 그들의 땅이다. 비록 우리가 그들의 텃밭이나 마찬가지인 이곳의 일부를 차지했다고는 하나 그것이 언제까지일지는 모르는 일이다. 이곳에 터를 잡고 있는 사사밀교의 인물들은 만만한 존재들이 아니기에 너희들은 생과 사를 두고 그들과 결전을 벌이게 될 것이다."

말을 멈춘 금수자가 수련생들을 한차례 바라보았다.

"사사묵련은 강한 자만을 원한다. 참절백로에서 너희들은 무서운 적들과 조우하게 될 것이다. 그들을 통해 스스로를 단련해라. 살아남는 자들 중에서 다음 수련을 시작할 자들을 뽑을 것이다. 참절백로를 여는 방법은 이미 나누어진 지편(紙片)으로 숙지했을 것이다. 그럼 팔지단부터 떠나라!"

파파파팟!

천금영주의 말에 일단의 사나이들이 바람처럼 한곳을 향해 달려 나갔다. 그 뒤를 이어 순서가 정해진 듯 두 시진의 간격을 두고 같은 방향으로 달려 나갔다.

2장. 참절백로(斬截百路)

참절백로가 시작된 후 하루가 거의 지나고 다시 자정이 가까워 오자 남아 있는 이들은 복면에 일에서부터 일백까지 수가 새겨진 옷을 입은 자들뿐이었다. 그런 그들을 보며 천금영주는 감회가 깊은 표정으로 말을 이었다. 그가 가장 기대하는 수련생들이었기 때문이다.

　"참절백로는 반드시 총단에서 일백 명이 참여하는 것이 규칙이다. 총단에서 행해진 강신과 연혼에서 너희들 모두 살아남았기에 이번 참절백로는 예정보다 빨리 이루어졌다. 너희들에 대한 기대가 크다. 살인 경주에서 가장 많은 생존자를 내온 것이 총단이었지만, 희생도 만만치 않았다. 강신과 연혼의 수련처럼 이번에도 너희들 모두가 살아남아 사사묵련의 기둥이 되어 주기를 바란다."

금수주는 서린을 포함한 총단의 수련생들에 대한 기대를 숨기지 않았다. 사사밀교와 상대하고 살아남는 자들 중에 이들이 대부분일 것이라는 생각 때문이었다.

"이상이니 출발하도록 해라."

파파팟!

총단의 수련생 일백 명이 빠르게 출발했다. 그 뒤를 이어 천금영의 영자들이 뒤를 따랐다.

"이제는 지켜보는 일만 남았군."

"그렇겠지. 사사밀교에 어떻게 대항하는지 보고서 천금영과 밀혼영의 영자들이 저들에 대한 판단을 내려 줄 테니 지켜보도록 하자고."

떠나가는 총단의 수련생들을 보는 그들의 눈에는 기대감이 차 있었다. 정확히는 서린에 대한 기대감이었다. 서린이 보인 눈빛에서 그가 사사묵련의 진정한 힘을 깨우쳐 가고 있다는 것을 짐작할 수 있었기 때문이다.

—만약 살아남는다면 사사밀교는 가장 강력한 적을 맞이하게 되는 것이지. 그들의 비전을 익히고 있는 가장 강력한 적을 말이야.

—어쩌면 그들의 그늘에서 벗어날 수 있는 기회가 우리에게 올지도 모른다.

뜻을 알 수 없는 전음이 두 사람 사이에 이어졌다. 사사묵련 내에서 언제나 앙숙으로 통하는 두 사람이지만 모종의 이유로 같은 길을 걷고 있었다. 두 사람 다 숨겨진 자들 후예였기 때문이다.

파팟!

두 사람도 신형을 날렸다. 수련생들의 뒤를 쫓는 두 사람의 모습이 점점 희미해지더니 사라져 갔다.

수련생들이 지편(紙片)에서 언급한 장소에 도착하자 뒤를 따르던 영자 하나가 앞으로 나섰다.

"이제부터 백 로 중 하나를 선택해 흩어진다. 그다음부터는 자신만의 처절한 전쟁이 시작된다. 살아남기를 바란다."

파파파팟!

수련생들은 일제히 흩어졌다. 참절백로라 불리는 천산을 가로지르는 일백로의 비밀 길이 열리는 것이다. 그들은 각자에게 전달된 비밀의 길을 빠르게 사라져 갔다.

파파팟!

서린도 자신의 길을 찾아 빠르게 달려 나갔다. 부챗살처럼 퍼져 나간 것이라 얼마 지나지 않아 동료들을 볼 수 없었다.

'이제부터 혼자군. 감시의 눈길이 있다고는 하지만 영자들의 수가 많지 않으니 그렇게 철저하지는 않을 것이다.'

이번에 짜여진 참절백로는 각 수련생의 간격이 백 장을 넘지 않았는데, 서린의 주변에는 아무도 보이지 않았다. 사사묵련과 사사밀교와는 상관이 없는 자신만의 이유에서 간격을 벌린 때문이다.

자신에게 배당된 길을 교묘하게 벗어나 빠르게 치닫는 서린은 천혈옥에 있을 때보다 마음이 편안했다. 감시하는 눈들이 달라붙기 전에 속도를 낸 탓에 이목을 피할 수 있었기 때문이다.

'어려운 길이 되겠지만 무기 하나는 마음에 드는군.'

참절백로에 들어서기 전에 수련생들에게 하나의 무기가 지급되었다.

날의 길이가 두 자, 폭이 두 치에 이르는 도(刀)였다. 베기를 위주로 하는 듯 완만하게 곡선을 그리고 있는 검은색의 도였다.

특이한 것이 있다면 도의 두께가 크기보다 두껍다는 것과, 끝에서 반 자가량 칼등에도 날이 서 있어 검으로서의 역할도 할 수 있게 돼 있는데, 서린의 마음에 꼭 들었다.

'이제 진짜 시작인가?'

칼에서 시선을 뗀 서린은 이제부터 본격적인 행로에 접어들었다는 느낌이 들었다.

'그나저나 심법의 이름은 모르겠지만 무인정(無印晶), 사밀야혼(死密若俒), 참절백로(斬截百路)를 비급으로만 익히게 한 후 천산을 달리게 하는 이유가 뭘까?'

사사밀교란 적의 수를 줄이고 강한 자를 선발하기 위한 것이라고는 해도 이해가 되지 않는다.

힘들게 키운 자들의 구 할을 희생시켜 가면서 얻고자 하는 것이 그렇게 가치가 있는 것인지 의문이었다.

'수련에도 한계가 있다. 비급만으로는 실력을 향상시킬

수 없으니 말이다. 보나마나 대부분 죽음에 이를 텐데 이렇게 내몰 듯 살인 경주에 참여시키는 것을 보면 다른 이유가 있을지도 모른다…….'

사사묵련의 무예는 비급이 있다고 익힐 수 있는 것이 아니었다.

실전을 통한 처절한 수련만이 완성을 볼 수 있는 네 가지 무예를 비급으로만 익히게 하고 이렇듯 살인 경주를 하는 사사묵련의 저의를 서린은 이해할 수 없었다.

강신과 연혼으로 육체를 만들었다고는 하지만, 그것만으로 서장을 지배하는 사사밀교의 고수들에게는 상대가 되지 않을 것이 분명했다. 수련생들은 희생시켜 사사묵련에서 얻고자 하는 것이 무엇인지 궁금증이 더해져만 갔다.

파파팟!

머릿속은 생각으로 가득 차 있었지만 움직임을 멈추지 않았던 서린은 사사밀교의 근거지로 들어가는 길의 입구를 볼 수 있었다.

'후우, 첫 번째 분기점이 보이는구나.'

다른 생각을 하면서 통과할 수 있는 길이 아니기에 서린은 생각을 멈췄다.

"헉!"

운기를 풀자 숨이 턱 막혔다.

출발하고 난 뒤 첫 번째 분기점은 눈이 덮인 고봉이었다. 아직 정상에 올라가지도 않았는데 숨을 쉬기가 어려웠다.

'후우, 공기가 희박해서 그런지 답답하구나.'

서린은 천천히 고봉을 향해 올라갔다.

정상에 가까워져 갈수록 숨쉬기가 어려웠다.

사사묵련에서 배운 호흡을 해도 소용이 없었다. 워낙 고지가 높아 대기가 자체가 희박한 까닭에 생기는 현상이다.

'지금부터는 최대한 호흡을 정갈히 해야 한다.'

아직은 천세혈왕삼극결이 숙련되지 않았기에 순차적으로 삼극정법을 일으키고, 거기에 사사묵련에서 배운 호흡법을 하고 나서야 간신히 숨이 차오르는 것을 멈출 수 있었다.

'조금 났군. 지형 자체가 인간의 한계를 시험하게 하는 곳이다. 역시 대자연이란 무서운 곳이다.'

완성되었다면 하나로 어우러져 이런 고지대일지라고 숨이 차지 않을 터였지만, 그리 낮지 않은 성취인데도 이리 숨이 차는 것은 천산은 그야말로 인간 한계를 시험하는 곳인 까닭이었다.

"휴우~!"

정상에서 숨을 깊게 내쉰 서린은 하산을 위해 다시 발걸음을 옮겼다.

'장천산행에 사사묵련의 호흡을 섞으면 이 상태로 흔적을 남기지 않으면서 어느 정도는 다가갈 수 있겠다. 하지만 워낙 고지대라 계속 운행하는 것은 무리다. 계속했다가는 자칫 정신을 잃을 수 있으니 말이다.'

고봉에 오를 때와 마찬가지로 무리를 하지 않는 선에서 설원 위에 발자국을 남기지 않았다. 쫓아올 영자들과 사사밀교의 인물들에게 흔적을 들키지 않기 위해서였다.

휘이이익!

'다행이다. 이 정도 눈이면 내가 남긴 흔적을 감출 수 있다.'

목적지에 도착하기 직전에 눈발이 날리기 시작했다. 흰색의 피풍의를 입은 서린의 모습도 어느 순간 사라져 버렸다.

팟!

고봉 위에서 목적했던 곳까지 흔적을 남기지 않고 도착한 서린이 곧장 눈 속으로 파고들었다. 진기를 사용해 파고든 자리 위로 눈을 밀어냈기에 흔적이 그다지 남지 않았다.

'최대한 감춰야 한다.'

눈 속으로 파고든 서린은 즉시 혈왕잠월로 자신의 존재감을 지웠다.

다시 눈이 날리고 있었다. 상당히 거센 눈보라였다. 이런 상태라면 자신이 남긴 흔적을 지워 줄 것이기에 어느 정도는 안심할 수 있었다. 비록 눈 속이지만 은신처를 마련한 서린은 체온을 차단하며 호흡을 가다듬었다.

'후우, 호흡도 괜찮아졌고, 신체 기능도 이상이 없다. 모두가 삼극정법의 공효 덕분이다. 다섯 달 동안 고련한 것이 헛것이 아닌 것 같구나. 하지만 이 정도로는 한참 부

족하다. 언제나 천세혈왕삼극결을 완성할 수나 있을지 모르겠구나.'

장천산행이 아무리 뛰어난 경공법이라고 해도 천산의 산야는 너무 높았다.

내력을 돌리기조차 어려운 환경에다가 실전이라는 압박까지 서린은 몸과 마음이 지칠 수밖에 없었다.

스스로 창안한 천세혈왕삼극결의 첫 번째 단계의 공부를 완성했더라면 그리 어려운 길이 아니었기에 아쉬울 뿐이었다.

                    *   *   *

서린을 비롯한 천금영 소속 수련생들이 천산으로 접어들어 사사밀교의 근거지들을 향해 참절백로를 열어 갈 때, 이를 지켜보는 자들이 있었다.

남방 이족의 차림을 하고 있는 두 사람은 누가 보더라도 중원인이 아닌 이국적인 모습이었다. 하나같이 눈에 확 드러나는 타오르는 붉은색의 토가를 입고 있었다.

한 명은 끝이 뾰족한 절구공이 같은 무기를 들고는 패도적인 기세를 연신 피워 올렸고, 그에 못지않은 기운을 흘리는 자는 피처럼 붉은 창 한 자루를 들고 있었다.

이번 참절백로를 위해 많은 영자들이 곳곳에서 감시의 눈길을 빛내고 있었다. 공공연히 존재감을 드러내고 있었지만, 영자들 중 그 누구도 그들을 발견하지 못하는 것은 무척이나 이상한 일이었다.

두 사람은 분노가 깃들은 눈으로 멀리서 수련생들을 바라보고 있었다. 흰색 피풍의를 둘러싸고 설원 위를 달리고 있음에도 그들은 수련생들의 흔적을 놓치지 않고 있었다.

"더러운 중원놈들. 이제는 감히 전신(戰神)이신 두르가의 성지에까지 들어오다니!"

"그렇게 죽여도 또다시 들어왔다는 것은, 우리의 정체를 놈들도 어느 정도 눈치를 챘다는 것을 말한다."

"지금 들어온 자들이 사사묵련이라고 했나?"

"그렇다."

"으음, 대륙천안(大陸天眼)의 떨거지들은 아무래도 우리의 본모습을 보기를 바라는 것 같군."

"그렇겠지. 십 년에 한 번 꼴로 이런 짓을 하는 것을 보면 놈들도 확실히 우리의 존재를 눈치챈 것이 분명하다. 이제는 어느 정도 힘을 갖추었다는 보고로 봤을 때, 이제 전쟁을 시작해도 될 것이라고 판단하고 있는 것이 분명하다."

"지독한 놈들. 지난 수백 년간 지치지도 않고 전쟁을 준비하다니 말이야. 그런데 놈들이 힘을 갖추었다고 하면 우리도 이제 본때를 보여 줘야 되는 것 아니냐?"

"그래야겠지. 지난 천여 년간 찾아온 두르가의 십신장(十神將)이 모두 모였으니, 이제는 우리도 놈들에 대한 응징을 시작할 때가 되었다."

"후후후, 재미있겠군."

"놈들의 불행이 시작되는 셈이니 재미있을 것이다."

재미있을 것이라는 말과는 달리 뇌전처럼 번뜩이는 안광의 중년인은 분노의 빛을 표출하고 있었다. 분노도 잠시, 사나이는 중요한 사실을 잊고 있었던 것이 생각나 친우를 바라보았다.

"인드라, 하지만 사혼밀화가 있어야 되지 않나?"

"맞다. 사혼밀화의 빛을 찾는 것이 문제다. 그가 있어야 완전한 십신장(十神將)이 채워지고 두르가께서 부활하실 테니까."

"놈들 중에 사혼밀화의 빛을 가지고 있는 놈이 있는 것이 확실한 것이냐?"

염화문(炎火紋)이 새겨진 붉은 화염창(火焰槍)을 들고 있는 아그니는 의문이 가득한 눈으로 인드라를 바라보았다. 이번에 자신들이 실체를 드러낸 이유가 사혼밀화의 빛과 감응했다는 인드라의 말로 인해서였기 때문이다.

"물론이다. 화신(火神)의 자리를 차지하고 있는 너도 알고 있을 것이다. 이미 두르가의 혼이 움직이고 있다는 것을 말이다. 그렇다는 것은 마지막으로 잠자고 있던 사혼밀화의 빛이 움직였다는 소리나 마찬가지다."

인드라의 설명에 아그니가 고개를 끄덕였다.

"으으음, 뇌신(雷神)의 자리를 차지하고 있는 인드라 네가 이리 참는 것을 보면 분명하겠지. 그렇지 않았다면 벌써 뛰쳐나갔을 테니까."

"아그니, 지금은 놈들을 살필 때다. 나타난 사혼밀화의 빛이 갑자기 사라졌다는 것은 주변에 그보다 강한 기운이 존재한다는 뜻이니까 말이다."

"혹시?"

"맞다. 십계(十界) 중 나머지 계의 지존좌(至尊座)가 나타났을 가능성이 아주 크다. 네 성질을 억누르지 못하고 경거망동한다면 두르가 님은 부활하지 못할 수도 있다는 말이다."

"그럼 하나하나 찾아다니며 놈들을 살펴봐야겠군. 놈들이 눈치채지 못하게 말이다."

"그래, 한 놈씩 찾아 다녀봐야겠지. 우선 저놈부터다."

화신의 자리를 차지하고 있다는 인드라는 금강저(金剛杵)로 누군가를 가리켰다.

공교롭게도 이제 막 칸 텡그리를 넘고 있는 서린이 그의 시야에 걸려든 것이다.

"홀로 떨어져 나간 놈이니 정보도 얻을 겸해서 사로잡아야겠다. 무리에서 떨어진 양이 제일 먼저 사냥감이 되는 법이니까 말이야."

"그래, 가자."

스르르르르……

두 사람의 신영이 안개처럼 설원에서 사라졌다.

너무 빨리 움직여 남아 있던 잔상이 그들이 떠난 뒤에야 사라지고 있었다.

푹!

한 치 앞도 분간할 수 없을 정도로 설풍이 불고 있는 가운데 눈밭 위로 뭔가가 튀어 나왔다. 눈 속에 모습을 감추었던 서린이었다. 워낙 눈이 많이 내려 시야로는 자신을 확인할 수 없을 기에 움직이기로 한 것이다.

파파팟!

흔적을 대충 지운 후 서린은 빠르게 움직이기 시작했다. 역풍을 뚫고 가는 것이 아니라, 바람을 등에 졌기에 무척이나 빠른 속도였다. 천산 봉우리 밑에서 목적지를 향해 거의 백여 리를 주파한 서린이 신영을 멈춰 세웠다. 빙하가 있는 근처였다.

"휴우~!"

커다란 숨을 쉬는 서린의 입에서는 입김이 허옇게 묻어났다.

고산지대라 눈이 내린 후라 기온이 차가워진 상태에다가 주변에 널려 있는 빙하들이 기온을 급속도로 떨어뜨리고 있었다.

'잠시나마 피할 곳을 찾아야 한다. 체온이 많이 떨어졌으니 이대로라면 얼어 죽을 수도 있다.'

천세혈왕삼극결의 일단공(一段功)인 천세혈왕(天洗血王)을 줄기차게 운용하고 있지만 아직까지 완전하게 연성을 못한 탓에 체온이 빠르게 떨어지고 있었다.

'저쪽에 근방에 지기가 왕성하군. 저 정도면 잠시 쉬어 갈 만하겠다.'

칸 텡그리의 중턱에 선 서린은 혈혈기감을 펼쳐 잠시 몸을 피해 쉴 수 있을 만한 곳을 찾을 수 있었다.

'뭐지?'

혈혈기감을 거두려는 찰나 뭔가가 뇌리를 자극했다.

'으음, 누군가 쫓아오고 있다.'

서린은 자신을 주시하는 존재가 있다는 것을 느낄 수 있었다. 자신을 쫓아온 뇌신(雷神) 인드라, 화신(火神) 아그니의 기운을 감지해 낸 것이다. 혈혈기감으로 전해지는 묘한 위화감이 신경을 자극하고 있었기에 서린은 긴장하지 않을 수 없었다.

'사사묵련의 사람들이 흘리는 것과는 전혀 다른 기운이다. 사사밀교에서 온 자들인가? 밀혼영주에게서 얻은 사혼밀화의 힘이 이렇게 격렬하게 반응을 하는 것을 보면 사혼계라 불리는 곳에서 온 자들 같은데…….'

몸 안에 간직하고 있는 사혼밀화의 힘이 반응하는 것을 느끼며 서린은 자신의 기억 속에 있는 사사밀교에 대한 것을 끄집어낼 수 있었다.

세상을 지배하는 이면의 한 자리를 차지하고 있는 불가사의한 힘을 존재들을 기억해 낸 것이다.

사사밀교는 천축에서 발원했다. 처음 사사밀교를 만들어 낸 이들은 사혼계에 속한 존재들이다.

마하 데바라자(위대한 신들의 왕)를 중심으로 수많은 마하 비크라마디티야(위대한 고수)를 거느리고 있는 불가사의 한 집단이 바로 사혼계.

특히, 그들은 각 고수의 이름을 세습해 오면서 그대로 쓰고 있었는데, 그중 제일 강한 존재를 두르가라 불렀다.

두르가는 위대한 신이라 불리는 시바신의 아내로서 전신의 위(位)를 가진 존재이기도 했다. 두르가를 보필하는 고수들이 있었는데 사사밀교의 사람들은 그런 그들을 두르가의 날개라고 불렀다.

은색의 원반(圓盤)을 주무기로 하는 조화신(造化神) 비슈누, 한 자루 철장(鐵杖)을 사용하며 만 가지 재물을 관장하는 재신(財神) 쿠베라, 꽃을 이용한 화환(花環)을 무기로 삼는 사신(蛇神) 세사를 비롯해, 영수들의 제왕 백호(白虎)를 수족으로 삼는 산신(山神) 희말라야, 금강저(金剛杵)를 사용하는 뇌신(雷神) 인드라, 화염창(火焰槍)의 화신(火神) 아그니, 황금포승(黃金捕繩)의 주인 해신(海神) 바루나, 쌍둥이로서 궁(弓)과 시(矢)를 다루는 풍신(風神) 바그유와 태양신(太陽神) 수리야, 철봉(鐵棒)을 무기로 삼는 죽음의 황천신(黃泉神) 마야가 바로 두르가의 날개라는 열 명의 대전사였다.

각자 신의 의지를 이었다고 전해지며 신들의 무기를 가지고 있어 현세(現世)한다면 누구도 상대가 되지 못한다고 전설처럼 전해지는 극강의 고수들이었던 것이다.

서린은 혈혈기감으로 파악한 기운으로 자신을 쫓고 있는

존재들을 거의 정확하게 유추하고 있었다.

'화기(火氣)와 강력한 금기(金氣)를 가지고 있는 존재들이다. 내가 생각하는 그들이 확실하다면 둘은 두르가의 날개 중 인드라와 아그니일 것이다. 어째서 사혼계에서 나온 자들이 나를 쫓아오고 있는 거지? 분명 내가 잡은 행로에는 저들의 근거지가 없는 곳일 텐데 말이다. 혈왕기가 완벽하지 않은 지금은 이들과 맞닥뜨릴 시기가 아니다.'

서린은 칸 텡그리에서 발견한 두 존재가 마음에 걸렸다.

'이거 되는 일이 없군.'

서린은 강신과 연혼의 수련이 끝난 후 혈왕기와 삼극정법, 그리고 천세결을 합치는 데 주안점을 두었었다.

어차피 심상 수련이 되는 것이 심법이기에 미완성이기는 하지만 나름대로 성취를 얻어 천세혈왕삼극결이란 심법의 기초를 완성할 수 있었다.

이번 참절백로에서 나름대로 실전 경험을 쌓고 완성하려고 했는데, 초강자(超强者)들과 부딪치게 생긴 상황이다. 자신을 쫓고 있는 존재들을 상대한다는 것은 계란으로 바위를 치는 격이었다.

'저들이 나를 노리는 것은 사혼밀화와 관계가 있는 것이 분명하다. 그렇지 않다면 저들 같은 강자가 나를 쫓을 리 없으니 말이다. 무조건 자리를 피해야 한다.'

참절백로가 시작되고 난 후부터 혈왕기에 눌려 있던 사혼밀화가 꿈틀거리기 시작했다. 스스로가 움직인 것이 아니라 누군가의 부름에 대한 반응이었다. 천세혈왕삼극결을 만들고 난 후에 거의 완벽하게 감출 수 있게 되었으니 혈왕기가 저들을 자극한 것이 아닌 것은 확실하니 그나마 마음이 놓였다.

'으음, 마침 적당한 때다.'

혈왕잠월은 혈왕기를 얻게 되는 자가 자연적으로 터득하게 되는 특별한 공능 중 하나다.

공능이라고 말 할 수 있는 것은 혈왕잠월이 최상의 은신법이면서 동시에 혈왕기를 얻는 심결이기 때문이다. 여명이 틀 무렵이나, 노을이 질 무렵이면 천지에 음양이 교차하게 된다. 자신을 세상에서 감추게 되면 혼돈지기를 흡수할 수 있게 해 주는 것이다.

'이곳 칸 텡그리는 해가 질 무렵이면 피의 절벽으로 불릴 만큼 혼돈의 기운이 극에 달한 지역이다. 이곳에서 혈왕잠월을 펼쳐 놈들의 시야에서 벗어만 난다면 내게도 방법이 생긴다.'

지금은 막 해가 서산을 넘어가는 때. 칸 텡그리는 석양이 질 무렵이면 산 전체가 붉게 변한다. 근처에 있는 빙하에서 반사되는 노을의 영향 때문이기도 하지만 음양의 교차로 산의 신령스러운 기운이 변하기 때문이기도 하다.

두 시각 정도 지속되는 혼돈의 시기에 세상으로부터 완전히 격리시켜 주기에 서린은 핏빛에 잠긴 달을 불러냈다.

'혈왕의 잠은 비약을 위한 나래의 쉼이려니, 혈왕의 붉은 달이여 깨어나는 순간 공포로서 세상을 지배하라!'

스스스스!

혈왕기가 몸에 흐르고, 산 중턱을 오르던 서린의 모습이
그 어떤 기운도 남기지 않고 세상에서 사라져 버렸다.

＊　　　＊　　　＊

　파파파팟!
　서린이 혈왕잠월을 시전하자 두르가의 혼인 사혼밀화의
힘이 잠시간 세상에 드러났다.
　찾는 것을 발견한 인드라와 아그니는 산 밑에서부터 직각
으로 중턱을 향해 치달렸다. 절벽이나 다름없는 산을 평지
를 달리듯 뛰어오르고 있는 그들의 모습은 도저히 인간이라
고 볼 수 없는 움직임이었다.
　퍼퍽!
　투르르륵!
　서린이 사라진 곳에 다다른 두 사람은 바위에 발을 찍으
며 멈춰 섰다. 발이 바위 속까지 박혀 든 탓에 떨어져 내리
는 돌 조각이 절벽을 울렸다.
　"으음."
　"제기랄!"
　급한 마음에 전력을 다해 달려왔지만 완전히 사라져 버렸
기에 두 사람의 얼굴은 당혹으로 물들었다.
　"놈이 사라졌다."
　"그것만이 아니다. 두르가의 혼에서 뿜어지던 흔적도 사
라져 버렸다. 감쪽같이 말이야!"

"이 새끼 어디로 사라진 거야?"

"아그니, 흥분하지 마라. 지금까지의 놈이 움직인 속도를 보면 이 근처에서 몸을 숨긴 것이 분명하다."

"그렇겠군."

"놈이 은신술을 사용하고 있는 것 같은데 어떻게 했으면 좋겠나?"

"뭐, 쑤시다 보면 나오겠지. 어차피 살아 있는 놈이 필요한 것이 아니니까."

"으음, 네 말대로 하는 것이 좋을 것 같다. 아주 잠시 내비친 것이지만 놈이 사혼밀화를 가지고 있는 것이 확실한 이상, 꼭 살려서 데리고 갈 필요는 없으니까 말이야. 밀언의 주를 이용해 혼을 몸에 속박시키면 사혼밀화는 충분히 두르가 님에게 인도될 수 있을 테고 말이다."

"이곳을 쑥대밭으로 만들면 놈이 튀어나올 것이다. 죽든지 아니면 살든지 그때 가서 결정하면 되는 것이다. 인드라, 놈을 잡는 것은 나보다는 네가 나을 것이니 네가 해라. 난 저 위에서 놈이 어디에서 튀어나오는지 살펴볼 테니 말이다."

"알았다."

타타타탁!

아그니는 다시 절벽을 한눈에 볼 수 있는 곳을 향해 뛰어 올라갔다. 높은 곳에서 인드라의 공격에 튀어나올지도 모르는 서린을 찾기 위해서였다. 뇌전의 공격이 사방을 덮으면 안 나올 수 없기 때문이었다.

파…… 지지직!

아그니가 자신의 공격범위를 벗어나자 인드라의 몸에서 뇌전이 흐르기 시작했다. 황금빛의 뇌전은 인드라가 들고 있는 금강저(金剛杵)에서도 흘러나오고 있었다.

"세상에 흐르는 빛은 인드라의 뜻에 뇌전으로 형상화되리니, 나의 뜻을 쫓아 피비를 내리리라! 광전추살(光電追殺)!"

콰…… 콰콰쾅!

콰콰…… 콰콰콰쾅!

와─르르르르!

금광저에서 뻗어 나온 황금빛이 절벽을 치달리며 바위를 파헤쳤다. 일 척 간격으로 격자를 그리며 떨어져 내리는 뇌전에는 추호의 자비심도 없었다. 범위가 미치는 곳에 있는 모든 것을 일 장 깊이까지 파괴했다. 빛의 번개 사이로 뿌연 먼지를 내뿜으며 바위들이 부서지며 사방으로 비산했다.

'분명히 놈이 나올 것이다.'

아그니는 화염창(火焰槍)에 자신의 독특한 내기를 흘려 넣은 지 오래였다.

붉다 못해 푸르러 보이는 그의 화염창은 인드라의 공격으로 튀어나올 서린을 노리고 있었다. 매의 눈으로 절벽을 살피는 아그니의 눈에 목표가 포착된다면 꼬치를 꿰듯 뚫어버릴 터였다.

'으음, 놈의 기척이 어디에도 없다. 우리가 놈의 기척이 사라지고 이곳에 다다른 시각은 불과 반 각도 되지 않는다.

그사이 몸을 피했다고 해도 이런 절벽에서 벗어나 보았자 아무리 멀어도 이십 장 안. 인드라의 공격 범위가 사십 장이니, 그 안에 있다면 나로서도 인드라의 공격을 피한다는 것은 불가능한 일이다. 하물며 그놈 정도가……'

먼지가 사라지는 절벽을 바라보는 아그니의 눈빛이 흔들렸다. 서린의 종적이 전혀 나타나지 않고 있었기 때문이다. 자신의 감각을 믿고 지켜봤지만 여전이 종적은 오리무중이었다. 절벽을 바라보는 아그니의 눈이 초조해지기 시작했다.

'정확히 일 척 간격이다. 그 일 척 간격 안을 중심으로 사방에 뇌전의 그물이 펼쳐지고 있는데도 놈의 종적이 나타나지 않은 것은 둘 중 하나다. 우리도 간파할 수 없는 은신술을 가졌거나, 놈이 우리의 예상을 뛰어넘는 실력을 가지고 있어 도주를 했거나. 으음……'

첫 번째 가정은 불가능하다.

어떤 은둔술인지는 모르겠으나 세상에서 완전히 사라질 수는 없다. 그렇다면 자신의 감각에 걸려들어야 하기 때문이다.

'무엇보다 어떤 은신술도 인드라 시전한 광전추살의 위력을 감당할 수 없다. 감당할 수가 있다고 해도 반발이 있을 것이기에 인드라가 모를 리가 없다. 그렇다면 놈이 우리에게 실력을 숨기고 방심을 유도한 다음에 도주했다는 결론밖에 나오지 않는데, 제기랄! 실수했군.'

빠르게 상황을 정리하자 도주했다는 결론밖에는 나오지 않았다. 결론이 그렇게밖에 나올 수 없었기 때문이다. 서린의 실력을 간파하지 못한 자신을 탓할 수밖에 없었다.

"인드라, 그만해라. 놈은 벌써 이곳을 벗어났다!"

우…… 르르…… 르르!

칸 텡그리를 떨어 울리는 아그니의 목소리에 인드라가 광전추살을 멈췄다.

절벽을 치달리던 번개가 잦아들자, 미처 떨어지지 못한 바위들만이 절벽을 구르며 소리를 내고 있었다. 먼지가 가라앉은 절벽에는 가로세로로 굵게 패인 잔해만이 남아 있었다.

"아그니, 무슨 소리냐?"

"놈은 벌써 우리의 존재를 눈치채고 있었던 것 같다. 기척이 사라진 순간에 놈은 은신술을 사용해 이 자리를 벗어났다. 우리가 가장 숨기 어렵다고 생각한 곳이 놈이 택한 도주로였던 것이 분명하다."

"반응이 없었던 것을 보면 네 말이 맞는 것 같다. 종적을 놓치기 전에 놈을 쫓아야 한다."

"인드라, 놈들이 반환점으로 삼는 곳은 언제나 그곳이겠지?"

"그렇겠지. 지난 시간 동안 한 번도 변한 적이 없으니까. 아그니, 일단 그곳에서 가서 놈을 기다리자."

"사혼밀법을 진행 중인데 둘 다 가야 할 필요가 있을까? 이 정도의 은신술을 사용해 도주할 정도라면 분명히 십왕계의 힘이 개입되어 있을 텐데 말이다."

"사사묵련에서 우리의 이목을 피할 정도의 은신술을 가지고 있을 리가 없으니까 네 말이 맞을 수도 있다. 하지만 정예 일백과 일급 고수들 삼백이 지키고 있으니 그리 걱정할 필요는 없다. 무엇보다 놈들이 그곳을 알고 있지도 않을 테고 말이다."

"그렇지만……."

"어차피 사혼밀화의 힘을 얻어야 완성되는 일이니 우리에게 가장 중요한 일은 그 아이를 잡아 가는 것이다."

"그렇군. 사혼밀화가 없으면 대법은 반쪽 신세를 면하지 못하니까. 일단 가자. 최대한 빨리 그놈을 잡아야 하니."

파파파파팍!

판단을 내린 두 사람은 이전과는 다른 속도로 칸 텡그리를 넘기 시작했다. 사사묵련이 정한 반환 장소로 가기 위해서였다.

사사묵련이 사사밀교의 근거지를 공격하며 언제나 반환점으로 삼는 곳은 자신들도 어쩔 수 없는 괴물들이 있는 곳이었다. 사혼밀화를 간직하고 있는 서린 또한 그곳으로 올 것이 분명하기에 이들은 그 근처에서 수련생을 기다리기로 한 것이다.

그러나 그들은 서린이 어째서 천금영의 수련생들과 달리 멀리 돌아가는 칸 텡그리를 참절백로의 한 가닥을 잡은 것인지 알지 못했다. 오랜 세월 숨겨져 있던 칸의 비밀이 서린이 목표로 하고 있는 그곳에 묻혀 있음을.

인드라와 아그니가 떠난 후 얼마 있지 않아 폐허가 된 공간의 일부가 일그러졌다.

"크…… 윽! 혈왕잠월이 아니었다면 견뎌 내지 못했을 것이다. 공간을 왜곡하는 혈왕의 법술이 거의 파괴될 정도라니…… 그들의 힘이 어느 정도인지 짐작이 간다. 그나저나 이 상태로 혈왕의 대지에 갈 수 있을지 반쪽 상태로도 힘들텐데……."

사람의 모습은 보이지 않는데, 힘에 겨운 목소리가 인드라가 갈라 놓은 암벽 사이에서 흘러나왔다. 혈왕잠월로 몸을 숨긴 서린이었다.

스르르르!

'크윽, 완전 통구이 신세군.'

암벽 사이에 틀어박힌 서린의 모습이 나타났다. 암벽에 박혀 있던 서린의 몸이 마치 수면 위를 떠오르듯 암벽에서 천천히 빠져나오고 있었다.

혈왕잠월을 푼 서린이 비틀거리며 폐허가 된 절벽 위에 발을 디뎠다. 서린의 몸에서 살이 탄 냄새가 물씬 풍겨 나왔다.

서린의 모습은 처절하기 그지없었다. 철한풍에 단련되었던 그의 몸도 광전추살의 뇌전에는 견디지 못한 것인지 격자 모양으로 상처를 입고 있었다.

다행히 얼굴에는 상처를 입은 것 같지 않았지만, 상체와 하체 양 팔다리가 결자를 이루며 타 들어가 있었다. 인드라의 공격에서 무사한 것은 붉게 달아올랐다가 식어 있는 검한 자루가 전부였다.

아직은 완벽하지 않은 혈왕잠월이라 인드라의 광전추살에

의해 상당한 타격을 입은 서린의 몸이 고통으로 인해 연신 떨리고 있었다. 비틀거리면서 주변을 살피던 서린의 눈길이 날카로워졌다.

"크으, 인간사 새옹지마라더니."

인드라가 만들어 놓은 폐허 위에 멀쩡한 곳이 하나 있었다. 사방 일 장 정도 되는 곳이 원래의 모양을 유지하고 있었다.

"후후, 그자들 덕분에 혈왕의 문을 발견한 것인가? 그나저나 다행이다."

자신의 행방을 놓친 것에 당황해서 부서지지 않은 곳이 있는 것을 알아차리지 못한 것이 분명했다.

"그나저나 이런 몸으로 저기까지 갈 수 있을지 모르겠군."

혈왕문까지는 십 장 정도 되었다. 십자로 파여진 절벽은 이전에 올라왔을 때보다 이동하기는 편해 보였지만 상처를 입은 몸으로 이동하기에는 먼 거리였다.

광전추살에 의해 근맥까지 손상당한 서린이 등을 절벽에 기댄 채 떨리는 발걸음을 옮겼다. 폐허가 되지 않고 남아 있는 절벽 중턱까지 오는 데는 족히 반 시진이 걸렸다.

"크…… 윽! 눈앞이 가물거리는군!"

의식이 흐려지는 가운데도 서린은 해야 할 일을 잊지 않았다. 수인을 맺은 후에 붉은 기운이 도는 손으로 사방 일 장여 되는 암벽의 세 군데를 짚었다.

'크으윽, 내가 할 일은 끝났다.'

의식이 가물거렸다. 매달리듯 절벽에 매달려 있는 서린의 몸이 흔들거렸다. 인드라가 만들어 놓은 암벽의 틈새를 발판으로 삼은 서린의 몸이 의식을 잃은 채로 서서히 허공을 향해 기울기 시작했다.

위이이이잉!

서린이 천 길 낭떠러지로 떨어지는 찰나, 상처 없이 남아 있던 암벽이 변화를 보였다.

서린이 수인을 맺고 짚은 암벽에서 기괴한 문양이 나타나더니, 그것은 점점 실체화되어 갔다. 어느새 검인처럼 날카로운 발톱을 가진 짐승의 발이 세 군데서 실체화되었다.

마치 원래부터 그곳에 있었던 듯 세 개의 발이 암벽 안에서 뻗어 나와 상상할 수 없는 형태의 기괴한 몸체가 나타난 다음, 연이어 머리가 빠져나왔다. 암벽을 뚫고 나타난 것은 한 마리의 새였다. 이제 막 낙조가 산을 넘어가기 시작할 무렵 암벽을 비추던 붉은 노을보다 더욱 붉은색으로 빛나는 다리가 셋 달린 새였다.

휘이이익!

다리가 셋 달린 새가 자신의 위용을 뽐내고 있을 때 서린의 몸이 완전히 기울어 절벽 밑으로 떨어져 내렸다. 바닥으로 떨어진다면 순식간에 핏물만이 남을 높이였다.

쐐애애애액!

틱!

절벽의 중간에 이르는 순간, 암벽 전체에서 흘러나온 섬광과 같은 붉은 기운이 서린을 감쌌다.

붉은 기운은 자연의 이치를 거역했다.

서린의 몸을 허공에 멈춰 세우고는 허공을 거슬러 암벽 위로 끌어 올리고 있었다.

스르르르!

인드라의 공격에도 끄떡하지 않았던 암벽 속으로 붉은 기운에 감싸인 서린의 몸이 빨리듯 사라져 갔다. 수렁 속으로 빨려들듯 아무런 소리 없이 스며들었다.

*   *   *

"행방이 확보된 수련생들은 몇인가?"

"지금까지 모두 백열아홉입니다. 일천 십사 명이 출발해서 절벽에서 떨어져 죽은 수련생이 마흔셋, 혈랑에게 당한 것이 열둘, 풍토병으로 죽은 자들이 여섯, 실종이 하나입니다. 그리고 나머지 자들은 모두 사사밀교와의 전투로 목숨을 잃었습니다."

"실종! 영자들이 수련생을 놓쳤다는 말인가?"

영자의 보고에 천금영주는 눈살을 찌푸렸다.

지금까지 살인 경주가 벌어지면 영자들에 의해 참여한 수련생들의 행적이 모두 밝혀졌었다. 그런데 처음으로 실종자가 생긴 까닭이다.

"영주님도 아시다시피 영자들은 하루 후에 수련생들을 추적합니다. 수령생들의 인원수가 많은 것도 문제지만 그 하루가 문제였습니다."

"어째서인가?"

"흔적을 찾을 수가 없었습니다."

"흔적을 찾을 수 없다니? 자네들이 놓칠 만큼 흔적이 남지 않았다는 것인가?"

"죄송합니다."

고개를 숙이는 수하의 표정에 천금영주는 연유가 있음을 까달았다.

"이유가 있겠군."

"나중에 합류한 밀혼영의 영자들이 흔적을 발견했습니다. 그들의 말로는 자신들도 겨우 찾았다고 합니다. 뛰어난 경신법과 산에 대해서 잘 알지 않고는 그런 흔적을 남길 수 없다고 합니다. 무엇보다 밀혼영에 협조를 요청하고, 영자들이 흔적을 찾아낸 것은 정확히 출발하고 난 뒤 사흘 후라 어떤 일이 벌어진 것인지 파악을 할 수 없었습니다."

"사흘이라니?"

"실종된 수련생은 참절백로 중에 최악의 경로를 택했습니다."

"으음, 칸 텡그리 쪽인가?"

"예, 영주."

"수련생 중에 그런 무모한 아이가 있었다는 말인가?"

"영주님께서도 잘 아는 수련생입니다."

"혹시, 그럼……."

"영주님이 잘 지켜보라고 명하셨던 총단의 이십호 수련생이 실종됐습니다."

"그 아이가 어떻게 됐나?"

다급히 묻는 천금영주였다.

"마지막으로 남아 있는 흔적을 찾아냈습니다만……."

"그런데?"

천금영주는 말끝을 흐리는 수하를 다그쳤다.

"상당한 격전이 있었습니다."

"격전이라니?"

"칸 텡그리의 피의 절벽 중간에서 엄청난 힘이 발휘된 것으로 보이는 흔적을 발견했습니다. 도저히 인간의 힘이라고는 볼 수 없는 흔적이었습니다. 그리고 이십호의 흔적은 그것이 마지막이었습니다. 밀혼영의 판단으로는 사사밀교의 숨겨진 강자들과 조우한 것 같다는 의견입니다."

"허어!"

이번에는 사사밀교에서 탈취한 사사밀혼 심법을 익힐 수 있는 기재를 찾아냈다 생각했건만 죽었을지도 모른다는 보고에 금수주는 허탈한 마음을 금할 수 없었다.

"절벽에서 일을 당했다면 그 아이의 시신이라도 찾아냈어야 하는 것이 아닌가?"

"일단 절벽에는 혈흔조차 없었습니다. 그리고 피의 절벽 밑에서도 굴러 떨어진 바위의 잔해를 모두 치워 봤습니다만, 시체를 찾지는 못했습니다."

"그럼, 완벽한 행방불명이라는 것인가?"

"그곳에서 공격한 놈들은 물론, 이십호의 흔적도 완전무결하게 없었습니다."

"그럼 공격한 놈들이 이십호를 데려갔을 가능성은? 그리고 공격한 놈들의 정체는 밝혀진 것이 있는가?"

"먼저 말씀드렸다시피 흔적은 남아 있는 것이 없었습니다. 그러니 한 가지 가능성은 있습니다."

"뭔가?"

"폐허가 되다시피 한 흔적으로 볼 때 이십호를 공격한 자들은 십왕계의 인물일 가능성이 높습니다."

"그럼."

"두르가의 날개들일 가능성이 구 할입니다. 그런 곳에서 그와 같이 엄청난 공격을 할 수 있고, 영자들의 눈을 피해 흔적조차 남기지 않고 이십호를 데려갈 수 있는 자들은 그뿐이니 말입니다."

"으음, 알았다. 그럼 이만 물러가라. 그리고 혹시, 반환점에 이십호가 나타날 수도 있으니, 영자 몇을 보내 그곳을 감시하라 일러라."

"하지만 영주님! 그곳은……."

"안다. 내가 상부에 이야기해 놓을 것이다. 아무래도 일이 심상치 않게 진행되는 것 같으니 어쩔 수 없는 결정이다. 만약 그 아이가 가지고 있는 것이 그들에게 넘어간다면 지난 세월 동안 진행해 온 일이 모두 물거품이 될 것이다."

"무슨 말씀인지 알겠습니다. 영자 열을 골라 그곳으로 보내도록 하겠습니다."

명령을 받은 영자는 서둘러 석실을 나섰다. 서린이 행방
불명 된 지 열흘이 다 되어 가도록 시체는커녕 어떻게 행방
불명이 된 것인지조차 단서를 찾을 수 없는 그로서도 난감
할 뿐이었다.

다른 수련생이라면 그리 심려하지 않겠지만 사사묵련
역사상 처음으로 사사밀혼 심법을 익힐 수 있을 것으로
기대되는 수련생인 서린이 사라짐으로 인해 심적 타격이
컸다.

"지난 천여 년간 진행해 온 일이다. 중원을 위협하는 십
왕계의 힘 중 하나를 우리 것으로 만들 수 있는 일이었다.
이제 겨우 사사밀혼 심법을 익힐 만한 기재를 찾아냈거늘,
놈들에게 바로 빼앗기다니. 놈들도 우리가 그들의 무예를
익힐 기재들을 찾아 수련시키고 있었다는 것을 눈치챈 것일
까?"

잠시 생각에 잠겨 있던 금수주는 이내 고개를 저었다.

"아니다. 그럴 리가 없다. 대륙천안에서 하는 일은 지
금까지 실수가 없었다. 나도 얼마 전 수련생들이 출발하
고 나서야 사사밀혼 심법이 진정 어떤 것인지 알았지 않
은가?"

사사밀혼 심법을 익힐 기재를 찾는 진정한 목적은 자신에
게조차 알리지 않을 만큼 극비인 사항이었다. 하지만 정황
상 사사밀교에서 이미 알고 있었다고는 볼 수밖에 없는 상
황이었다.

"으음, 그렇지만 만약 그들이 이미 우리의 계획을 알고,

결과물을 노리고 있었다면 문제가 심각해진다."

생각할수록 심각한 상황이라는 생각에 금수주는 자리에서 일어났다.

"일단은 보고부터 하고 상부의 결정을 따라야 할 것이다. 사사묵련만으로서는 결정하기 곤란한 일이니 말이다."

생각을 정리한 금수주는 석실을 나와 사사묵련주가 머물고 있는 곳으로 향했다. 회혼묵지의 깊숙한 곳에 위치한 련주의 처소로 가면서도 금수주의 마음은 가볍지 않았다.

3장. 천세혈왕(天洗血王)

정신을 잃는 순간 붉은 기운에 의해 동굴 안으로 끌려 들어온 서린의 모습은 무척이나 특별했다.

화산과 같은 모양의 거대한 종유석 붉은색의 액체가 찰랑이고 있었고, 서린은 그 안에는 몸이 반쯤 잠긴 채 누워 있었다. 종유석에 담긴 붉은색의 액체가 특별한 효능이 있는 것인지 찢어진 옷 속에 있던 서린의 피부는 탄 자국이 한 군데도 없었다.

영약처럼 보이는 붉은색의 액체의 작용으로 인해서 몸은 어느 정도 정상을 되찾았지만 서린은 이곳에 들어온 지 열흘이 지나도록 정신을 차리지 못하고 있었다.

"으…… 으음."

어느 순간 고통스러운 신음이 들리고 서린의 몸이 꿈틀거리기 시작했다.

스으으윽!

서린의 움직임을 따라 붉은색의 액체가 빠르게 줄어들기 시작했다.

번쩍!

붉은 액체가 반 정도 남았을 때 감겨 있던 서린의 눈이 혈광과 번쩍 떠졌다.

"후우!"

큰 숨소리가 들리고 서린이 자리에서 일어났다.

"살아 있는 것을 보니, 의도대로 성공을 했구나."

자신의 의도한 바대로 혈왕의 유진이 남겨져 있는 곳으로 들어와 있는 것을 보며 안도할 수 있었다.

"정말 무서운 공격이었어. 그자의 공격을 받는 순간 죽는 줄 알았으니까 말이야."

천지를 부수어 버릴 듯 수없이 내리꽂히는 인드라의 낙뢰는 간담을 서늘하게 했었다.

"벼랑 끝에 혈왕의 문이 있으리라고는 누구도 짐작하지는 못했을 것이다."

자칫 실수해 천 길이나 되는 낭떠러지에서 떨어지면 아무리 고수라 할지라고 생명을 부지하기 힘들었다. 자신을 위협했던 인드라와 아그니 같은 천외천의 고수가 아니라면, 절벽 위에서 떨어지고도 살아남는다는 것은, 만에 하나라도 기대하기 어려운 일이다.

"법술이 베풀어져 있다고는 알고 있었지만, 안으로 들어

온 것 자체가 기적이다. 제대로 작동한다고 장담할 수 없었으니까 말이야."

기력이 다하는 최후의 시간에 수인을 이용해 기관을 발동시켰다.

인연자를 혈왕의 유진이 남아 있는 안으로 끌어들이는 법술이 베풀어져 있었기 때문이었는데 보기 좋게 성공을 거둔 것이다.

"혈왕을 위해 안배되었다던 만년혈옥진액(萬年血玉眞液)이구나."

마치 쟁반마냥 사람 하나가 잠길 정도의 깊이를 보이는 종유석 석단에 담겨 있는 만년혈옥진액이 흥미로웠다. 반쯤 남아 있는 것을 보며 서린은 자신이 의식을 잃은 동안 반 정도 흡수했음을 알 수 있었다.

"의식이 없는 동안에도 흡수된 것을 보니 혈왕기와 반응하는 것 같구나. 철한풍을 이겨 내지 못했다면 이것은 극독이나 마찬가지다."

철한풍을 몸 안으로 받아들이는 수련을 했던 것은 대륙천안을 속이는 방편이기도 했지만 진정한 이유는 따로 있었다. 바로 만년혈옥진액을 온전히 흡수하기 위한 것이기도 했다. 극강의 화기가 섞인 것이라 만년혈옥진액의 영기는 극음을 기운을 가진 철한풍이 아니라면 절대 견뎌 내지 못하는 것이다.

"전부 흡수할 수가 없다니 조금 아쉽군."

철한풍으로 단련된 몸이었지만 전부 흡수하는 것에는 한

계가 있었다. 만년혈옥진액을 반 정도밖에는 흡수하지 못한 것이다.

"몸은 이제 한계에 다다랐다. 세 가지 심법을 합친 천세혈왕삼극결로 나머지를 흡수하는 것이 가능한 일인지는 모르겠지만 시도를 해 봐야 한다."

의식을 잃은 동안 반 정도 흡수했다면 충분히 가능한 일이었기에 일단은 운기부터 해 봐야 했다. 서린은 빠르게 가부좌를 틀고 앉았다.

'되는구나.'

운기가 시작되고 얼마 안 있어 종유석 석단 위에 있는 진액이 끓어오르며 빠르게 줄어들기 시작했다.

치이익!

운기로 인해 일어난 기운이 피부에 닿은 진액을 기화시켰고, 곧바로 서린의 몸속으로 흡수되고 있었던 것이다. 서린의 몸도 삼엄한 기세를 흘리며 붉게 물들고 있었다. 빠르게 줄어들고 있는 만년혈옥진액은 부족한 혈왕기를 보충해 주고 있는 것이 분명했다.

혈왕의 탄생을 위해서는 무엇보다 두 가지가 필요했다. 하나는 혈왕기이고, 다른 하나는 혈왕이 남긴 유진이다. 혈왕의 유진이 무엇인지는 밝혀진 것이 아무것도 없었다.

혈왕에 대한 안배가 치우천왕에 의해 만들어진 후, 그 맥을 지켜 온 사람들조차 혈왕이 되기 위해서 필요한 유진이 무엇인지 아는 사람이 아무도 없었다. 알려진 것이라고는 혈왕의 유진을 얻기 위해서는 천우신경이 필요하다는 사실만이 전해져 올 뿐이었다.

혈왕기를 깨우는 방법은 호연자라 불리는 안내자에 의해 대대로 이어져 왔지만, 혈왕이 남긴 유진에 대한 단서는 오리무중이었다. 천우신경이 왕실을 통해 보전되어 왔지만 그 누구도 유진에 대한 단서는 찾아내지 못했던 것이다.

천우신경에 담겨 있는 혈왕에 대한 것이 않자 밝혀지지 않자 문제가 생겼다. 긴 세월 동안 혈왕에 도전한 사람들은 무수히 많았지만 성공한 사람은 하나도 없었다. 혈왕기의 나머지 반쪽인 유진을 얻을 수 없었기 때문이었다. 그로 인해 혈왕을 배출하려는 시도가 중지되었다.

혈왕을 탄생시키려는 시도가 중지된 것은 거의 천여 년 전이었다. 희생자가 무수히 나왔기도 했지만, 한 천재에 의해 유진을 대체할 만한 것이 발견되었기 때문이었다.

그는 우연한 기회에 만년혈옥진액을 얻을 수 있었고, 연구 끝에 진액의 효능을 알아냈다. 혈왕기를 강성하게 하고, 불완전한 혈왕기를 안정화시킨다는 사실을 밝혀낸 것이다.

혈왕의 맥을 이은자들은 만년혈옥진액을 찾아 나섰다. 그래서 발견한 곳이 바로 이 동혈이었다. 동혈 전체가 혈옥으로 이루어졌고, 천지 간의 가장 순수한 양기가 모이는 곳으로 만년동안 혈옥의 진액이 생성되고 있었던 것이다.

"후우."

진액이 모두 사라지고 난 후 깊은 호흡과 함께 서린이 눈을 떴다. 서린은 운기조식에서 관조를 통해 깨어나자마자 자신의 육체를 살폈다. 몸 안에 무궁무진하게 감도는 기운이 느껴졌다. 내력과는 다른 순수한 기운이 그의 내부에 휘돌고 있었다.

"이제 기(氣)는 다 갖추었다. 선조들께서 이론으로만 완성한 것이라 불완전한 면이 없지 않아 있지만 이 정도면 충분하다. 내가 창안한 천세혈왕삼극결이 그것을 보완해 줄 테니까."

대륙천안이라 불리는 중원을 암중 지배하는 단체에 천우신경이 탈취당한 상태였으니 완전한 혈왕을 탄생시킨다는 것은 불가능한 일이나 마찬가지였다. 만년혈옥진액을 통해 혈왕기를 어느 정도 안정시킬 수 있었고, 좀 더 깊이 완성해야 하지만 사용할 수 있는 심결이 있으니 만족할 만한 성과였다.

"만년혈옥진액의 기운은 순수한 혼돈지기 중 양에 속한다. 그리고 철한풍은 음에 속한다. 두 가지 기운이 모두 혼돈지기에서 출발한 것이라서 아직은 완전한 합일에 이르지 못했지만 하나가 된다면 진정한 혈왕에 이를 것이다. 혈왕의 유진을 찾는 것이 요원한 이상, 이제 내가 선택할 수 있는 방법은 오직 하나다. 삼극정법으로 기운을 정립시키고, 천세결로 그 세를 다스려 혈왕기를 완전히 하나로 만들어 나가야 한다."

진액을 흡수하기 위해 천세혈왕삼극결을 운용하는 동안

나름대로의 성취를 얻은 서린이다. 기초만 완성한 천세혈왕삼극결을 내부에서 휘도는 극음과 극양의 정화를 제어하는 동안 일단공인 천세혈왕을 완성해 낼 수 있었던 것이다.

자신으로서도 알 수 없었던 일단공의 미진했던 부분을 두 가지 기운이 이합집산을 이루며 하나의 기운으로 합일되었다가, 다시 온몸으로 퍼져 나가는 것을 관조하는 가운데 깨달음을 얻은 것이다.

"시간이 얼마나 지났는지는 모르겠지만 최대한 빨리 참절백로로 들어서야 한다. 사사밀교를 상대하며 천산산맥을 횡단하는 데 일 년의 기한이 있기는 하지만 더 이상 지체해선 안 된다."

의식을 잃고 있었던 시간이 얼마나 되는지 모르기에 더 이상 지체해서는 곤란했다. 아직은 천우신경을 포기할 수는 없는 터라 사사묵련의 의심을 사서는 안 되기 때문이다.

"후후후, 이제부터는……."

전과는 달리 마음의 부담이 현저히 줄었다. 구 할 이상 뜻하는 대로 쓸 수 있게 된 혈왕기 때문이다. 자신을 걸레짝으로 만든 인드라와 아그니를 맞상대하지는 못하더라도 두려워하지 않아도 될 정도는 되었다. 대륙천안은 아직 모르지만 사사묵련을 상대하는 것은 문제가 아니었다.

"그래도 챙길 것은 챙겨야겠지. 이제 기한이 되어 가니 그분들이 남긴 것이 혈왕의 품을 완전히 떠났을지도 모르지만 남아 있는 것만이라도 챙기는 것이 도리다."

할아버지는 혈옥의 동굴과 이어진 곳이 잃어버린 대지라고 했었다. 그곳에 혈왕의 맥을 지켜 온 자들이 세상을 위해 남긴 것이 있을 것이라 말했었다. 자신과 같은 피가 흐르는 이들이 남긴 것이다. 반드시 거두어야만 했다.

서린은 할아버지의 이야기를 통해 선조가 남긴 것이 만년혈옥진액만이 아님을 알고 있었다. 혈옥의 동굴과 연결된 칸 텡그리의 깊은 오지에 선조가 남긴 것이 따로 있었던 것이다.

천여 년 전에 선조와 선조를 따르던 이들이 함께 들어간 후 지금까지 한번도 그곳을 찾거나 나온 적이 없는 신비의 대지가 그를 기다리고 있는 것이다.

그곳에는 혈왕을 위해 준비된 것들이 있었다. 약속의 기한이 끝나기기 전에 일단 그들이 남기 것을 거둔 후 이곳을 빠져나가야 했다.

"서두르자. 사사묵련의 영자가 되면 오 년간의 수련 시간이 주어지니 그곳에서 얻게 된 것들은 그때 수습하면 되니까."

서린은 종유석 석단에서 내려와 경사가 진 아래로 내려가기 시작했다.

와르르르르!

서린이 석단을 내려온 지 얼마 안 있어 석단이 무너져 내렸다. 만년혈옥진액이 서린에게 모두 흡수되자 스스로 무너져 내린 것이다.

＊　　　＊　　　＊

"단주님! 어떻게 됐을까요?"

"소문주님 말이냐?"

"예."

"처음부터 우리와는 방향을 달리했다. 우리도 모르는 사이에 말이다. 우리와 같이 하지 않는 것을 보면 달리 생각이 있어서 일 거다. 다른 생각은 말고 소문주가 우리에게 당부한 것이나 신경을 써라."

"알겠습니다. 단주!"

백천은 성겸의 말에서 자신들에게 서린이 당부했던 것이 떠올랐다. 사사밀혼 심법(死邪密魂心法)이라 불리는 사사묵련의 고유 심법과 무인정(無印晶), 사밀야혼(死密若倱), 참절백로(斬截百路)라 불리는 세 가지 절기를 반드시 완성하라는 당부였다. 그것도 자신의 절기에 맞게 연성하라고 하였다.

'너무 큰 것을 얻었다. 이 정도면 장백에서 얻은 것을 상회할 정도다. 영자가 된 후에 수련 기간이 있다지만 완성할 수 있을지 모르겠구나.'

심법의 단초는 이미 전음을 통해 설명을 들은 터라 자신들에게 맞게 터득해 가고 있는 중이었고, 장법의 일종인 무인정은 어느 정도 성취를 거둔 중이었다.

그러나 사밀야혼과 참절백로는 지지부진한 상태다. 사밀

야혼은 사사묵련 특유의 보신경(步身經)으로서 보법과 신법의 총아지만, 이들이 익히고 있는 장천산행과 경력(經力)의 배분에 배치가 되는 면이 있어 수련하는 데 애로가 있었다.

사밀야혼보다 문제가 되는 것은 참절백로였다.

사사묵련의 참절백로는 무기를 가리지 않는 초식의 집합체였다. 검(劍), 도(刀), 창(槍)은 물론 권(拳), 장(掌), 지(指)에 이르기까지 무기술과 체술에 모두 적용할 수 있는 것이다.

그런 참절백로의 초식을 쓰자면 자신의 무기술이나 체술에 맞게 변경시켜야 하는데, 이는 무초(無招)의 경지에 이르지 않고는 불가능한 경지였다. 적게 잡아도 최소한 화경에 이르러야 가능한 일인 것이다.

자신과 형제들은 이미 화경의 초입에 들었지만 참절백로를 전혀 익히지 못하고 있었다. 자신들이 장백파에서 배운 것에 연연해하는 것 때문이라는 것을 알지만 버릴 수가 없었다. 모두가 장백의 흔적을 버리고 싶지 않았다. 자신의 근본을 버리게 되면 정체성마저 잃을지도 모른다는 불안감 때문이다.

"소문주님의 말씀으로는 사사묵련의 심법을 십분 익히면 가능하다고는 했지만 이제 겨우 사 성의 경지니……."

"그럼 어떻게 하면 좋을까요? 단주님, 반환점을 돌고 나서 원래의 자리로 돌아갈 때가 되면 어느 정도 성취가 있어야 할 텐데…… 그게 요원하니 말입니다."

백천의 탄식에 자신까지 흔들릴 수 없음을 깨달은 성겸이 사령오아를 바라보며 군은 어조로 말했다.

"걱정하지 말자. 아직 시간이 있다. 장백파의 절기도 각자에 맞게 익힌 우리다. 이것이라고 불가능할 것은 없다. 소문주께서 우리에게 이것을 모두 익히라고 했다는 것은 나름대로 뜻이 있을 것이다. 짧기는 하지만 지난 시간 동안 소문주님을 지켜봤을 때 그분은 결코 의미 없는 이야기는 하지 않으신다는 것이다. 그러니 우린 무조건 익히면 되는 것이다. 익히다 보면 뭐가 되도 되겠지."

"맞습니다, 단주님. 노력하다 보면 실마리가 보이겠지요."

백천은 고개를 끄덕였다. 지금으로서는 소문주를 믿을 수밖에 없었다.

"지금은 그저 천산산맥을 횡단하며 놈들을 상대하는 동안 우리가 익힌 것에 대해 다시 한 번 생각해 보면 좋을 것 같습니다. 이곳에서 익힌 심법을 계속 운용하면서 우리가 장백파에서 익힌 것들을 다듬고, 사용하다 보면 실마리를 잡을 수도 있을 테니 말입니다. 실마리를 잡으면 완성을 위해 매진해야 되니, 영자가 되는 것이 무엇보다 중요해졌습니다. 영자가 되면 별도로 오 년의 수련 시간을 가질 수 있으니 말입니다."

"좋은 생각이다, 도운. 그것도 좋은 방법이다."

성겸은 동생의 말에 고개를 끄덕였다. 지금으로서는 최선의 방법이었다.

"지금부터는 영자에 드는 것부터 우선으로 생각한다. 하지만 사사밀교라는 적을 상대한다는 것은 목숨을 걸어야 하는 것이다. 아직 부딪쳐 보아야 하겠지만 우리가 가진 실력으로도 어쩌면 횡단은 고사하고 그들에게 죽음을 당할지도 모르니 말이다. 다른 생각 없이 최선을 다해야 하니 나머지는 다음에 생각하기로 하자."

"알겠습니다, 단주."

모두가 일제히 대답을 했다. 이제부터는 천산산맥을 최단시간 내에 주파하는 것이 우선이었다. 장천산행을 익히고 있기에 그들에게 산을 타는 것은 문제가 되지 않았다.

파파파팟!

상상을 불허하는 속도로 천산산맥을 주파하는 사령오아의 모습은, 마치 백두의 산야를 질타하는 한 마리 호랑이의 모습과도 닮아 있었다. 얼마 지나지 않아 참절백로에 놓여 있는 목표에 도착할 수 있었다.

─첫 번째 근거지다. 기척을 지워라.

성겸의 전음에 기척을 완전히 지운 후 사사밀교의 근거지를 살폈다.

산맥의 중턱에 바위를 파고 들어간 동굴에 만들어진 사사밀교의 근거지에는 사람의 기척조차 없었다. 그저 기분 나쁜 고요만이 그들을 기다리고 있을 뿐이었다.

─아무도 없는 것 같은데요.

─아무래도 놈들이 우리의 습격을 알아챈 것 같다. 이렇게 빨리 우리의 행적이 노출된 것을 보면 어려운 싸움이 될

지도 모르겠구나.

처음부터 어려운 상황에 직면했다. 적에게 사사묵련의 행사에 대한 정보가 흘러 나간 것이 분명해 보였다.

—혹시 모르니 최대한 살펴봐라.

성겸의 지시에 다들 최대한 이목을 집중시켰다. 정신을 집중하자 지금까지 몰랐던 것이 느껴졌다. 모두 느꼈지만 그 사실을 먼저 꺼낸 것은 백천이었다.

—이상합니다. 기척이 없는데 아주 미미하지만 동굴에서 살기가 흐릅니다.

—나도 느꼈다. 대단한 자들이다. 각자 애병들을 챙겨라. 사사묵련에서 준 무기로 상대하면 십중팔구 죽음뿐일 것 같으니 말이다.

명수와 호명은 자신들에게 지급된 무기를 갈무리하고 자신들의 애병을 꺼내 점검을 했다. 반면에 도운과 백천은 가만히 있었다. 사사묵련에서 제공한 무기가 도와 검의 장점을 합한 것이라 자신들의 애병보다는 사용하기가 훨씬 편하기 때문이었다.

좌르르르.

성겸도 조심스럽게 쌍성혈겸을 사슬을 풀은 후 손잡이를 틀어쥐었다.

—다들 조심해라. 근거지를 파괴하는 것에 주안점을 두라는 명령을 보면 사사묵련에서는 이런 상황을 벌써 예상했을지도 모르겠다.

—염려하지 마십시오.

사사밀교의 근거지 중 하나인 동굴을 바라보는 다섯 명의 눈에는 긴장이 흐르고 있었다.

'원래부터 되지도 않는 명령을 내린 것이나 다름없다. 더군다나 이런 상황이면…….'

사실 사사묵련에서 수련생들에게 내린 첫 번째 명령은 조금은 의외였다. 사사밀교의 교도들을 죽이라는 것이 아니라, 머물고 있는 근거지를 철저히 파괴하라는 명령이 수련생들에게 내려졌던 것이다.

천산의 특성상 고지에 있는 근거지들이 동굴을 위주로 하고 있었다. 암반으로 이루어진 동굴을 파괴하라는 것이 쉽지 않은 일임에도 모든 명령에 우선하는 것이었다. 아마도 사사묵련에서는 지금과 같이 흔적을 감추고 숨어 있을 가능성이 높다고 판단한 것 같았다.

―철뇌구를 준비해라.

―전부 말입니까?

―아니, 명수가 가지고 있는 것만 준비해라.

바위를 깊숙하게 파고 들어가 만들어 놓은 근거지를 파괴하기란 어려운 일이지만 사사묵련에서는 그것을 가능하게 할 기물을 수련생 각자에게 주었다. 바로 철뇌구(鐵雷毬)란 화기(火器)가 그것이었다.

철뇌구에는 가시와 같이 뭉툭한 철침이 네 군데 튀어나와 있는데, 밀려 들어가는 순간 폭발하게 되어 있었다. 방원 십 장 여를 초토화시킬 수 있는 가공할 화기였다.

―단주님, 철뇌구 같은 것을 조달할 수 있는 것을 보면

군부와 관련이 있는 것 같은데 어떻게 하실 생각이십니까?

철뇌구를 사용하려는 성겸의 지시에 백천이 물었다.

화약 자체가 군 같은 집단이 아니면 가질 수 없는 금수품(禁輸品)이다. 몇 개라면 몰라도 수련생 각자에게 한 개씩 지급되었다.

엄청난 양이었다. 사사묵련이 군과 연계가 되어 있지 않다면 가질 수 없는 것 물건이었던 것이다.

—사사묵련과 군부와 관계는 나중이라도 알아볼 수 있는 일이니 지금은 작전에만 집중하자.

—예, 단주.

다른 것을 고민할 때가 아니었기에 백천의 의문을 일축하고 명수를 바라보았다. 철뇌구는 이미 명수의 손에 들려 있었다.

—준비됐습니다. 그런데 저도 모르게 몸이 떨립니다.

—당연한 일이다. 잘못 떨어트리면 우리 모두 비명횡사를 면하지 못하니 말이다.

—철뇌구가 강력하다고는 하지만 단단해 보이는 저곳을 무너트릴 수 있을지 확신할 수 없으니 모두 전투 준비를 해라. 적들이 튀어나올 수 있으니 말이다. 명수는 접근할 때 조심하도록 하고.

—예, 단주.

조심스럽게 철구를 들고 대답하는 명수의 눈에는 긴장이 서려 있었다. 철뇌구가 어떤 기물인지 잘 아는 까닭이었다.

명수가 조심스럽게 움직여 동굴에 접근해 나갔다. 접근을

시작하자 다들 긴장한 모습으로 언제든지 튀어 나갈 준비를
했다.

삭!

성겸의 수신호에 명수가 조심스럽게 일어났다.

휘이익!

수법에 일가견이 있는 명수는 철뇌구에 충격이 가지 않도
록 사사밀교의 근거지로 보이는 동굴을 향해 던졌다. 포물
선을 그리지 않고 직선으로 날아가는 철뇌구를 바라보며 사
령오아는 다들 긴장을 풀지 않았다.

기분 나쁜 살기가 동굴 주변에서 흐르고 있기에 마음속으
로 전투를 준비하고 있었다. 기척이 없다고는 하지만, 사람
이 없다는 증거는 아니었다. 주변에 일고 있는 살기로 봐서
는 자신들보다 고수가 기척을 죽인 후 매복을 한 것이 분명
했다.

콰콰콰콰쾅!!

산야를 울리는 천둥 같은 폭발 소리가 동굴에서 흘러나와
사령오아의 귀를 흔들었다. 동굴 안쪽에서 터진 것임에도
상당한 위력 때문인지 회색의 먼지가 동굴 입구로 빠져나왔
다.

우르르르르!

폭발의 여파로 인한 진동 때문에 바위들이 산등성이를 타
고 흘러내리기 시작했다. 뿌연 먼지를 내며 흘러내리고 있
는 바위들은 장관이 아닐 수 없었다. 놀라운 위력에 성겸은
마음이 무거웠다.

―정말 엄청난 위력이다. 철뇌구에 대한 일은 조속히 알아봐야 할 것 같다.

―염려 마십시오. 돌아가는 대로 조치를 취하겠습니다.

동굴 깊숙한 곳으로 들어가 터지도록 조정을 했었다. 입구와 폭발한 위치가 상당히 떨어져 있음에도 불구하고 많이 무너져 내렸다. 동굴을 완전히 매몰시킨 것은 아니지만, 엄청난 위력이 아닐 수 없었다. 준비하기까지 시간이 걸린다지만 사람들 가운데 터진다면 상상할 수도 없는 참극이 벌어질 수도 있기에 나중을 대비하지 않을 수 없었다.

―저 안에 매복하고 있었다면 폭발로 인해 은신해 있던 자들 대부분 죽었을 것이다. 일단은 동굴 안으로 들어가 사사밀교의 잔당이 있는지 확인한다. 균열이 일어나 이차 붕괴가 발생할지도 모르니 다들 주의하도록 해라.

―예.

타다다닥!

주의를 준 후 성겸이 동굴을 향해 뛰었다. 그 뒤를 사령 오아가 빠르게 뒤따랐다. 이십여 장이 넘는 거리였지만 동굴 입구에 도착한 것은 순식간이었다.

좌르르르!

성겸의 손에서 혈겸이 쇠사슬이 풀려나며 동굴 안쪽을 사방으로 종횡하며 날기 시작했다. 살아남은 자들의 공격이 우려가 되었기에 한 조치였다.

―걸리는 것 없다. 안으로 들어 간 후에 나타나는 것

은 모두 베어 버린다. 빨리 지우고 이곳을 떠야 하니 말
이다.

―알았습니다, 단주.

다섯 사람은 동굴 안으로 들어섰다. 매캐한 화약 냄새가
코를 찔렀다. 보이는 것은 부서진 바위의 잔해뿐, 사람의
모습이라고는 하나도 없었다.

―아무도 없습니다.

―하지만 살기가 장난이 아니다. 어디인지는 몰라도 누군
가 있는 것이 분명하다.

―그럴 것 같습니다. 그렇지 않으면 이런 살기가 이곳에
남아 있지는 않을 테니까 말입니다. 일단 서로 경계하며 안
쪽으로 들어가 보는 것이 좋겠습니다.

―오행진을 펼친다.

사령오아는 다섯 방향에 위치한 채 동굴의 안쪽을 향해
천천히 걷기 시작했다. 십여 장을 전진했을 때, 길이 달라
졌음을 볼 수 있었다. 동굴 안쪽이 한쪽으로 급격히 꺾여
있었다.

―구조가 틀려졌다.

―아마도 저렇게 꺾여 있어 폭발의 여파를 막을 수 있었
던 모양입니다.

―기습이 있을 수도 있으니 대비해라.

성겸의 전음에 다들 무기를 그러쥐었다.

동굴 통로를 꺾어 드는 순간에 동굴 벽면이 움직였다. 달
도 없는 어두운 밤에 해변을 덮치는 파도처럼 은밀하기 그

지없었다. 동굴의 어둠과 같은 모습으로 은잠해 있던 사사밀교도가 공격해 온 것이다.

암습자들의 은잠술은 무척이나 탁월했다.

보통 고수였다면 기척조차 없이 덮쳐드는 그들의 모습을 탁월한 은잠술 때문에 발견하지 못했을 것이다.

하지만 사령오아는 달랐다.

서린이 알려 준 오행진을 형성하고 들어가고 있는 상태였기에 진의 역장이 흔들리자 백천이 자연스럽게 반응했다.

차차차창!

백천이 휘두른 검격에 은빛 섬광이 튀어 올랐다.

ㅡ은잠술이다. 사사밀교는 괴이한 은잠술과 밀법이 주특기인 곳이다. 모두 주의해서 오행진이 흐트러지지 않게 해라!

공격과 동시에 백천에 의해 막히자 다시 사라져 버린 사사밀교도를 보면서 성겸이 소리를 질렀다.

신형이 움직이는 경풍조차 없이 순식간에 공격을 하고는 이내 사라져 버렸기에 다들 긴장한 모습이었다. 적의 존재를 인지하고 경계를 강화하자 사방에서 살기가 조여 왔다. 따갑게 피부를 찔러 오는 살기가 살을 베일 듯 파고들었다.

ㅡ사방이 적입니다. 포위된 것 같습니다.

ㅡ철뇌구가 아무런 피해를 입히지 못한 것 같으니, 일이 더럽게 됐다.

아무런 피해를 입지 않고 자신들을 기다리는 사사밀교의

살기를 느끼면서 사령오아는 내심 낭패감에 젖지 않을 수 없었다.

몰래 잠입한다고 해서 별다른 수가 없는 상태지만 동굴이 꺾어져 있었다는 것을 알았다면 잠입하여 철뇌구로 피해를 주었을 수도 있었기 때문이다.

—정보가 잘못된 것 같습니다.

—내 생각도 그렇다. 어쩌면 이곳에서 뼈를 묻어야 할지도 모른다. 모두 최선을 다해라.

아무래도 이곳은 뭔가 특별한 것이 있는 것 같았다. 사사묵련에서 나눠 준 지편에는 이런 정도의 인물들이 있는 근거지는 하나도 없었던 것이다.

이십여 명씩 한 단위로 출발한 다른 수련생들과 같이 있었으면 이리 힘들지 않았어도 되었지만, 이번 여정은 어쩔 수 없는 선택이었다.

서린은 사사묵련의 이목을 피해 참절백로에서 이탈을 해야만 했다. 사령오아가 가는 길은 서린이 정해 준 참절백로 중의 하나였다. 사령오아가 참절백로를 개척해 가고, 도중에 서린과 합류하기로 되어 있었던 것이다.

경로에 대한 정보는 사사묵련에서 제공되었다.

그렇지만 첫 번째 습격에서 예상치 못한 적들과 조우하게 됐다.

자신들조차 오행진을 형성해야 조금이나마 느낄 수 있는 극도의 은잠술을 사용했다. 사사묵련의 정보에도 없었던 자들이었다.

예상치 않게 이런 자들과 조우한 것을 보면 철저히 감추어진 자들이다. 사사밀교에서 특별히 신경을 쓰지 않는 한 있을 수 없는 일이었다. 이곳이 사사밀교도들도 중요하게 생각하는 근거지임이 틀림없었다.

—모두 소문주가 전한 말을 기억해라. 놈들을 상대할 때 도움이 될지도 모른다.

성겸은 이를 악물며 사령오아의 주의를 환기시켰다.

사사밀교는 은잠법이 특히 뛰어납니다. 고수들의 기감도 속일 만큼 말이죠.

그리고 그들이 익히고 있는 사사밀공(死邪密功)은 신체를 한없이 부드럽게 만듭니다. 우리가 익힌 사사밀혼 심법도 같은 계열이지요.

아저씨들은 아직 모르겠지만 극성으로 깨달으면 상당한 위력을 발휘합니다. 사사밀혼 심법과는 다르게 그들은 주술을 통한 정신 공부를 같이 익혔기 때문이죠.

기척을 발견해 사사밀교도들을 겁으로 찌른다고 해서 그들이 쉽게 죽지 않습니다.

바위로 은잠해 있으면 바위, 그리고 나무로 은잠해 있으면 나무가 되는 것이 그들의 익힌 공부이기 때문입니다.

사사밀교들을 공격한 이들은 바위나 나무를 공격하는 느낌밖에는 없기에 아무리 고수라고 해도 방심하게 되지요. 자신이 잘못 느꼈나 하고 말입니다.

그런 상태에서 사사밀교도들의 반격을 받게 되면 불귀의

객이 되고 맙니다.

그들은 상대하는 방법은 단 한 가지뿐입니다.

사사밀혼 심법으로 키운 경력을 각자의 무기에 싣는 수밖에는 없어요. 같은 계열이기에 놈들에게 상당한 타격을 줄 겁니다. 그래서 사사묵련에서 사사밀혼 심법만을 사용할 것을 강조한 것입니다.

아직 아저씨들은 사사밀혼심법을 완성한 것이 아니니 제가 가르쳐 드린 오행진을 사용하세요. 사사밀혼 심법의 성취가 대략 사 성이니 오행진으로 힘을 합치면 사사밀교도들을 상대할 수 있을 겁니다.

성겸의 전음에 네 명은 참절백로에 들기 전 서린이 전음을 통해 전한 것을 기억할 수 있었다. 북경에서 사사묵련에 오는 도중에 가르쳐 준 오행진을 최대한 활용하라는 말도 함께 기억해 낼 수 있었던 것이다.

각자가 뿜어낸 경력이 빠르게 그들이 이룬 진형과 무기를 타고 흐르기 시작했다. 엄밀한 방어막이 쳐진 것이다. 사령오아는 사사밀혼 심법을 바탕으로 각자의 절기의 기수식을 취했다.

기수식을 취하자 적흑황청백(赤黑黃淸白)의 희미한 오색의 기운이 오행진을 따라 서서히 휘돌았다.

성겸의 쌍성혈겸 혈기(血氣), 도운의 흑오도법(黑烏刀法)은 흑기(黑氣), 명수의 최혼명수(摧魂冥袖)는 황기(黃氣)를 뿜어냈다. 호명의 호아철권(虎牙鐵拳)과 백천의 천호백검(穿毫魄劍)에서는 청기(靑氣)와 백기(白氣)가 흘러 나왔다. 예상치 못한 모습에 조여드는 살기가 한차례 출렁 였다.

─오행지문(五行之門) 개(開)! 모두들 사사밀혼 심법을 최대한 운용해라!

상당한 도움이 될 것이라고 생각했지만, 형기(形氣)까지 될지는 몰랐기에 전음을 외치는 성겸의 목소리에는 자신감 이 넘쳤다. 다섯 명이 일제히 사사밀혼 심법이 만들어 낸 경력을 내기로 돌리자 다섯 가지 기운이 오행의 지형을 따 라 힘차게 휘돌기 시작했다. 색색이 피어나는 기운에 어두 운 동굴 안이 희미하게 밝아지고 있었다.

─척(擲)!

전음과 동시에 다섯 가지 기운이 동굴의 사방을 향해 던 져졌다.

팍!

파파파파팍!

동굴 벽면이 순식간이 패여 나갔다. 마치 빗방울에 흙이 튀듯 바위들이 패여 나갔다.

"크…… 으윽!"

"꺽!!"

여기저기서 비명이 흘러 나왔다.

사사밀공이 파괴되며 깊은 상처를 입자 은잠해 숨어 있던 사사밀교들이 비명을 흘리기 시작한 것이다.

투드드득!

털썩.

천장에 붙어 있던 자들은 죽음과 함께 바닥으로 떨어져 내렸다. 아직 죽지는 않은 것 같지만 당한 자들 모두가 고통에 몸을 떨고 있었다. 익히고 있는 사사밀공이 파괴되며 산공(散功)을 겪기 때문이었다. 내공이 흩어지며 무한한 고통이 그들에게 찾아온 것이다.

스스슥!

다시 공격을 당해 상처를 입으면 산공을 겪기에 사사밀공을 풀자 동굴 안에 사사밀교도들의 모습이 나타났다. 좁은 곳에 상당수가 숨어 있었던 듯 나타난 자들이 이십여 명이나 되었다.

'우리가 사사밀혼 심법을 완전히 연성하지 못한 탓이기도 하지만, 상당한 내력을 소모하는 진형이다. 이런 놈들이 얼마나 더 있을지도 모르는데 이제부터는 오행합벽의 진형을 사용하는 것은 자제해야겠다.'

내색을 하지 않고 있지만 힘이 들었다. 아직 사사밀혼 심법을 완전히 연성하지 않은 탓인지 오행합벽을 시전하자 경력이 많이 빠져나가 금방 지칠 수밖에 없는 상황이다. 그래도 사사밀혼 심법이 효과가 있다는 것은 입증이 되었으니 충분히 상대할 자신이 있었다.

파파팟!

차차창!

퍼퍽!

파파파파파팍!

사사밀교도들의 공격이 시작되었고, 사령오아는 적극적인 공격을 통해 방어를 했다.

동굴 안에서의 혈전은 계속 이어졌다. 사사밀교도들은 사령오아에게 계속 당하면서도 그들을 끝까지 공격했다. 그렇다고 무조건적인 공격은 아니었다. 공격 중간에 요소요소에 은잠했다가 날리는 그들의 공격은 다른 이들이었다면 피를 토하고 절명할 수 있는 것이었다.

사령오아는 충분히 그들의 공격을 막아 낼 수 있었다. 여러 곳에 상처를 입었지만 치명상만은 피해 가며 차근차근 사사밀교도들을 잠재우며 동굴 안을 전진해 나갔다.

사령오아 또한 나름대로 한계를 거친 수련을 해 왔고, 사사밀교도들을 상대할 수 있는 오행진과 사사밀혼 심법을 익히고 있었기에 어려운 길이었지만 적들을 죽이며 전진해 나갈 수 있었다.

그렇게 사사밀교도들은 하나하나 죽어 갔다. 진정한 고수들이 그들을 막았다면 아무런 문제가 없었을 테지만, 지금은 그럴 수가 없었다. 이곳을 지키고 있어야 할 두 사람이 다른 일로 출타 중이었기 때문이다. 그들은 바로 인드라와 아그니였다.

콰콰쾅!

"크아아악!"

"으악!"

사령오아는 동굴 광장 안에 들어선 후 다시 한 번 오행진을 이용해 적들을 상대해야 했다. 수가 워낙 많아서였다.

동굴 광장 안에 있던 자들은 모두 사십여 명, 두 번의 오행합벽을 통해서 모두 죽일 수는 있었지만 사령오아 또한 기력을 모두 소진한 상태였다.

"크으, 모두들 괜찮은 것이냐?"

"괜찮습니다, 단주!"

상처투성이들이었지만 모두들 무사한 듯 일제히 성겸을 바라보았다.

"이곳에 있던 자들은 모두 없앤 것 같다. 이들이 이토록 지독하게 가로막은 것을 보면 이곳에서 중요한 것이 있는 것 같다."

"그런 것 같습니다. 그렇지 않다면 그렇게 죽음을 도외시하지는 않았을 겁니다."

"이곳을 뒤져 보자. 놈들에게 중요하다면 우리에게도 중요할 수 있으니 말이다."

"알겠습니다."

사령오아는 사방을 흩어져 동굴 광장을 뒤지기 시작했다. 하지만 그저 동굴 광장일 뿐 아무것도 찾을 수가 없었다.

"이상합니다, 단주. 사방이 막혀 있는데 그들이 왜 우리를 필사적으로 막았을까요?"

"분명히 무엇인가가 이곳에 있다. 그들은 우리를 이곳으로 들이지 않으려고 애를 썼다. 비록 우리에게 당하기는 했지만, 우리를 막은 자들은 중원에 나가면 일류 고수라고 해도 손색이 없을 정도였다. 그런 그들이 사십여 명이다. 사사밀혼 심법과 오행진이 아니었다면 쓰러지는 것은 분명히 우리였을 것이다. 그런 그들이 필사적으로 막으려 했다면 분명 무엇인가 있다. 그러니 자세히 살펴봐라."

사령오아는 다시 한 번 사방을 헤집었다. 혹시나 기관 장치가 있을지도 모르기에 사방을 뒤져 봤지만, 모두 자연적인 석벽일 뿐, 기관 장치가 설치된 흔적은 찾을 수가 없었다.

"없습니다. 기관은커녕 개미굴도 발견할 수 없습니다."

"내가 잘못 생각한 것인가? 그렇다면 이 동굴을 파괴하고 곧장 경로를 잡아 천불동으로 향한다."

"알겠습니다."

사령오아가 사방으로 흩어졌다.

<u>그르르르릉!</u>

동굴을 파괴하기 위해 사방에 철뇌구를 설치하려고 하자 광장을 울리는 소리가 들렸다.

"모두 이곳으로 모여라."

광장의 바닥에서 무엇인가 솟아오르기 시작했다. 커다란 석대였다. 기관 장치는 동굴 바닥에 설치되어 있었던 것이다. 움직이다가 기관을 여는 열쇠를 건드린 모양이었다.

"저, 저것은?"

동굴 광장 바닥에서 솟아난 석대 위에 커다란 유리관이 있었다. 유리관 안에는 이제 갓 소녀티를 벗은 여자아이가 누워 있었다.

"여자아이라니? 이 아이가 사사밀교도들에게 그토록 중요한 인물이라는 말인가?"

"아무래도 무엇인가 사이한 대법이 진행되고 있는 것 같습니다. 사사밀교도들에게 중요한 아이라면 데리고 가는 것이 좋겠습니다."

백천이 자신의 의견을 말했다.

"그렇게 하는 것이 좋을 것 같다."

사사밀교도들에게 중요한 인물이라면 인질로서도 충분한 가치가 있을 것이 분명했기에 성겸도 찬성을 했다.

"적들을 상대하느라 기력을 많이 소진했으니 이곳에서 충분히 휴식을 취한 후에 떠나는 것이 좋겠다."

"저 유리관 안에 있는 소녀 말고, 다른 것이 또 있는지 살펴보기도 해야 하니 그러는 것이 좋을 것 같습니다."

백천의 말에 성겸도 고개를 끄덕였다.

"그래야겠지. 그리고 쉬는 동안 사사밀혼 심법에 대해 다들 고민을 해 봐라. 사사밀교도들을 상대하는 데 뛰어나다는 것은 이번 격전을 통해 잘 알았을 테니 말이다."

"예, 단주님."

사사밀혼 심법을 완성해 나가는 것은 중요한 일이었다. 사사밀교가 장악하고 있는 천산일대를 헤쳐 나가기 위해서는 반드시 필요하다는 것을 다 같이 공감했다. 비슷한 기운을 흘리는 것을 보며 사사밀혼 심법이 사사밀교에서 흘러나

온 것도 짐작할 수 있었다.

사사밀혼 심법은 사사밀교도들에게는 상극이 되는 심법이 분명했다. 그렇기에 쉽게 적들을 제거할 수 없었을 것이기 때문이다. 성겸이 호법을 서는 가운데 백천을 비롯한 일행은 유리관을 중심으로 사방에 가부좌를 틀고 앉아 운기요상을 하며 사사밀혼 심법에 대해 참오하기 시작했다.

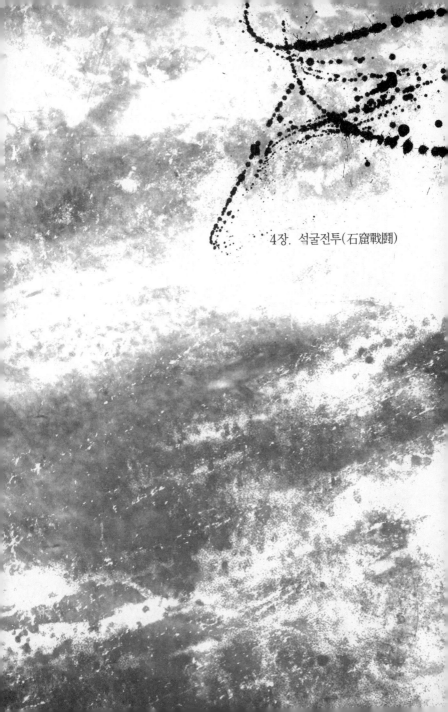

4장. 석굴전투(石窟戰鬪)

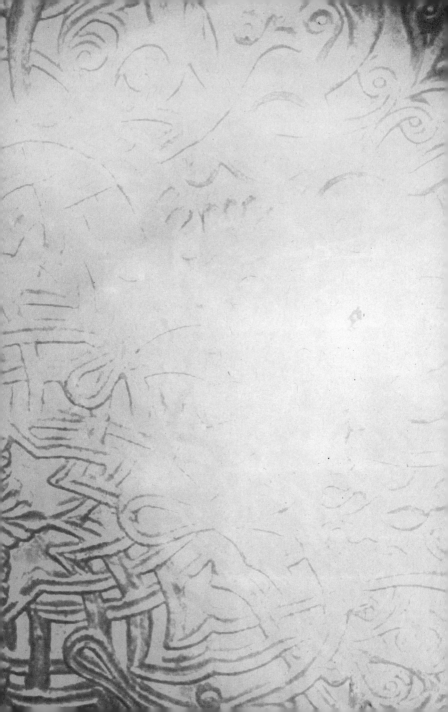

칸 텡그리의 정상에서 설풍이 불지 않는 날은 일 년에
도 한 손으로 꼽을 정도다. 워낙 높은 봉우리라 만년설이
녹지 않기 때문이다. 깍아 지른 것 같은 경사와 사시사철
설풍이 불어와 인간의 발길을 거부하는 곳이 바로 칸텡그
리다.

오늘은 여느 날과는 사뭇 달랐다. 기온이 차갑기는 하지
만 바람 한 점 불지 않는 맑은 날씨였다. 밤이 깊어 찬란히
별이 빛나고 있었다.

맑은 날씨라고는 하지만 접근이 곤란한 칸 텡그리의 정상
에 누군가 서서 하늘을 바라보고 있었다.

바로 서린이었다. 주변은 만년빙설로 뒤덮여 있었지만 추
위조차 느끼지 않는 것 같은 모습이었다. 고원임에도 호흡

이 거칠어지지 않고 무척이나 안정되어 있었다.

"후후후! 만년혈옥진액을 얻은 것도 굉장한 일이지만, 조상님들 덕분에 정말 필요한 것들을 얻었다. 그분들이 남긴 것을 아저씨들에게 주면 분명 좋아할 거다."

서린의 등에는 커다란 보퉁이가 매어져 있었다. 혈왕의 길을 안배한 선조들이 남긴 유진을 싼 보퉁이다. 안에 든 물건들 중 상당수가 사령오아에게 줄 것들이라 그런지 상당히 기분이 좋았다. 서린은 시선을 돌려 담담히 멀리 동쪽을 바라보았다. 그곳은 중원의 관문이라는 옥문관이 있는 방향이었다. 이제는 반환점으로 삼은 곳을 향해 갈 시간이었기 때문이었다.

"이제 빨리 가 봐야겠다. 사사묵련의 눈을 속일 수 있는 시간이 얼마 남지 않았으니 말이다. 그들이라면 분명 이곳까지 나를 추적했을 것이고 상부에 보고도 했을 것이다. 다행히 시간이 얼마 지나지 않은 것 같으니 최대한 빨리 사령오아 아저씨들과 합류하면 이곳에서의 일은 묻혀질 것이다. 두르가의 날개들이 나타났으니 나에 대한 신경이 무뎌졌을 테니까."

파파팟!

서린이 산을 타고 내려오기 시작했다. 산중턱을 노니는 산양이라고 해도 따르지 못할 움직임이었다.

날래기가 나무를 뛰어노는 원숭이와 다를 바 없었다. 절벽 중간중간에 튀어나온 바윗부리를 밟거나 만년빙설을 밟으며 낙하하듯 하산을 했다. 산을 내려와 서린이 향한 곳은 천불동(千佛洞)이었다. 천산산맥에 있는 불교의 성지로 사령오아와 합류하기로 한 곳이었다.

*   *   *

천불동은 쿠차에서 서쪽으로 이백여 리 떨어진 배성(拜城)현에 위치해 있다. 처음 만들어진 것은 남북조 후기로, 그 후로 당과 오대, 송, 원 이라는 칠백여 년의 긴 시간을 거친 것으로 고창 지역의 불교를 대표하는 중심 역할을 하고 있는 곳이다. 한때는 승려가 만 명을 넘었을 만큼 불교가 흥성했었던 곳이기도 하다.

실크로드의 요충지에 위치해 있으며, 서한(西漢) 시대부터 오랫동안 서역 지방의 정치, 경제, 문화의 중심지이다.

이곳이 예로부터 발달하게 된 것은 북서쪽의 우루무치와 남서쪽의 카슈가르, 남동쪽의 감숙성(甘肅省)으로 연결되는 교통의 요지이기 때문이었다. 여름에는 매우 더워서 '화주(火洲)' 라고도 칭해지며, 기후의 특성상 포도의 생산지로서도 유명하다.

특히나 유명한 것이 있는데 치솟는 불길 모양을 한 화염산(火焰山)이 바로 그것이다.

약 이천오백여 척에 이르는 거대한 산으로 투루판 분지의 북부에 위치해 있는데, 고창 고성에서 볼 때 그 뒤로 바로 서 있는 산이 바로 이 화염산이다.

동서 길이가 이백오십여 리, 남북 길이가 이십여 리에 달하며 산은 대부분 홍사암으로 되어 있고, 정상위의 풀도 길게 자라지 못한다. 모양도 그렇지만 낮이면 지면이 뜨겁게 달아올라 사람이 걷지 못할 정도여서 화염산이라 불리는데, 이렇게 산의 온도가 높은 것은 북쪽이 높고 남쪽이 낮은 분지가 태양을 향해 기울어 있기 때문이다.

천불동은 바로 이 화염산에 있다.

화염산 백자극리천불동(柏孜克里克千佛洞)!

백자극리는 이곳의 말로 '아름답게 장식된 집'이라는 뜻으로 천불동은 목두구(무르투크)라는 강의 계곡 서쪽 낭떠러지에 조성된 굴사원이다. 교하고성(交河古城)에서 사십여 리 떨어져 있는데, 천불동에는 총 여든세 개의 석굴이 있었다.

어스름한 저녁 무렵 멀리 천불동이 보이는 산자락에 다섯 인영이 나타났다. 천잠백로를 따라 서린과의 약속 장소까지 다다른 사령오아였다.

사사밀교도들과의 첫 번째 격전 이후 천잠백로를 따라오는 동안 도합 아홉 번의 격전을 더 치른 탓인지 많이 지쳐 보이는 모습이었다. 백천은 유리관에서 꺼낸 소녀를 들쳐 메고 있었는데, 다른 이들보다 상당히 지친 모습이었다.

"비록 무공을 모르는 승려들만 있다고는 하나 이곳도 그들의 근거지니 조심해야 할 것이다."

"그런데 단주님. 어째서 소문주님이 이곳에서 합류하기로 한 것입니까? 이곳이 사사밀교가 자랑하는 신안(神眼)의 근거지라는 것은 소문주님이라도 잘 아는 사실일 텐데 말입니다."

"그건 나도 모른다. 우리가 소문주님과 합류할 지점은 저곳 천불동이 아니라 다른 곳이다."

"저기가 아니라는 말입니까?"

"그렇다. 소문주님을 만날 곳을 바로 교하고성(交河古城)이다. 하지만 교하고성은 이미 폐허가 된 곳이라 정확한 위치를 잡아 가려면 천불동에서부터 출발해야 한다."

"그렇군요."

"아직 시간이 조금 남아 있으니 자시 무렵까지 기다렸다가 출발하도록 한다. 백천, 그 아이는 어떠냐?"

"아직도 같은 상태입니다. 숨은 쉬는데 아직 깨어나지 않는 것을 보면 사사밀교도들이 시행한 대법의 영향 같습니다."

"으음, 이렇게 계속 데리고 다닐 수도 없고 난감하구나."

소녀로 인해 백천의 전력은 이탈한 것이나 마찬가지다. 아니, 백천까지 보호해야 하니, 정확히 말하면 둘이나 전력에 공백이 생겼다. 사사밀교도들을 상대하는 동안 다행이 사사밀혼 심법의 성취가 높아져 다행이지, 그렇지 않았다면 여기까지 오지도 못했을 터였다.

앞으로 가는 길은 사사묵련의 감시하에 놓인 곳이다. 정신을 차리면 자신의 집으로 돌려보내려고 했는데, 정신을 차리지 못하니 그럴 수가 없는 상황이다. 이대로 두고 갈 수도 없고 난감한 노릇이었다.

"민가가 나타나면 맡기는 것이 좋은 것 같습니다. 우리들이 사사묵련의 이목을 속일 수 있는 시간도 얼마 없으니까 말입니다."

"그것이 좋겠지. 하지만 천산산맥에서 이 아이를 맡길 만한 민가가 있겠느냐? 사사밀교의 세력권 내에서 아이를 맡긴다면 우리의 행적을 알려 주는 것이나 마찬가지라 어려운 일이다."

"그렇기는 하겠군요. 그럼 어떻게 하면 좋겠습니까?"

"여정에 상로(商路)가 포함되어 있으니 운이 좋아 지나가는 대상이라도 나타나기를 바라는 수밖에 없을 것 같다."

"하지만 그것도 좋지 않기는 마찬가지입니다. 신안에서 상계에 손을 뻗지 않을 리 없으니 말입니다. 일단 지금 결정할 것이 아니라 소문주님과 합류한 다음에 이 아이의 처분에 대해서 생각하는 것이 좋은 것입니다. 소문주님이라면 좋은 방법을 생각해 내실지 모르니 말입니다."

"그것이 좋을 것 같다. 아무래도 우리로서는 판단을 내리기 힘드니까. 이 여자아이가 중요한 아이인 것 같으니 함부로 할 수도 없는 일. 그것이 제일 나은 것 같다."

성겸 또한 백천의 의견이 제일 타당하기에 그의 의견을 쫓기로 했다. 나이는 어리지만 지금까지 서린의 말대로 해서 손해를 본 일이 없기에 내린 결정이었다.

"그런데 단주님 덥기는 우라질 나게 덥군요."

"이곳은 옛날부터 화염산이라 칭해지는 곳이다. 너는 서유기도 읽어 보지 않았느냐?"

"그럼?"

"이곳이 바로 파초선으로 유명한 바로 그 화염산이다."

"우와, 정말입니까?"

"그래, 그래서 이곳이 이토록 더운 것이다."

"이야기 속의 말을 누가 믿겠습니까?"

"전설이 사실일지도 모른다."

진지한 성겸의 대답에 백천이 인상을 굳혔다. 자신이 알고 있지 못한 사실이 있다는 것을 알아차린 것이다.

"우리가 가야 할 길은 다른 이들과는 다르다. 사람이 다닐 수 없는 곳이지. 예전부터 진짜 불타오르고 있는 길이니 말이다."

"진짜로 불타오른다는 것입니까?"

"그래, 그래서 자시까지 기다려야 한다는 것이다. 체력이 이토록 떨어져 있는 상태에서 화염의 길을 지나 교하고성까지 간다는 것은 무리기 때문이다."

"으음, 그렇다면 운기조식을 하면서 기다려야겠군요."

"그래, 자시까지는 기척을 숨긴 후 운기조식을 하며 기다리는 것이 좋을 것이다."

"알겠습니다, 단주님."

"그럼 체력을 비축하도록 해라."

성겸의 말에 사령오아는 다들 모래 둔덕 사이에 몸을

숨기고 운기조식을 취했다. 성겸도 아이를 한쪽 구석에
잘 숨겨 두고는 기운을 추슬렀다. 다들 어려운 길을 헤
치고 온 터라 힘이 들었기에 금방 운기조식에 빠져들었
다.

그렇게 운기조식을 취하며 쉬다 보니 어느새 밤이 되었
고, 주변의 기온이 빠르게 떨어졌다.

"다들 일어나라."

운기조식이 끝내고 명상을 하며 쉬고 있던 성겸이 형제들
을 불렀다. 제일 먼저 반응한 것은 백천이었다.

"벌써, 시간이 됐군요."

"그래, 이제 소문주님을 만나러 가야 할 시간이다."

"어서 가시죠."

"사방이 고요한 곳이라 작은 소리도 멀리까지 퍼져 나가
니 최대한 기척을 죽여라."

"예."

대답을 한 백천은 모래밭에 누워 있는 소녀를 다시 들쳐
업었다.

"가자."

사사사삭!

사령오아는 교하고성을 향해 출발했다. 오십여 리가 넘는
길이라 사람들에게 기척을 들킬까 저어하여 은밀한 움직임
으로 빠르게 달려 나갔다. 신법 하나만큼은 다들 고절한 터
라 축시가 막 지날 무렵 즈음 교하고성에 도착할 수 있었
다.

"우물을 찾아라. 이 근처에 말라붙은 우물이 있을 것이다."

사암으로 만들어진 성의 폐허에 당도한 성겸은 사령오아로 하여금 우물을 찾게 했다.

우물이 바로 서린과 만나기로 한 장소였던 것이다.

"알겠습니다."

백천을 제외한 세 사람이 빠르게 흩어졌다.

워낙 부서지고 오래된 성터라 마른 우물을 찾는 것은 쉽지가 않은 일이었지만, 예리한 명수가 얼마 지나지 않아 찾아낼 수 있었다. 명수는 즉각 신호를 보내고 성겸에게로 왔다.

"찾은 것이냐?"

"단주님, 저곳에 우물이 있습니다. 널따란 바위가 덮여 있어 치워 보니 그 아래에 우물이 있었습니다."

"가 보자."

명수의 신호로 다를 모인 터라 일행은 마른 우물이 있는 곳으로 향했다.

"단주님, 이곳입니다."

명수가 가리키는 우물 옆에는 그가 치운 것으로 보이는 넓적한 바위가 놓여 있었다.

"형태로 봐서 우물이 맞는군. 소문주님께서는 아직 오시지 않은 모양이니 이곳에서 기다리기로 한다."

사사삭!

다섯 사람은 우물을 중심으로 사방을 경계하며 포진했다. 혹시나 자신들의 행사를 누가 지켜보기라도 할까 봐 경계하는 빛이 역력했다.

목적지에 도착은 했지만 사사밀교의 중심부나 마찬가지인 곳인데다가, 잠입한 영자들이 언제 자신들의 흔적을 찾을지 모르는 상황이라 다들 세심한 주의를 기울이고 있었다. 초조한 가운데 시간이 빠르게 흘렀다.

"아까 운기조식을 할 때는 너무 지쳐 있어 미처 말하지 못했지만, 시간이 좀 있는 것 같으니 조바심을 내기보다는 그동안 얻은 것을 생각해 보도록 해라, 나 또한 그리할 테니. 얻는 것이 있을 것이다."

"알겠습니다."

경계를 하면서도 다섯 사람은 자신들의 성취를 돌아보는 것을 잊지 않았다. 지난 열 번의 격전 동안 얻은 것이 적지 않았기 때문이다.

계속되는 격전을 치르는 동안에도 명상을 하며 심상을 통해 성취를 되돌아보고는 했었다. 고찰하면 할수록 스스로 만족할 수 없는 미진한 상태였기에 이렇게 틈이 나기만 하면 되돌아보는 것이 사령오아에게 생긴 새로운 습관이었다.

'으음, 다들 많이 늘었다. 벌써 팔 성이나 되는 성취라니. 출발하기 전에 비하면 정말 괄목할 만한 성장이다.'

꾀죄죄한 모습과는 달리 동생들을 바라보는 성겸의 표정은 한층 밝았다.

장백의 무예와 서린의 충고로 상당한 깨달음을 얻은 동생들이다. 전투를 치르면서 사사묵련의 영주급과 맞먹을 정도의 성취를 쌓기도 했으니 흐뭇하지 않을 수 없었던 것이다.

기감을 최대한 높여 경계를 늦추지 않으면서 심상을 구현한다는 것이 쉽지 않음에도 동생들은 태연히 하고 있었다. 무당의 양의심공과 비견될 만한 것을 본능적으로 하고 있는 것이다.

언제나 자신을 고찰하고 무예를 참오한다는 것은 굉장히 큰 이득이었다. 자신도 마찬가지지만 앞으로 동생들의 실력이 얼마나 늘지 짐작조차 가지 않기 때문이다.

그렇게 인시가 가까울 무렵 다섯 사람은 누군가 다가오는 기척을 느낄 수 있었다. 다섯 사람이 동시에 명상에서 깨어나더니 어느새 전투 준비를 하고 있었다.

"누구냐!"

성겸은 다가오는 기척을 향해 소리를 질렀다. 낮지만 단호하면서 적을 제압하는 강한 목소리였다.

"접니다, 아저씨들."

어둠을 뚫고 나타난 사람은 서린이었다.

"소문주님."

"다들 무사하셨군요. 험한 길이지만 아저씨들이라면 잘 견뎌 주리라 생각했었습니다."

"소문주님도 무사하신 것 같아 다행입니다."

성겸이 대표로 서린에게 인사를 했다.

"이러고 있을 때가 아닙니다. 천불동 근처의 움직임이 심상치 않으니 말입니다."

"천불동에서요?"

"소란스럽지는 않지만 심야인 지금 시간에 많은 인원들이 천불동을 빠져나가고 있었습니다. 아무래도 사사묵련의 행사 때문인 것 같습니다."

"참절백로 때문이군요."

성겸은 자신들 말고 다른 이들이 천불동 근처에 다다랐다는 것을 알 수 있었다.

"그런 것 같습니다. 이제 슬슬 다른 자들도 도착할 때가 되었으니 말입니다."

"어떻게 하면 좋겠습니까?"

"일단 이 자리를 벗어나도록 하지요. 백천 아저씨 뒤에 있는 그 소녀가 궁금하기도 하지만 그것은 나중에 듣도록 하고 말입니다."

"신안의 이목이 깔리기 시작하면 피한다는 것은 불가능할 텐데, 어디로 가시려는 것입니까?"

궁금한 듯 성겸이 물었다. 폐허가 된 성터에서 갈 만한 곳이 없었기 때문이었다.

"저곳입니다."

성겸의 궁금증에 서린은 우물을 가리켰다.

"저 우물 안으로 들어가자는 말씀입니까?"

성겸이 의아한 듯 물었다.

"저 안에는 사람이 다닐 만한 통로가 있습니다. 우리에게 시간을 벌어 줄 곳이죠."

"무슨 말씀이신지 모르겠습니다."

백천이 궁금증을 드러냈다.

"전에 말씀 드린 카레즈 아시죠? 저 안에는 지하대수로까지 통하는 길이 있습니다. 이제는 우물이 메말라 몸을 피하기는 좋을 겁니다."

"그렇습니까?"

모두가 놀라는 표정이었다. 사사묵련의 총단에서 살인 경주인 참절백로의 실전 훈련을 위해 사사밀교의 근거지인 서장 깊숙이 들어갈 수 있었던 것도 카레즈를 이용한 덕분이었다.

하지만 그것은 카레즈에 해박한 이가 있었기 때문에 가능한 일이었다. 자칫 길을 잃으면 목숨을 부지할 수 없는 미로가 바로 카레즈이기도 했는데 서린이 지하대수로에 대해 잘 알고 있는 것 같아 보이자 모두 놀란 것이다.

"안으로 들어간 후에 설명을 드리겠습니다."

"알겠습니다."

대답을 들은 서린은 우물 속으로 들어갔다. 서린이 들어가자 어깨에 소녀를 둘러메고 천으로 단단히 묶은 백천이 뒤를 이었다. 다른 세 사람도 순차적으로 우물 속으로 들어갔다.

'흔적을 없애야겠다.'

마지막으로 남은 성겸은 우물 안으로 들어가 아래쪽에 나 있는 우물 턱에 발을 걸친 후 손을 휘저었다.

휘이이이익!

기운이 일며 바람이 만들어졌고, 일행이 남긴 흔적이 바람결에 사라졌다. 성겸은 우물 주변을 옆에 있는 널따란 바위를 끌어당겨 우물 입구를 막은 후에 발로 번갈아 우물 벽을 찍으며 아래로 내려갔다.

턱!

우물 바닥에 무사히 내려선 성겸은 주변을 둘러보았다. 어두운 곳이었지만 수련으로 단련된 그의 눈에 희미하게 안의 광경이 눈에 들어왔다.

'상당히 넓군.'

우물 속은 예상외로 상당히 넓었다. 입구는 좁고 아래는 넓은 것으로 볼 때 전체적으로 마치 호리병 모양이었다.

"잠시만 기다리십시오."

서린은 말을 마친 후 등 뒤에서 준비해 가지고 온 홰를 꺼내 들었다. 그리고는 품에서 화섭자를 꺼내 준비해 온 홰에 불을 붙였다.

"이걸 받으십시오."

서린은 두 개의 홰에 불을 밝혀, 하나는 성겸에게 주었다.

'이런 곳에 비밀 통로를 만들다니……'

우물 안이 밝아지자 사령오아는 우물 속에 남겨져 있는 사람의 손길을 볼 수 있었다. 그것은 문으로 보이는 흔적이었다.

"소문주님, 문이 있는 것을 보니 이곳도 사람들이 이용했던 모양입니다."

"일종의 피난처 역할을 하는 곳이라고 들었습니다. 이곳이 지하대수로로 통하는 길입니다."

그르르릉!

오래전에 와 본 듯 서린이 한곳을 만지자 석문이 굉음을
내며 열렸다.

휘이이잉!

'진짜 지하대수로로 가는 통로구나.'

석문이 열리자 차가운 한기가 잠시간 밀려왔다. 습기가
가득한 것이 지하수로를 흐르는 지하수에서 밀려오는 한기
였다.

"들어가시죠."

서린의 안내에 다른 이들이 모두 석문 안으로 들어
갔다.

그르르르릉!

사람들이 모두 들어서고 서린이 안쪽에서 다시 기관을 조
작해 석문을 닫았다.

"오래된 기관 같은데, 잘 작동하는 것 같군요, 소문주
님."

"천여 년 전에 고하국에서 만든 겁니다."

"상당한 문명을 지녔던 모양입니다. 천여 년 전에 이런
것을 만들다니 말입니다."

"고하국에 대해서는 잘 알려져 있지 않지만 그들이 남긴
유적을 보면 신비한 구석이 많았던 곳인 것 같습니다. 일단
쉴 만한 곳으로 가야 하니 절 따라오십시오."

자세한 설명을 회피하려는지 간단하게 답을 준 서린은 불
을 들고는 통로를 따라 앞장서서 일행을 안내하기 시작했다.

졸졸졸!

일다경이 지나자 물이 흐르는 소리가 들려 왔다.

"물소리가 들리는군요. 조금 있으면 수로가 시작될 겁니다."

얼마 지나지 않아 수로가 보였다. 불빛을 따라 반짝이는 물줄기가 보였다.

"수로라고 해도 그리 깊지 않은 곳이니 저를 따라오십시오."

서린이 먼저 수로로 들어가고 뒤를 이어 사령오아가 물 속으로 들어섰다.

철퍽! 철퍽!

무릎까지 잠기는 지하수로를 따라 서린이 전진해 나갔고, 사령오아 일행도 뒤를 따라 조심스럽게 걷기 시작했다. 차가운 한기가 스며들었지만 이미 한청빙로의 수련을 거친 후라서 그런지 수로에서 스며드는 기운은 그저 미미하게 느껴질 뿐이었다.

"소문주님, 어떻게 이런 곳을 아시는 겁니까?"

뒤를 따르던 성겸이 궁금증을 드러냈다.

"전에도 말씀드렸을 겁니다. 제가 이곳을 넘나드는 대상(隊商) 한 분을 잘 안다고 말입니다. 그분에게서 이곳에 대한 것을 들었습니다."

서린이 대상인이 알려 줬다고 핑계를 댔지만 누구도 믿지 않았다. 이런 것들 들어서는 절대 알 수 있는 것이 아니었기 때문이었다.

'으음, 아무리 생각해도 절대 진짜 소문주는 아니다. 자신을 장백에서 미리 준비한 자라 설명을 했지만 결코 그렇지는 않을 것이다. 저 나이에 이런 지식을 가지고 있다는 것은 말도 되지 않으니 말이다.'

언제나 정답을 피해 가는 대화로 자신의 진실한 정체를 감추고 있기에 서린에 대한 성겸의 의문은 갈수록 깊어 갔다.

'우리가 장백으로 인도한 아이가 아닌 것도 확실하다. 조선에만 있던 아이가 이런 것을 알 리가 없으니 말이다. 그렇다면 진짜 누구란 말인가? 아무리 해도 알 방도가 없으니 걱정이기는 하지만 우리의 임무를 방해하지는 않을 것 같으니 일단 지켜보는 수밖에 없다. 하지만 방해가 된다면 어쩔 수 없이…….'

물어본다고 해도 절대 알려 주지 않을 것 같았기에 성겸은 의문은 일단 접기로 했다. 자신들은 자신들의 일로, 서린은 서린의 일로 서로가 암묵적으로 비밀을 지켜야 하는 사이라는 것을 인식한 까닭이다. 사실 비밀이라는 것이 아는 사람이 많을수록 새어 나가기 마련이기에 서로 말을 하지는 않는 것이 좋았다.

그러나 만약 서린으로 인해 자신의 일이 방해를 받는다면 최후의 결전까지도 생각하는 성겸이었다.

철퍽! 철퍽!

"이제 다 왔군요."

한 시진 정도 수로를 걷다가 마른 땅을 밟으며 서린이 목적지에 다 왔음을 알렸다.

"꽤 긴 수로군요."

"그렇기는 하지만 일부에 지나지 않습니다. 사람이 다닐 수 없는 지하에 이보다 복잡한 수로가 지나가고 있으니 말입니다. 길을 알지 못했다면 이렇게 무사히 도착하지 못했을 정도로 아무 위험한 곳이기도 합니다."

"별로 위험을 느끼지 못했는데 그렇게 위험한 곳입니까?"

"그렇습니다. 아무 일도 일어나지 않았다고 위험하지 않은 것이 아닙니다. 사실 우리는 지금 상당히 위험한 곳을 지나 왔습니다."

"무슨 위험이 있기에······."

"비밀 통로란 것이 원래 추적자를 저지하는 장치를 하기 마련인데, 우리가 온 곳이 아무런 장치도 없다고 생각하지 마십시오. 우리 지나온 길에는 세상에서 제일 무서운 함정이 존재하고 있으니 말입니다."

"으음, 그랬군요."

미소를 지으며 말을 하고 있지만 빈말이 아닐 것이기에 성겸은 신음을 삼켰다.

자신의 기감으로도 알아차릴 수 없는 함정이 존재하고 있다는 사실에 등골이 서늘할 지경이었다.

"하하하, 이렇게 무사히 지나왔으니 된 거 아닙니까? 어서 쉴 곳으로 가지요. 이제 아침이 밝았을 테니 말입니다."

"알겠습니다."

지하수로 안은 아직도 짙은 어둠에 싸여 있었지만 시간이 흐른 정도로 봐서는 서린의 말대로 밖에는 이미 해가 떠오를 시간이었다. 단련된 무인이라고는 하지만 참절백로를 따라오는 동안 상당한 피로가 누적되었다, 운기조식을 하기는 했지만 긴장을 늦출 수 없었기에 성겸과 사령오아는 쉬고 싶었다.

그르르릉!

서린이 어두운 지하수로를 따라 옆으로 뻗어 있는 벽면을 눌렀다. 기관이 돌아가는 소리와 함께 사암의 한구석이 밀려나며 다른 통로가 나타났다.

"들어가시죠. 이곳이라면 방해받지 않고 잠시 쉴 수 있을 겁니다."

비밀의 문을 열고 서린이 수로 옆에 만들어진 석실로 들어서자 사령오아가 따라 들어갔다.

"이런 곳에 서실이 만들어져 있다니 놀랍습니다, 소문주님."

석실 안에는 여러 가지가 마련되어 있었다. 홰도 여러 개 만들어져 한쪽 구석에 놓여 있었고, 가죽으로 만든 보퉁이 여러 개와 돌로 만들어진 합(盒)이 몇 개 있었다.

"석합(石盒)을 열어 보면 환단이 있을 겁니다. 귀중한 것이니 반드시 챙기십시오. 가죽 보퉁이 안에는 육포와 건량이 들어 있을 겁니다. 앞으로 여정 동안 우리가 먹을 식량입니다."

"소문주님! 이런 것은 언제 준비하신 겁니까?"

"장백에 있을 때 우리가 이곳에 올 시간을 맞추어 준비시킨 겁니다. 제가 아는 대상을 통해서 말입니다."

"그러셨군요."

"자, 쉬기 전에 일단은 요기부터 하는 것이 좋겠습니다."

"사실 허기가 많이 집니다. 지난 이틀 동안은 아무것도 먹지 못했으니 말입니다."

"이틀 동안 아무것도 먹지 못하셨다면 육포나 건량을 그대로 드시면 곤란하겠군요. 잠시만 기다리십시오."

서린은 한쪽 구석에 있는 비어 있는 가죽 주머니 하나를 들고는 다시 석실 문을 열고 밖으로 나갔다. 수로에서 물을 떠오기 위해서였다. 가죽주머니에 물을 담이 곧장 석실로 들어온 서린은 음식을 만들 준비를 했다.

"무엇을 하시는 겁니까?"

"육포와 건량을 먹기 좋게 만들어 드리려고 합니다. 금방 되니 잠시만 기다리십시오."

궁금증을 드러내는 백천을 향해 대답을 한 서린은 가죽주머니가 있는 곳으로 가서 하나를 열어 녹색이 감도는 금속으로 만들어진 작은 솥 하나를 꺼냈다.

주르르륵!

가죽 물주머니에 담아 온 물을 솥에 따른 서린은 그 안에 육포를 잘게 찢고 건량과 함께 집어넣었다. 그리고는 양손으로 솥 밑바닥을 잡았다. 서린의 손을 따라 붉은 불길이 솟아올랐다. 내력의 정화라는 삼매진화가 분명했다.

'으음, 삼매진화라니? 저런 실력을 가지고 있다는 것을 전혀 느끼지 못했다. 그렇다는 것은 우리가 가진 실력을 뛰어넘었다는 뜻인데…….'

내력이라고는 전혀 느낄 수 없었다. 지금도 느낄 수 없는 것은 마찬가지다. 그럼에도 아무렇지 않게 삼매진화를 뿜어내고 있는 서린을 보니 정신을 차릴 수 없었다.

자신들이 먹을 음식을 만들기 위해 삼매진화를 뿜어내는 서린의 행동이 놀라울 따름이었다.

육포와 건량으로 죽이 만들어졌다. 짧은 시간에 만들어진 것임에도 먹음직스러운 냄새가 석실 안을 맴돌았다. 죽이 끓자 서린은 솥을 내려놓더니 가죽 주머니에서 작은 사발들을 꺼냈다. 솥과 마찬가지로 녹색이 감도는 금속으로 만들어진 사발이었다.

"다들 시장하실 테니 어서 드십시오."

서린은 솥을 들어 늘어놓은 사발 안에 죽을 따랐다.

"고맙습니다."

"잘 먹겠습니다."

냄새를 맡으며 시장기가 더욱 돌기 시작한 사령오아는 감사의 인사를 전하며 사발을 들었다. 수저가 없기는 하지만 묽게 쑨 죽이기에 먹는 데 지장은 없었다. 마시듯 먹으면 되기 때문이었다. 사령오아는 건량이 적당히 풀어진 죽과 함께 물러진 육포를 천천히 씹어 먹었다.

'어떻게 저런 나이에…….'

죽을 먹는 내내 사령오아의 시선은 서린에게 향해 있었

다. 볼수록 기이했기 때문이었다. 처음 장백에서 왔을 때와 는 완전히 다른 모습이었다. 어린 나이에 이런 안배를 했다 는 사실은 혀를 내두를 정도다.

이만한 역량을 가진 이는 사령오아도 처음 보는 것이었 다. 더군다나 삼매진화를 일으킬 수 있는 정순한 내력까지 가지고 있었다. 무예를 얼마나 익혔는지 모르지만 아마도 자신들이 합공을 해야 겨우 동수를 이룰 수 있을 것이라는 생각이 사령오아의 뇌리에 새겨졌다.

"그런데 저기 누워 있는 소녀는 어떻게 된 것입니까?"

일행이 죽을 다 먹자 서린은 백천이 업고 들어온 여자 아이를 보며 물었다. 예정에 없던 것이기는 하지만 뭔가 를 알고 있는 듯 서린의 눈동자에서 묘한 빛이 흘러나왔 다.

"소문주님에게 지시받은 경로를 택해 이동하던 중에 사사 밀교의 첫 번째 근거지를 발견했습니다. 사사묵련의 지시에 따라 철뇌구를……."

성겸은 자신들이 여자아이와 동행하게 된 사연을 상세히 서린에게 말해 주었다.

"사사밀교도들을 전부 제거하고 석굴 내부를 살피던 중에 저 소녀를 발견했습니다. 사이한 대법을 시전받던 중이었는 지 기관 장치가 되어 있는 유리관 안에 들어 있었습니다. 그곳에서 꺼낸 후부터 지금까지 줄곧 저 상태입니다."

"으음, 큰일이군요."

"큰일이시라면?"

"아무래도 우리는 사사밀교의 추적을 뿌리칠 수 없을 것 같습니다."

"그게 무슨 말씀입니까?"

"아저씨들이 데리고 온 소녀 때문에 사사밀교에서는 추적을 중단하지 않을 겁니다."

"도대체 이 소녀가 누구이기에……."

"아직 확실한 것은 아니지만 저 소녀는 사사밀교에서 전신으로 모시고 있는 두르가의 화신일 확률이 높습니다."

"두르가의 회신이요?"

"그들이 그토록 필사적으로 막은 것도 그렇고, 설명하신 것으로 봤을 때 아저씨들이 격전을 벌였던 그곳에서는 틀림없이 두르가의 화신을 위한 사밀천령대법(邪密千靈大法)이 펼쳐졌던 것이 같습니다."

"사밀천령대법(邪密千靈大法)이요?"

처음 듣는 소리이기에 명수가 물었다.

"전신 두르가를 부활시키기 위해 사사밀교에서 전해지는 대법입니다. 제가 예측한 대로 사밀천령대법이 행해진 것이라면 사사밀교에서 큰 희생을 치른 것 같습니다."

"희생이라면?"

"한 사람을 전신으로 만들기 위해 천명의 고수가 자신의 힘을 순차적으로 모두 퍼붓고 희생해야 완성할 수 있는 것이 사밀천령대법입니다. 더군다나 자신의 생명마저도 대법을 시술받는 이에게 건네줍니다. 이 소녀는 첫 번째 단계의 연신을 마친 것 같습니다. 삼백여 년이 넘게 걸리는 대법인데 상태를 보아하니 성공한 것 같군요."

"그럼 이 소녀가 삼백 살이 넘었다는 말씀입니까?"

믿을 수 없는 소리였기에 백천이 물었다.

"그렇습니다. 하지만 저 소녀의 정신연령은 대법이 시행되기 전 그대로일 겁니다. 대법을 시술받는 내내 잠들어 있었을 테니까 말입니다."

"으음. 정말 믿을 수 없는 이야기군요."

"기간도 그렇고 너무 큰 희생을 요구하기에 사사밀교에서도 천여 년 전 단 한 번밖에 시행된 적이 없는 대법입니다. 그런데 이렇게 첫 번째 단계의 연신체가 나타난 것을 보면 아무래도 사사밀교는 다시 한 번 처절한 전쟁을 바라는 것 같습니다."

"그럼 이 소녀를 없애야 하지 않겠습니까?"

문제의 근원을 제거해야 한다고 생각했는지 성겸이 물었다.

"아직까지 그럴 필요는 없습니다. 사밀천령대법을 시술받았지만 아직 완벽하게 완성된 것이 아니니까 말입니다."

"다행이군요."

"그나저나 그들이 왜 나를 그렇게 쫓아오나 했더니 바로 저 소녀 때문이었군요. 정말 재미있는 일입니다."

"그들이라니요?"

갑자기 다른 이를 거론하자 성겸이 궁금한 듯 서린을 쳐다보았다.

"지금까지의 경로로 봤을 때 저를 쫓아왔던 자들이 사밀
천령대법(邪密千靈大法)을 주관하고 있었을 겁니다. 하지
만 저로 인해서 그들은 그곳을 나설 수밖에 없었고, 때마침
아저씨들이 쳐들어간 것 같습니다."

"원래 저희가 갔던 곳을 소문주님을 쫓고 있는 자들이 지
키고 있었다는 말씀입니까?"

상대했던 사사밀교도들도 중원에 오면 일류 고수 소리를
들을 수 있을 정도의 고수들이다. 그런데 그들을 지휘하며
지키고 있던 자들이 또 있었다는 말에 성겸은 의문이 아닐
수 없었다. 그만한 고수들이라면 중원에서도 찾아보기 힘들
기 때문이다.

"그렇습니다. 그들의 근거지가 있던 근처에서 상당한 힘
을 가진 존재들이 나타난 것을 봤습니다."

"으음."

"사실 아저씨들은 운이 아주 좋았습니다. 만약에 그들이
그곳에 계속 머물고 있었다면, 전 아마 아저씨들을 볼 수
없었을지도 모르니 말입니다."

"저희도 상당한 힘을 가지고 있습니다."

"아저씨들이 가지고 있는 힘이 강하기는 하지만, 그들에
게는 조족지혈도 되지 않습니다. 중원에서는 그들을 초절정
의 고수들로 생각하고 있겠지만 절대 아닙니다. 사실 그들
은 인간이 아니라고 할 수 있는 존재들이니까요."

"정말입니까?"

"사실입니다. 제가 본 것은 인드라와 아그니라 불리는 자

들이었습니다. 그들은 두르가의 날개라 불리는 초강자들입니다."

"두르가의 날개요?"

"두르가의 날개는 사사밀교에서 서열 십 위 내의 고수들을 말합니다. 근거지 근처에 나타난 것으로 봐서는 그들은 그곳을 지키고 있었던 것이 분명합니다. 만약 그자들이 있었을 때 아저씨들이 공격을 했다면 지금 이렇게 저와 이야기할 수는 없었을 겁니다."

빈말은 하지 않을 것이기에 가슴이 서늘했지만, 서린이 어떻게 그런 존재들을 알고 있는지 궁금하지 않을 수 없었다.

"그자들에 대해서는 걸 어떻게 아신 겁니까?"

"제가 말씀드렸던 대상에게서 들었습니다. 워낙 특이한 자들이라서 금방 알아차릴 수 있었습니다.

"혹시, 그자들과 싸우신 겁니까?"

"그렇습니다. 그중 한 명에게 혹독하게 당하기도 했고 말입니다."

"으음, 어떤 존재들이기에……."

어느 정도 실력인지 짐작조차 가지 않는 서린이 혹독하게 당했다는 소리에 성겸의 안색이 굳어졌다.

"그때의 나로서는 도저히 상대할 엄두가 나지 않을 정도로 강력한 힘을 가진 존재들이었으니 말입니다."

"그런 자들이 있다니 믿어지지가 않습니다."

"믿어지지 않으시겠지만 사실입니다."

"으음."

눈빛이 굳어 있는 서린을 보며 성겸은 자신도 모르게 신음을 삼켰다. 서린의 눈빛에서 적들이 만만하지 않다는 것을 느낄 수 있었기 때문이다.

"확실하지는 않지만 이 소녀가 두르가라고 한다면 우리들을 추적하기 시작했을 겁니다. 가장 좋지 않은 방향으로 흘러가는 것 같아 마음이 불편하군요. 그들을 상대할 방법은 아직 마련되지 않았으니 말입니다."

"그럼 어떻게 해야 합니까? 두르가를 제거하고 그냥 우리의 계획대로 움직이는 것이 낫지 않겠습니까?"

"아니요. 죽일 수도 없는 일입니다. 우리가 임의대로 처리할 수도 없는 상황입니다. 두르가가 죽는다면 곧바로 전쟁이니 말입니다. 무림의 일이 아니라 나라 간의 전쟁이 말입니다."

"그렇군요."

사사밀교의 권역은 정교일치의 사회.

두르가가 신이라 여겨지는 곳이니 적의 손에 죽은 것이 알려진다면 전쟁은 당연한 일이었다.

"어차피 그들에게 돌려줄 수밖에 없습니다. 문제는 어떻게 하면 자연스럽게 넘기느냐 하는 것인데, 정말 고민이 아닐 수 없습니다."

"죄송합니다. 저희가 쓸데없는 짓을 한 모양입니다."

자책하는 성겸의 반응에 서린이 다시 입을 열었다.

"아닙니다. 어쩔 수 없는 경우니 말입니다. 그리고 너무 걱정하지 마십시오. 잘하면 이 문제를 해결할 방법이 있을 것도 같으니 말입니다."

"방법이 있다는 말씀입니까?"

"사실 이곳에서 얼마 떨어지지 않은 곳에 그들의 종단(宗團)이 있습니다. 그곳에서 넘길 수 있는 방법을 찾을 수 있을 겁니다. 연극을 해야 하겠지만 추적하고 있을 자들에게 넘기는 것보다는 쉬울 겁니다."

"새끼를 잃은 어미는 무서운 법이니 그편이 좋겠습니다. 방법이 있으시다니 두르가에 대한 문제는 해결이 된 것 같은데 앞으로는 어떻게 하실 겁니까?"

두르가의 처리에 대한 말을 그냥 꺼내지는 않았을 것이기에 어느 정도 안심을 한 성겸은 다음 일에 대해 물었다.

"두르가를 넘기고 나면 추적을 벗어날 수 있는 시간을 어느 정도는 벌 수 있을 겁니다. 그 시간이 우리에게는 아주 중요합니다. 어떻게 보내느냐에 따라 앞으로의 행보가 달라질 테니 말입니다. 우선 아저씨들은 제가 건네준 것들을 전부 자신의 것으로 만들어 주십시오."

"그것은 걱정하지 않으셔도 될 것 같습니다. 저희와 상성이 잘 맞는 것 같으니 빠르게 익힐 수 있을 것 같습니다."

"어느 정도 성취가 있으셨던 모양이군요."

"그렇습니다."

성겸의 대답에 서린이 미소를 지었다.

"우리가 참절백로를 통해 사사묵련의 눈을 피할 수 있는 시간은 많아야 육 개월 정도였습니다. 하지만 사사밀교의 관심을 끌었으니 시간이 많이 줄었을지도 모른다고 염려했는데 정말 다행입니다."

"그렇기는 합니다만 사사밀교의 이목을 끌었으니 걱정입니다. 본격적으로 수련을 하기 위해서는 그들의 눈길이 닿지 않는 곳을 찾아야 할 것 같으니 말입니다."

"후후후, 걱정하지 마십시오. 이곳으로 온 이유가 있으니 말입니다."

"역시, 그랬군요."

웃음 어린 서린의 대답에 성겸도 고개를 끄덕였다.

"아저씨도 어느 정도는 짐작을 하고 계셨군요. 사실 화염산 지하에서 아저씨들의 실력을 키워 줄 장소와 기물이 오래전에 발견되었습니다."

"그런 일이, 도대체 어디입니까?"

"궁금하더라도 참으십시오. 그곳에 가면 자연스럽게 아실 수 있을 테니 말입니다."

궁금해 하는 성겸의 질문에 서린은 담담한 미소로 대답을 뒤로 미루었다. 자신이 보고 직접 느끼는 것이 나았기 때문이다.

"그건 그렇고, 백천 아저씨는 두르가를 데리고 저를 따라오십시오. 갈 곳이 있습니다."

"어디를 말입니까?"

"가 보시면 압니다."

"소문주님, 백천만 가도 되는 겁니까?"

걱정스러운 듯 성겸이 물었다.

"걱정하지 않아도 될 것입니다. 그리 멀지않은 곳이니 반나절이면 돌아올 수 있을 겁니다."

"알겠습니다."

멀지 않은 곳이라는 서린의 말에 어디로 가려는지 짐작이 되었다.

그곳은 바로 천불동이었다. 자신들이 지하수로를 따라 온곳이 천불동 방향이었기에 짐작을 한 것이다. 이미 자신들을 만나는 순간부터 소녀를 천불동에 맡기려 했음이 틀림없었다.

"백천 아저씨, 가시죠."

"알겠습니다, 소문주님."

서린이 일어서자 백천도 일어서 뒤를 따랐다. 쉬었던 터라 어느 정도 기력을 되찾은 백천은 두르가로 여겨지는 소녀를 들쳐 업고는 석문을 향해 가는 서린의 뒤에 바로 따라 붙었다.

그르르릉!

석문이 열리고 두 사람이 수로로 들어섰다.

그르르릉!

"대형!"

"어허! 아직도!"

서린이 나가자 예전의 호칭대로 자신을 부르자 성겸은 명수의 주의를 환기시켰다.

"단주님, 저자는 도대체 어떤 누굽니까? 분명히 진짜 소문주님은 아닌 것 같은데, 담력이나 지모가 무섭기 그지없습니다."

"전에 듣지 못했느냐? 장백의 어르신이 안배한 아이다."

"혹시, 그때?"

"허어! 우리와 가는 길이 다른 아이이니 관심을 갖지 마라. 앞으로 사사묵련을 떠날 때까지 만이라도 말이다."

"알겠습니다. 제가 호기심이 과했나 봅니다. 워낙 출중한 아이 같은지라⋯⋯."

엄한 눈빛을 보이는 성겸의 말에 명수가 급히 수긍을 했다.

"나도 궁금하기는 마찬가지지만 정체는 모른다. 무엇보다 우리들과 마찬가지로 소문주로 화신해서 하고 있는 일은 그 아이 혼자만 알아야 하는 것이다. 우리는 그저 소문주라고 다른 의심 없이 생각하면 되는 것이다. 그리고 내 짐작이기는 하지만 아마도 이런 사실은 문주님께서도 알고 있을 것이다."

"으음."

문주가 알고 있다는 사실에 명수가 신음을 흘렸다. 다른 이들도 놀란 빛이 역력했다.

"단주님, 어쩌면 우리의 일보다 먼저 준비가 된 안배일 수도 있겠군요. 문주님께서 알고 계시다면 말입니다."

"그래, 어떤 일인지 우리가 알 수 없는 것을 보면 아주 오래전부터 준비해 온 일일 것이다. 그러니 소문주의 일에 대해서는 큰 관심을 갖지 말도록 해라."

"예, 단주님!"

도운과 명수, 그리고 호명은 성겸의 뜻을 알아들은 듯 일제히 고개를 조아리며 대답했다. 서린이나 문주, 그리고 장백에 얽힌 의혹보다는 자신들의 해야 할 일이 더 중요하다는 것을 알고 있었던 까닭이었다.

"잡념이 많은 것 같다. 모두들 명상으로 마음을 가라앉혀라."

"예, 단주님."

네 사람은 일제히 명상에 들었다.

많은 의혹이 드는 것은 사실이지만 지금은 자신들의 실력을 상승시키는 것이 우선이었다. 네 사람이 그렇게 마음을 가라앉히고 있을 무렵 서린과 백천은 지하수로를 걷고 있었다.

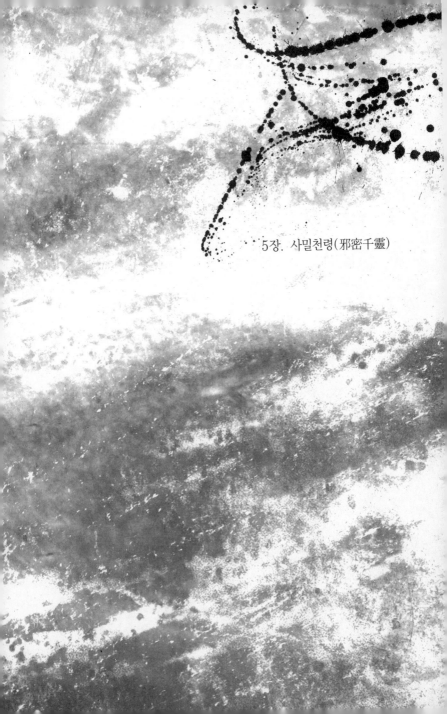

5장. 사밀천령(邪密千靈)

철퍽!

철퍽!

"소문주님! 지금 가는 곳이 천불동인 것 같은데, 제 생각이 맞는 겁니까?"

"맞습니다, 아저씨. 이제 슬슬 예불이 시작될 시간이니 빨리 가는 것이 좋을 것 같습니다. 가서 그들에게 사기(詐欺)를 쳐야 하니 말입니다."

"사기요?"

"하하, 가 보시면 압니다. 그들에게 훌륭한 사기를 칠 수 있을 같으니 말입니다."

서린의 신형이 빨라지기 시작했다. 백천도 빠르게 뒤를 쫓았다. 완벽한 사기를 위해서는 시간에 맞추어야 하는 까닭에 상당히 빠른 속도로 달려 나갔다.

'수로를 벗어났으니 얼마 남지 않았군.'

얼마 지나지 않아 마른 땅을 밟기 시작했다. 목적지에 다
온 모양이었다.

—다 왔습니다. 기척을 숨기세요.

백천의 귓가로 서린의 전음이 흘러들었다.

—알겠습니다.

천불동 근처에 도착한 서린은 조용히 횃불을 끄고는 기척
을 죽이고 앞으로 전진했다. 앞쪽에서 희미한 빛이 흘러나
오고 있어 걷는 데는 문제가 없었다.

—이곳입니까?

—바로 위가 예불를 드리는 곳입니다.

자신의 기운을 침잠시킨 채 기운을 퍼트렸다.

'으음.'

서린의 모습에 백천도 기척을 죽이고 기감을 넓혔다. 사
람들의 기운이 점점 많아지는 것을 보니 아침 예불을 드리
기 위해 승려들이 하나둘 모이는 것 같았다.

잠시 후 은은한 독경 소리를 들을 수 있었다.

—소문주님.

—사사밀교 종단의 중심이 되는 곳입니다. 지금 아침 예
불을 드릴 준비를 하고 있을 겁니다.

—그런데 어떻게 하시려고 합니까?

이해가 되지 않는 듯 백천이 물었다. 사기를 친다며 이곳
으로 와 놓고선 아무런 행동도 하지 않는 서린의 움직임 때

문이었다.

—아저씨, 이들에게 두르가가 나타난다면 어떤 일이 벌어
질까요?

—두르가가 나타난다니 무척 놀랄 겁니다. 아니, 아마도
난리가 날 겁니다.

대답을 하기는 했지만 의문만 더 깊어 갈 뿐이었다. 천불
동에 두르가의 출현을 어떻게 알릴지 의문이 아닐 수 없었
던 것이다.

—아저씨는 여기 계십시오. 저는 두르가를 데리고 저곳으
로 가야 하니까 말입니다.

—소문주님, 어떻게 가시려고 그러십니까?

백천이 깜짝 놀라 물었다.

—저도 미련한 놈은 아닙니다. 저 위로 통하는 비밀 통로
가 있습니다. 예전에 폐쇄된 곳으로 저들도 그런 통로가 있
는지 모르고 있습니다.

—이! 그렇군요.

백천은 이제야 이해가 되었다. 어떻게 지상으로 올라갈
수 있을지 궁금하던 차였기 때문이다.

스르르르……

서린이 기관은 만지자 한쪽의 벽면이 소리 없이 열렸다.
지상으로 통하는 비밀 통로였다.

—어서 주십시오.

—소문주님, 조심하십시오.

서린은 백천이 등에 업고 있던 두르가를 받아 들고는 통

로 속으로 사라졌다.

'으음, 이곳에서 오래 살아왔던 사람처럼 자연스럽다니. 소문주로 화신한 저 아이는 도대체 누구라는 말인가? 사숙의 제자는 분명히 아닌 것이 분명한데 말이다.'

너무도 자연스럽게 행동하는 서린의 모습을 보며 백천의 의문이 더욱 깊어 갔다.

*　　　*　　　*

내 안에 품고 있는 사혼밀화의 힘이 반응하는 것을 보면 이 여자아이는 두르가의 화신인 것은 틀림없다.

그럼 이 방법밖에는 없다. 그들이 오기 전에 일을 끝내야 하니 말이다.

일단 두르가로 화신한 소녀의 십팔 개 대혈을 짚었다. 조금 있으면 벌어질 희대의 사기극을 위해서다. 천불동에 모인 이들이 어떤 식으로 반응할지는 나조차 모른다. 사밀천령대법이 어디까지 진행되었는지 모르기 때문이다.

그러나 분명한 것은 두르가가 깨어난다는 것이다.

혈왕의 기운에 물들기는 했지만 진정한 사혼밀화의 힘을 가지고 말이다. 깨어난 사혼밀화가 저들을 하나로 묶을 것이고, 지금까지와는 달리 사사묵련과 본격적으로 충돌할 것이다.

나중에 벌어질 일이니 지금은 상황에 집중할 때다. 죽도 밥도 되지 않고 모든 것을 망칠 수도 있으니 말이다.

내가 있는 곳은 저들이 날 볼 수 없는 곳이다. 지금 석굴 안에 있는 대전이 보이는 석불좌상의 뒤쪽에 와 있기 때문이다. 이곳에 와 있는 이유는 기회를 엿보기 위해서다. 이미 대강의 윤곽은 잡아 놓은 상태이니 저들이 모두 모이기를 기다릴 뿐이다.

독경 소리가 그친 것을 보니 예불이 시작된 것 같다. 독경 소리가 그치고 석불좌상을 향해 예를 드리는 승려들을 보며 난 두르가로 화신한 아이의 의식 속에 사혼밀화의 힘을 흘려 넣었다. 사사밀교의 힘을 상징하는 두르가를 깨우기 시작한 것이다.

내가 전하는 것은 완전한 것이 아니다. 내가 가지고 있는 힘의 일부인 것이다. 그것이 두르가를 깨우는 데 어떤 영향을 끼칠지는 모르겠지만 모든 힘을 다 주어 강적을 만드는 것 보다는 나았기에 나로서도 어쩔 수 없는 선택이다. 내가 전하는 힘이 일부이기는 하지만 두르가를 깨우기 위해서는 이 정도면 충분할 터였다. 나머지 기운을 혈왕기로 채웠기 때문이다.

일부이기는 하지만 사혼밀화에 녹아 있는 혈왕기라면 사혼밀화의 힘을 최대한 이끌어 낼 수 있을 터였기에 안심하고 두르가에게 힘을 전한 것이다. 내가 흘려 넣는 힘은 온전한 사혼밀화가 아니다. 혈왕기의 일부와 사혼밀화의 힘이 반 정도다. 나에게도 지금 사혼밀화의 힘이 필요하기에 전부를 줄 수는 없는 까닭이다.

이렇게 하는 것은 사사밀교를 나의 편으로 만들기 위해

서다. 훗날을 위해서 행해지는 안배 중 하나. 내가 사용하게 될지, 아니면 다른 이가 이용하게 될지는 모르겠지만, 이렇게 한다면 분명 두르가는 우리와 우호적이 될 것이 틀림없다. 이곳 천산에서의 위험에서 벗어나기 위한 방편이 되어 줄 것 또한 분명했다. 그리고 최후에는 가장 강력한 적 하나를 세상에서 지울 수 있는 마지막 안배이기도 하다.

번쩍!

힘을 흘려 넣는 동안 두르가로 화신한 아이가 눈을 떴다. 은하수가 흘러내리는 듯한 눈빛. 내가 두르가에게 혈왕기와 사혼밀화의 힘을 흘려 넣다가 두르가의 눈동자를 보면서 제일 처음 생각난 것이다. 두르가로 화신한 아이가 의식을 차린 모양이었다.

쪽!

너무도 예뻐 보이는 두르가의 눈을 보며 나도 모르게 두르가의 이마에 입을 맞추었다. 나도 내가 왜 이런 황당한 행동을 했는지 모르겠다. 두르가로 화신한 아이의 눈에 잠시 이채의 빛이 흘러나왔다.

타타탁!

혈왕기와 사혼밀화를 불어넣어 타혈이 된 십팔 개 대혈을 다시금 짚었다. 이제는 사시밀교를 상대로 사기극을 펼쳐야 했기 때문이다.

*　　　*　　　*

서린은 예불이 시작되자 머리를 조아리는 승려들이 눈치채지 못하도록 석불좌상의 복중을 열었다. 좌상 앞에 마련된 제단 위로 두르가를 올려놓기 위해서였다.

스르르르르!

소리 없이 부처의 배가 열리고, 두르가가 날아 제단 위에 놓여졌다. 다시금 열렸던 부처의 배가 소리 없이 닫혔다.

'서둘러야 한다. 훗날 어떤 결과를 초래할지 모르지만 지금으로서는 이것이 최선이다.'

한번 머리를 조아리면 반 각 이상 들지 않는 사사밀교의 예법을 알기에 서린은 두르가를 대상으로 삼몽환시술을 펼치기 시작했다.

삼몽환시술은 비전 중의 비전으로 불가사의하기가 그지없는 대법이다. 창안된 이후 아직까지도 그 묘용을 다 발견하지 못할 정도로 말이다. 지금까지 삼몽환시술의 알려진 묘용 중에서 중요한 것은 세 가지다.

첫 번째는 자신의 기억을 다른 이에게 전할 수 있는 현음천자(玄陰千字)의 술이다. 두 번째는 아무런 부작용 없이 자신의 기운을 전달할 수 있는 기전세혈(氣傳勢血)의 술이다. 세 번째는 여러 가지 조건이 부합되어야 하지만 영혼을 전이(轉移)할 수 있다는 것인데, 삼몽환시술의 정화 혼몽혼원(魂夢混元)의 술이다.

서린이 석벽을 격하고 펼친 것이 바로 기전세혈의 술이

다. 혈왕기와 자신이 가진 사혼밀화의 힘을 두르가에게 전이시키며 서서히 십팔 대혈을 풀었다.

*　　　　*　　　　*

사사밀교는 제정일치를 표방하는 단체지만 무력을 숭상하는 강경파와 교리와 신을 숭상하는 온건파로 권력이 나뉘어져 있었다.

지금 천불동 안에는 온건파의 수장이자 십만 교도를 이끌고 있는 이가 있었다. 사사밀교의 정신적 지주로 여겨지는 수타로야가 예불을 드리며 고개를 조아리고 있었던 것이다.

'도대체 어찌 된 일이란 말인가? 결코 이곳에 있어서는 안 되거늘……'

처음에는 자신이 잘못 느꼈다고 여겼지만 지금은 아니었다. 자신의 머리 위에 있는 석불좌상에서 느껴지는 심상치 않은 기운이 느껴졌다. 자신도 익히 알고 있는 신령스러운 기운이었다. 기운의 정체를 확신하는 순간 좌불안석이 될 수밖에 없었다. 절대 있어서는 안 되는 일이었기 때문이다.

교의 심처에서 두르가의 날개들이라 칭해지는 전신들이 천여 년 만에 움직였다. 전신들이 움직임인 것이 전신이자 태초의 근원인 두르가를 깨우기 위한 것임을 누구보다 잘 알고 있는 자신이었기에 수타로야는 의혹이 일었다.

두르가를 깨우기 위해 사밀천령대법이 시전되고 있다는 것을 알지만 이렇게 자신과 가까운 곳에서 그런 기운을 느낄 수 있으리라고는 상상할 수도 없었기 때문이었다.

'십신장(十神將)들이 두르가를 깨우기 위해 찾으려고 동분서주 하고 있다는 소식은 들었지만 사혼밀화의 힘이 이곳에 나타나다니……'

확인하고 싶은 마음이 굴뚝같았지만 고개를 들 수 없었다. 예불은 그 무엇보다 경건한 행위이기 했지만, 어차피 두르가의 힘이 사라지지 않는 한 끝난 후에도 볼 수 있기에 수타로야는 차분하게 마음을 가라앉히며 일고배(一高拜)가 끝나기를 기다렸다.

"평신(平身)!"

예불을 주관하는 자의 목소리가 들리자 수타로야는 서둘러 허리를 일으켜 세웠다. 자신의 심령을 자극하는 기운을 확인하기 위해서였다.

"아아!! 역시!!"

일고배를 드리기 전까지 없었던 것이 눈에 보였다. 석불좌상에 마련된 제단 위에 여자아이 하나가 누워 있었다. 몸에 어리는 은은한 광채와 함께 느껴지는 아련한 기운!

신의 힘이라는 사혼밀화를 흡수해 신의 반열에 오른 두르가가 현신한 것이 틀림없었다.

'드, 드디어 사밀천령대법이 완성되었구나.'

사사밀교의 교도들이 신봉하는 최고의 정점인 두르가의 화신이 자신의 눈앞에 있었다.

"어찌 이런 일이 있을 수가……!"

"저것은?"

일고배를 마친 승려들은 두르가를 발견하고는 의아함을 감출 수 없었다. 일반 승려들은 아직까지 사혼밀화의 힘을 알아볼 수 없었기에 그저 해괴한 변괴가 일어났다고 생각할 뿐이었다.

"모두 조용히 하라! 어찌 이리 경거망동하는 것이냐!"

"예!"

수타로야의 호통에 승려들의 웅성거림이 잦아들었다.

"지금 즉시 사원을 폐쇄하고 십신장에게 연통을 넣어라. 두르가 님이 이곳에 현신하셨다 전하라!"

"두르가 님이라니요?"

"그렇다. 타크야! 이곳에서 두르가 님이 현신하셨다는 것이 아무래도 심상치 않은 일이니, 최대한 빨리 본산으로 이소식을 전해야 할 것이다."

"예!"

수타로야의 명을 받은 승려가 황급히 밖으로 나갔다. 두르가가 현신했다는 것도 놀라운 일이지만 언제나 평정을 잃지 않는 수타로야가 흔들리고 있다는 것은 일이 심상치 않다는 것을 뜻했기 때문이었다.

'후후! 저 노친네가 잘해 주는군. 아무도 두르가를 알아보지 못하면 어찌하나 걱정했는데 다행이다. 이제는 이곳을 벗어나면 되는 것인가?'

서린은 석불좌상 안에서 자신의 의도대로 성공했음을 느끼며 자리를 뜨기로 했다.

'으음.'

자리를 벗어나려는 찰나 제단에 누워 자신이 있는 쪽으로 얼굴을 돌리는 두르가와 눈이 마주쳤다.

'저 아이 눈을 보면 마음이 왜 이리 싱숭생숭해지는 것이지? 어차피 다음에 보기는 힘든 아인데. 후후, 희한한 일이다.'

인연이 끝난 사람이지만 마음이 흔들렸다. 서린은 마지막으로 두르가를 살펴본 후 비밀 통로를 통해 지하수로로 내려갔다.

천불동으로 온 것은 두르가를 놔주기 위해서만은 아니었다. 진정한 목적은 따로 있었다.

'금해병서(金海兵書)는 분명 이곳에 있다. 고성 쪽인지 아니면 이곳 천불동인지 모르겠지만 내가 보기엔 이곳 천불동 쪽이 분명하다. 진짜 서린의 기억이 흐트러지는 바람에 확실하지는 않지만 느낌이 그러하니 우선 이곳부터 찾아봐야겠다. 전승자들이 유진을 남긴 곳에서 전반부를 찾았으니 이곳에서 후대에 꾸며진 후반부를 찾아야 한다.'

서린이 찾는 것은 고대로부터 전해지는 쥬신족의 병법이었다. 금해병서라 이름 붙은 이 병서는 대 고구려가 중원을 질타할 수 있는 힘을 주었던 희대의 병서다.

'금해병서를 손에 넣고 아저씨들이 유진을 어느 정도 습득하게 되면 다시 사사묵련으로 돌아가야 한다. 그들의 품에 있는 것도 찾아야 하니 말이다.'

금해병서는 어쩌다가 인연이 닿은 것뿐이었다. 중원에 온 이유가 천혈옥으로 흘러들어 간 것을 찾기 위해서니 사사묵련으로 돌아가 봐야 했다.

수련생들에게 알아본 바로는 천혈옥은 다른 곳에도 있는 것이 분명했다. 어느 곳인지는 아직 실마리조차 잡지 못했다. 단서를 찾으려면 사사묵련의 중심부까지 들어가야 하는 것이다.

그르르릉!

지하로 내려와 기관을 누르자 다시금 지하수로가 나타났다. 그곳에는 궁금한 듯 백천이 주위를 두리번거리며 서린을 기다리고 있었다.

"오셨습니까?"

"일이 잘 끝났습니다. 이제는 다른 아저씨들이 있는 곳으로 가시죠."

"예, 소문주님."

백천과 서린은 다시금 지하수로를 되돌아 교하고성 근처에 있는 밀실로 향했다. 이제부터는 앞으로 그들이 걸어야 할 행로를 따라가야 하기 때문이다.

그르르릉!

잠시간 운기조식을 취하며 휴식을 취하던 사령오아는 기관이 움직이는 소리로 서린이 돌아왔음을 알 수 있었다. 모이를 기다리는 참새마냥 자신을 바라보고 있는 사령오아를 향해 서린이 입을 열었다.

"이제부터는 아저씨들이 수련할 장소로 가야 합니다. 제가 알려 주는 장소를 찾는 것은 그리 어렵지 않을 겁니다.

그곳은 화령적옥(火靈赤玉)이 있는 곳이니까요."

"화령적옥이요?"

성겸이 고개를 갸웃거리며 반문했다.

"아저씨도 아마 잘 모르실 겁니다. 세상에 알려지지 않은 기물이니 말입니다. 보시면 아시겠지만 화령적옥은 아저씨들이 반드시 얻어야 합니다. 아저씨들을 누구도 넘보지 못할 초강자로 만들어 줄 테니 말입니다."

"으음."

"화령적옥이 있는 곳에 안배가 되어 있습니다. 비록 천여 년 전의 것이기는 하지만 아직 온전하게 남아 있을 겁니다."

"그렇군요."

오래전부터 만들어진 안배가 자신들을 위해 기다리고 있다는 말에 성겸의 목소리가 약간 흔들렸다. 심상치 않은 안배임이 짐작이 갔기 때문이다.

"아저씨들은 그곳에서 남은 육 개월의 시간 동안 수련을 해야 합니다."

"화령적옥이 간직한 기운을 흡수하는 갓입니까?"

"그렇습니다. 기운을 흡수함과 동시에 아저씨들이 가진 무예들을 다듬어야 합니다. 그리고 이것들도 능숙하게 다룰 수 있도록 해 주십시오."

서린은 자신의 등에 매여져 있는 보퉁이를 풀었다. 그곳에는 사령오아가 가지고 있는 무기들과 한 치의 틀림도 없는 무기들이 들어 있었다.

'범상치 않은 무기들이다.'

오래전에 남겨진 것들로 보였지만 아직까지 예기를 잃지 않고 있는 것을 보면 신병(神兵)이 분명했다.

"저희가 사용하고 있는 무기들과 같은 종류인 것 같은데 다른 점이 있습니까?"

"비록 잘 만들어진 것이기는 하지만 사실 아저씨들이 지금 쓰고 있는 무기들은 이것들을 모방한 것에 지나지 않습니다."

"예? 모, 모방품이라니요?"

"아저씨들의 무기들도 그리 나쁜 것은 아닙니다. 명장의 손길이 닿은 것들이니 말입니다. 하지만 특별한 힘을 사용하기 위해 만들어진 이것들에 비해선 손색이 있습니다."

"특별한 힘을 사용하기 위해 만들어진 무기라는 말입니까?"

"그렇습니다. 그동안 아저씨들이 이것과 같은 형태의 무기를 가지고 수련하신 것은 이유가 있습니다. 비록 특별한 힘을 사용하게 만들어 주기는 하지만 제 위력을 내기 위해서는 무기에 걸맞은 무예 또한 갖추어야 하기 때문입니다."

"무슨 말씀이신지는 알겠습니다. 그런데 특별한 힘이 도대체 무엇입니까?"

"후후후, 아저씨들이 화령적옥의 힘을 얻게 되면 자연히 아시게 될 것입니다."

"으음."

"사실 이 무기들은 아직은 온전한 것이 아니라서 사용할 수 없는 것들입니다. 살펴보십시오."

"그렇습니까?"

성겸을 비롯해 사령오아는 서린이 건네준 무기들을 하나하나 살펴보았다. 다섯 가지 모두가 같은 재질로 되어 있는 무기들이었다. 이제까지 자신들이 사용해 오고 있는 무기들과는 달리 모두 검은빛이 감도는 금속으로 만들어져 있었다. 더군다나 은은하게 적색의 기운이 감돌고 있어 예사로운 물건이 아님을 알 수 있었다.

'으음, 기품이 장난이 아니다. 갈무리되어 있는 기운이 마치 제왕의 위엄마냥 예사롭지도 않고…….'

각자 사용하고 있는 무기들과 같은 종류의 것을 들고 세심하게 살폈다. 사령오아는 무기들을 어루만지며 같은 느낌을 받고 있었다.

자신들이 가진 무기도 명장의 손을 거쳐 탄생된 것이지만 지금 들고 있는 것에 비하면 조악하다는 것을 한눈에 알 수 있었다. 그만큼 서린이 건네준 무기들은 예사로운 것이 아니었던 것이다.

감탄 어린 눈빛으로 무기들을 들고 살펴보는 사령오아를 바라보던 서린은 다시금 품에서 백색의 빛이 감도는 손바닥 크기의 옥편 다섯 조각을 꺼내 들고는 성겸에게 주었다. 서린이 사령오아에게 건넨 옥편은 칸 텡그리에서 혈왕을 위해 안배된 모종의 장소에서 가져온 것이었다.

"받으십시오."

"무엇입니까?"

"이것들은 아저씨들이 들고 있는 무기들을 사용하는 무공이 적혀 있는 옥편(玉片)입니다."

"예?"

성겸은 놀라며 옥편을 받아들었다. 유백색 옥편에는 깨알 같은 글씨들이 빼곡하게 새겨져 있었다.

"적히신 것을 익히시다 보면 아시게 되겠지만 옥편이 도중에 변할 겁니다."

"옥편이 변하다니요?"

"아저씨들의 기운을 받아들이게 되면 지금 가지고 계시고 있는 무기들과 같은 색으로 변할 겁니다. 그렇게 되면 무공을 완성했다 할 수 있을 겁니다."

"으음."

무공의 성취를 알 수 있게 옥편이 색이 변한다니 놀라운 일었다.

"옥편의 색이 변하기 전까지는 지금 드린 무기들에 피를 묻히시는 일을 자제하십시오. 피를 묻히게 된다면 영험한 기운에 사기가 스며들어 아저씨들이 익히는 무공들을 대성하기 힘이 드니 말입니다. 완전히 대성할 때까지는 기존의 무기들을 사용하시고 나중에 지금 가지고 들고 계시는 것들로 바꾸어 사용하십시오."

"알겠습니다."

"그럼 지금부터 아저씨들이 가실 곳을 말씀해 드리겠습니다."

"말씀하십시오."

"아저씨들이 가실 곳은 화염산의 지하입니다. 화염산 쪽으로 지하수로를 따라가다 보면 왼쪽으로 두 갈래 물길이 나올 겁니다. 그중 왼쪽으로 가시면……."

서린은 화령적옥이 있는 곳으로 가는 길을 사령오아에게 자세히 설명해 주었다. 자신은 그들과 천불동에서 할 일이 있기에 남아야 했던 것이다.

일각에 거쳐 서린은 사령오아가 가야 할 길에 대해 설명을 마칠 수 있었다.

"전부 기억하실 수 있겠습니까?"

"걱정하지 마십시오."

화령적옥이 있는 곳까지 가는 길을 전부 기억한 성겸이 고개를 끄덕였다.

"그럼 육 개월 후에 이곳에서 뵙기로 하겠습니다. 만나할 할 시간을 정확히 지키셔야 합니다. 사사묵련에서 눈치채지 않도록 해야 하니 말입니다."

"알겠습니다."

"그럼 이제 떠나십시오."

그르르릉!

용무를 마친 서린은 기관의 문을 열었다.

"무운을 빌겠습니다."

"소문주님도 조심하십시오."

밖으로 나온 서린은 사령오아의 무운을 빌었다.

사령오아 또한 서린의 안전을 기원했다. 사령오아는 화염산이 있는 방향으로 떠났고, 서린은 교하고성의 우물이 있던 곳으로 방향을 잡아 지하수로를 따라 발걸음을 옮겼다. 각자 반대 방향으로 길을 잡은 일행은 빠르게 움직였다.

*　　　*　　　*

"영주님!"

"무슨 일인가?"

"수련생들의 흔적이 발견되었습니다."

"흔적이?"

"천산남로 밑에 있는 타클라마칸에서 이십호부터 이십오호까지 흔적이 발견되었다는 보고입니다."

"어떻게? 그 아이가 살아 있었다는 말인가?"

금수주는 자신이 기다리던 소식이 왔다는 소리에 자신에게 보고하러 온 천금영의 영자를 다그쳤다.

"칸 텡그리로부터 이어지는 흔적을 발견했다는 보고로 봐서는 살아 있을 가능성 높습니다."

"다행이군. 칸 텡그리에서부터 이어지는 흔적이 발견됐다면 행선지는 어디인지 찾아낸 건가?"

"보고대로라면 두 일행의 만남이 있은 후부터 타림분지를 통해 천불동 쪽으로 접어든 것이 분명합니다."

"으음, 의심할 만한 흔적은? 혹시나 다른 자들과 접촉한 흔적은 없었나?"

밀혼영주에게 들은 것이 있기에 금수주는 천금영의 영자

에게 서린과 사령오아의 행적을 물었다.

"아직까지는 없습니다. 영주님의 당부가 있었기에 세밀히 살폈지만 그런 흔적은 전혀 찾을 수가 없었다고 합니다."

"그럼 계속 살펴보도록. 사사밀교의 움직임이 심상치 않은 것을 보면 그들이 중요한 곳을 타격한 모양이니 말이야. 사사밀교의 움직임도 예의 주시하도록 하고."

"영주님, 그렇지 않아도 그것에 관해, 보고 드릴 일이 있습니다. 아무래도 그들을 살펴보라는 영주님의 명은 수행하기 곤란할 것 같습니다."

"무엇 때문인가?"

금수주는 서린 일행을 추적한다는 것이 불가능하다는 말에 자신에게 따로 보고할 것이 무엇인지 물었다. 서린 일행의 행방을 잃어버린다는 것이 지금은 그에게 있어 무엇보다 큰일이었기 때문이었다.

"두르가의 날개들로 보이는 자들이 돈황 인근에 머물다가 급히 천불동 쪽으로 향했다는 보고가 있었습니다. 그리고 천불동을 중심으로 사사밀교의 엄밀한 경계망이 펼쳐졌다는 전언입니다. 본영의 영자들이 천불동쪽으로 들어선 그들의 행방을 추적하는 일은 힘들 것 같습니다."

"두르가의 날개들이 그쪽으로 향하고, 천불동쪽에서 경계망이 펼쳐졌다는 말인가? 어째서?"

"이유는 모르겠으나 아무래도 천불동에 그들을 경동시킬 만한 일이 일어난 것이 분명합니다."

"세작으로부터의 연락은?"

"아직 없습니다. 워낙 외진 곳이고 삼엄하게 경계가 펼쳐져 있는지라 연락이 오지 않고 있습니다. 이 정도 경계가 펼쳐진 것은 백여 년 전에 있었던 전면전을 제외하고는 처음입니다."

금수주도 상황의 심각성을 인지했는지 얼굴이 굳어졌다.

"으음, 자네 말대로 밀혼영의 영자가 아니라면 그 아이와 사령오아를 추적하는 것은 힘들겠군. 그렇다면 누군가 천불동 쪽으로 가야겠어. 그 아이의 일도 일이지만 심상치 않은 일이 벌어진 것 같으니 반드시 확인할 필요가 있을 테니 말이야."

자신이 알지 못하는 일이 벌어졌다. 두르가의 날개들로 보이는 자들이 천불동으로 향했다는 것은 지금까지와는 다른 상황이 벌어졌다는 것을 뜻했기에 알아볼 필요가 있었다.

"넌 이 사실을 밀혼영주에게 알려라. 그가 조치를 취할 것이다. 그리고 그 아이에 대한 추적을 중단해라. 만약 사사밀교와 충돌이 벌어진다면 전면전으로 번질 가능성이 높으니 지금은 정황을 파악할 때다."

"예, 영주!"

영자가 금수주의 명을 받고는 황급히 밖으로 나갔다.

"사사밀교를 무너뜨릴 수 있는 길이 있음에도 이대로 포기해야 하는가? 그 아이가 사사밀혼 심법을 대성한다면 그들의 근원을 무너뜨릴 기회일 터인데 말이야. 그런데 어째서……."

영자가 물러나자 금수주는 고심을 거듭했다. 기대하고 있는 서린의 행방을 찾아 일단 안심이 되기는 했지만, 사사밀교의 움직임이 심상치 않기 때문이다.

사사밀교와 사사묵련은 세인들이 알지 못하는 전쟁을 벌여 오고 있었다. 그것도 천여 년을 넘게 벌여 온 전쟁이었다. 그것은 무림인들조차 모르는 전쟁이었다.

국가의 운명을 좌우하는 전쟁이 그동안 아무도 모르게 지속되어 온 것이다. 중원에서 왕조의 흥망성쇠가 계속돼도 이 전쟁은 지속적으로 이어져 왔다.

그런데 사사묵련은 사사밀교와의 전쟁에서 언제나 승리해 왔으나 두 번 치명적이 타격을 입은 적이 있었다. 사사묵련이 처음으로 사사밀교에게 치명적인 타격을 당한 것은 원나라가 들어설 무렵이었다. 그로 인해 중원의 왕조를 이루고 있던 송나라가 얼마 버티지 못하고 멸망의 길을 걸어야 했다.

그 당시 몽고와 연합한 사사밀교에 의해 치명적인 타격을 입은 것으로 인해 사사묵련은 거의 대부분의 고수들을 잃어야 했었다. 그로 인해 몽고의 침입에도 불구하고 동북 방면을 맡고 있는 대륙천안의 예하 조직인 암흑련을 지원하지 못했었다. 암흑련 또한 몽고족의 거친 말발굽 아래 쓰러져야 했고 이로 인해 송나라는 멸망을 당했던 것이다.

대륙천안은 중원의 왕조들을 암중에서 수호하는 조직이었다. 암흑련과 사사묵련은 중원의 동쪽과 서쪽을 맡고 있는 예하 조직이었다. 그런 그들이 멸망당하자 대륙천안은 왕조를 수호할 힘을 잃어버린 것이었다.

하지만 대륙천안은 멀리 서역까지 세력을 뻗쳤던 몽고족이 지배하는 중원을 이백여 년 만에 되찾을 수 있었다. 그동안의 절치부심이란 상상을 불허하는 것이었다. 얼마 남지 않았던 사사묵련과 암흑련은 다시 복구되었고, 칸국의 분열로 힘을 잃은 원나라를 몰아내고 명을 건국할 수 있었다.

그렇지만 암흑련과 달리 사사묵련은 두 번째 큰 타격을 입어야 했다. 바로 원의 한 축을 담당했던 사사밀교의 마지막 저항 때문이었다. 서장과 서역의 밀교들의 연합체였던 사사밀교는 중원에서 밀려나며 사사묵련과 최후의 전쟁을 벌인 것이다.

바로 백여 년 전 전면전에 가까운 전쟁이 벌어진 것이다. 그 전쟁에서 사사밀교는 거의 괴멸에 가까운 타격을 입었다. 그들을 이끄는 전신인 두르가가 전사하고, 보좌하는 날개 중 반수 이상이 전사한 것이었다.

하지만 사사묵련의 피해도 만만치 않았다. 사사묵련의 고수들 중 태반이 전면전에서 전사한 것이었다. 사시밀교가 서역으로 밀려난 후 소소한 전투는 계속되었다. 중원으로 진출하려는 사사밀교와 그것을 막아 내려는 사사묵련과의 전쟁이었다.

그렇지만 두 세력 사이에는 그동안 소소한 전투만이 있을 뿐이었다. 전면전 당시 서로가 막대한 타격을 입었기 때문이었다. 그런데 그런 사사밀교에서 지금 심상치 않은 움직임을 보이고 있다는 것은 그로서도 예사로 볼일이 아니었던 것이다.

"아무리 생각해도 무슨 일인가 벌어진 것이다. 상부에서
는 이런 사태에 아무런 지시가 없었는데 놈들이 이런 움직
임을 보이는 것을 보면 예상치 못한 변화가 있는 것이 분명
하다. 혹시 두르가가 다시 탄생하는 것은 아닌가? 그 피에
미친 마녀가 말이야. 무력을 싫어하는 사사밀교의 종단에서
심상치 않은 움직임이 일어나고 있다면, 분명 그 일밖에는
연관된 일이 없는데 말이야."

이번 참절백로에서 두르가의 부활이라는 예상치 못한 이
변이 일어났음을 직감한 금수주는 바쁘게 머리를 회전시키
기 시작했다. 자신의 예상대로 일이 벌어졌다면 백여 년 전
과 같이 사사묵련과 사사밀교 사이에 전면전이 벌어질 가능
성이 높았기 때문이다.

"사태가 파악되면 아무래도 련주를 뵈어야겠군. 내 예상
과 같은 일이 벌어졌다면, 나머지 삼영들도 소집을 해서 이
번 일을 의논해 봐야 한다. 일단 전면 전시 체제에 준하는
경계령을 내리는 것이 먼저다. 밀혼영주를 만나 의논을 해
봐야겠구나."

밀혼영으로 수하를 보냈지만 직접 의논하는 것이 좋겠다
는 생각이 든 천금영주는 밀혼영주가 머무는 곳으로 향했다.

처소를 나와 밀혼영주가 거처하는 곳을 찾은 금수주는
바쁜 걸음으로 안으로 들어갔다. 마음이 급한 까닭이었
다.

"무엇인가 들어온 소식이 있는가?"

"아직 없네. 그리고 방금 전에 전 세작에게 긴급으로 명령을 시달했네."

"자네가 보기에는 어떤가?"

금수주가 밀혼영주의 의견을 물었다.

"사사밀교의 움직임이 심상치 않다는 정보는 이미 들어와 있었네. 집결지를 몰랐을 뿐이지. 자네의 전언을 듣고 천불동을 중심으로 모든 정보망을 가동하라 일렀으니 조만간 소식이 들어올 것이네."

"자네는 이번 일이 어떤 사태라고 보는가?"

"만약 놈들의 실세들이 움직였다면 참절백로를 시행 중인 모든 천금영들의 수련생들이 몰살할 가능성이 크네."

"그렇다면 큰일이 아닌가?"

"그래도 어쩔 수 없지 않은가. 율법이 수련생들의 철수를 허락하지 않을 테니 말이네. 그저 전보다 시험이 어려워졌다고 생각하는 수밖에."

"두르가의 날개들이 움직이고 있다는 소식이네. 그들이 나선다면 정말 한 사람도 살아 돌아오지 않을 확률이 크네. 그러면 대업에도 차질이 빚어질 것이 분명하네."

"그럼 영자들을 이용해 수련생들에게 작금의 사태를 주지시키게. 그리고 이번 경로에서 천불동을 제외하게 그러면 수련생들이 살아날 확률이 높아지니까."

"나도 이곳에 오면서 그 생각을 안 해 본 것이 아니네. 하지만 그곳으로 가려면 천불동을 거치지 않고는 불가능하네. 내 휘하의 영자들로서는 전할 방법이 없다고 봐야지.

그분들이 나서 준다면 걱정이 없겠지만, 그럴 확률은 없으
니⋯⋯."

"조바심 내봐야 지금은 아무런 방도를 찾을 수 없으니 마
음을 가라앉게. 사사밀교의 인물들이 어째서 천불동으로
향하고 있는지 이유를 알아낼 때까지는 일단 지켜보세나.
우리가 가지고 있는 힘도 천불동 쪽으로 일단 돌려놓고 말
이야."

"으으음!"

거듭 관망 쪽으로 기울어지는 밀혼영주를 보며 금수주는
마음이 탔다. 그 어느 때보다 기대가 컸던 수련생들이 모두
죽을 위험에 처해진 때문이었다.

하지만 그로서도 손을 쓸 방법이 없었다. 아직은 정보가
미약한 터였다. 사사밀교에서 거물들이 움직인다는 것을 알
고는 있지만 모든 정보를 차단한 채 은밀히 진행되고 있었
기에 확실한 상황을 알 필요가 있었던 것이다.

"그럼 마지막을 생각하고 있는 건가?"

"물론이네. 이곳을 버리고 떠날 준비를 하라 일러두었네.
모든 것을 파괴하겠지만 조금은 아쉽네. 사사밀교의 놈들이
이용하면 곤란하니까 말이야."

"그렇게 되겠지. 놈들이 이곳을 알게 되면 호랑이에게 날
개를 달아 주는 격이 될 테니. 어쩔 수 없는 일이지."

일이 예상외로 흘러가고 있음을 느낀 금수주는 사사묵련
주와 삼영의 수뇌들이 모여 판단을 내려야 하다는 결론에
도달했다. 불확실한 상황에서 지금은 아무런 판단을 내릴

수 없었기 때문이었다.

밀혼영에서 사사밀교의 정황에 대해 파악하라는 명령이
세작들에게 떨어지고 이십여 일이 훌쩍 지나갔다. 시간이
흐르는 동안 천불동에서 벌어지는 일들이 포착되기 시작했
다.

전해지는 소식은 영주들로서도 놀라운 일이었다. 사사밀
교의 십신장이 모두 부활했고, 그들 모두가 천불동을 향해
모이고 있다는 소식이었기 때문이었다.

밀혼영주는 이 같은 소식이 전해지자 련주가 기거하는 곳
으로 삼영주의 회합을 소집했다.

파리하니, 병색이 가득한 안색이지만 날카로운 눈매를
가진 중년인은 물련각에 소집된 삼영주들을 바라보고 있었
다. 그는 곤란한 표정으로 밀혼영주를 바라보고 있었다.
그가 바로 사사묵련을 총괄하고 있는 삼혼조(三魂爪) 당무
성(唐茂盛)이었다. 비록 병군자(病君子) 같은 모습이나
한번 나서면 못 찢을 것이 없다는 조법의 고수가 바로 그
였다.

묵련각에 소집된 삼영주들은 당무영을 태사의에 앉히
고 주변을 둘러앉아 있었다. 천금영주와 비격영주는 밀
혼영주의 보고를 들은 탓인지 두 사람 다 굳은 안색이었
다.

"그러니까 모종의 일로 그들이 모두 모였다는 말이지? 그
들의 부활이 사실이라면 우리로서도 대책을 세우지 않을 수
없다."

먼저 말을 꺼낸 것은 당무성이었다.

"그렇습니다. 확인한 바로는 지금 조화신(造化神) 비슈누와 황천신(黃泉神) 마야를 제외한 두르가의 날개들이 모두 모였다고 합니다. 마야는 지금 운남에서 그리고 비슈누는 북해에서 오는 중이라고 하니, 그들의 여정으로 보아 아마도 열흘 후면 모두가 당도할 것으로 보입니다."

"그들이 모두 부활했다는 것은 사사밀교의 거의 모든 힘이 회복했다는 것을 뜻하는 것이 아닙니까?"

세격영주(細挌營主)인 일촌사(一寸死) 태근민(泰根閔)은 우려가 섞인 목소리로 말하며 밀혼영주를 쳐다보았다. 자칫 잘못하면 백여 년 전처럼 전면전이 벌어질지도 모르는 일이기 때문이었다.

"아직 우려할 만한 상황은 아니라고 봅니다. 그들의 움직임은 개인에 국한된 것으로 보입니다. 병력의 이동은 보이지 않고 있습니다. 하지만 놈들이 그곳에서 무엇인가 꾸미는 것이 분명합니다. 상황을 보건데 그들은 두르가의 부활을 획책하는 것 같습니다."

"그렇다고 봐야겠지. 십신장이 모두 부활했다면 남은 것은 두르가의 부활뿐일 테니까."

"그렇습니다, 련주. 그것밖에는 생각해 볼 여지가 없습니다."

"두르가의 부활이 이루어진다면 전면전은 십 년 정도 후가 되겠군."

"그럴 것입니다. 예전의 경우를 살펴본다면 두르가를 부활시키는 의식이 있고난 후 십여 년이 지나야 그들의 공격이 시작됐으니 말입니다. 아마도 상부의 판단과 같이 두르가가 완전한 힘을 갖추는 데 그 정도의 시간이 걸리는 것 같습니다."

"으으음, 그럼 그쪽 방면에 움직이고 있는 우리 측 사람들은 세작을 제외하고는 천금영의 수련생들뿐인가?"

"그렇습니다, 련주. 아무리 그들이 개별적으로 움직였다고는 하지만 그들을 따르는 기본적인 병력은 움직일 가능성이 있습니다. 그들과의 충돌을 피하려면 일단 천금영의 수련생들을 도피시켜야겠으나 그들과 연락이 전부 닿지는 않을 테니 연락이 닿지 않는 자들은 포기하는 것이 좋을 것 같습니다."

"지금까지 수련생들의 상황은 어떤가?"

"총 일천여 명의 수련생들이 참절백로에 참여해 사사밀교와의 충돌로 반수 이상이 사망하고, 살아남은 자들 중 이백여 명 만이 연락 가능합니다. 아마도 나머지 인원들은 연락하기 힘들 겁니다. 워낙 넓은 지역에 퍼져 있어서 말입니다. 밀혼영의 영자들을 최대한 가동한다고 해도 추가로 백여 명 이상은 힘듭니다. 사사밀교에서도 이번 참절백로를 눈치챈 것인지 본 단에서 움직일 기미를 보인다고 하니 말입니다. 그들의 본 단에서 움직인다면 아무래도 나머지 인원을 살리는 것은 불가능하다고 봐야 할 것입니다."

"그럼 지금 할 수 있는 최선을 다하면 된다. 이번 참절백로는 여기서 중단하고 최대한 수련생들을 구해 내라. 그리고 내가 그분들을 찾아뵈어야겠다. 혹시 모르니 도움을 청해 봐야 하니 말이다."

"련주님께서 가신다고 그분들이 나서시겠습니까? 백 년전 사사밀교와의 전면전 이후 칩거에 들어가신 분들인데 말입니다."

"아마 나설지도 모르네. 두르가의 날개들이 나타난다면 말이네. 그분들은 석년의 굴욕을 만회하기 위해서라도 분명히 나설 것이 분명하네."

"그럴 수도 있겠군요."

"밀혼영주는 이 모든 사실을 종합해 상부에 보고하도록 하고, 다른 이들은 수련생들을 구출할 준비를 하게. 십 년후 놈들과의 전면전이 벌어진다면 한 명의 고수라도 아쉬운 우리니 말이네."

당문영이 말을 마치고 일어서려 하자 금수주가 다급히 말을 이었다. 그로서는 마음에 걸리는 부분이 있었기 때문이다.

"그럼 계획은 접는 겁니까?"

"그럴 수밖에. 사사밀혼 심법을 대성할 이를 찾는다는 것은 지금으로서는 불가능하니 말이다."

"하지만 그 아이라면 가능할지도 모릅니다."

"그 아이?"

련주의 눈빛이 변했다.

"총단에서 강신과 연혼의 수련을 받았던 아이 중 북경 천잔도문에서 온 서린이란 아이의 성취가 남달랐습니다. 개인 수련에 들어가기 전에 일단계는 넘어선 것 같았습니다."

"정말 일단계를 넘어섰다는 말인가?"

한 번도 없는 일이기에 련주로서도 묻지 않을 수 없었다.

"예, 제 눈이 멀지 않았다면 틀림없이 그 아이는 일단계를 넘어섰습니다."

"그럼 그 아이의 행방은 파악된 것이 있는가?"

"그게 아직도 행방이 파악되지 않고 있습니다. 분명 천불동 근처에 있을 것이 분명하지만, 사사밀교와의 충돌을 우려해 그곳까지는 영자들이 가 보지 않은 터라 연락이 닿고 있지 않습니다."

"그렇다면 최대한 연락할 길을 찾아보고 구할 수 있다면 구해 보게 그 아이의 성취가 어느 정도인지 본 후 만약 기대에 충족한다면 상부로 보내는 것으로 할 테니 말이네."

"알겠습니다."

"나 또한 그분들께 그 아이에 대해 이야기를 해 둘 터이니, 밀혼영주는 용모파기가 있으면 나에게 주도록 하게."

"예, 련주!"

"그럼 그만 일들 보도록 하게. 련에는 일급 비상경계 태세를 내리도록 하고."

"알겠습니다."

련주의 결정이 떨어지자 삼영을 비롯한 사사묵련의 움직임이 부산스러워지기 시작했다. 대계가 시작된 이후 첫 번째 결실이 맺어질 가능성이 컸기 때문이었다.

6장. 금해병서(金海兵書)

사령오아와 헤어진 서린은 얼마 안 있어 자신들이 들어
온 교하고성의 우물로 돌아올 수 있었다. 이곳에서 만나기
로 약조가 된 사람들이 있기 때문이었다.

그들은 천산남로를 통하여 서역으로 상행을 떠나는 대상
(隊商)이었다.

"날짜로 보아 내일쯤 당도하겠구나. 일단 위로 올라가 쉬
어야겠다. 정신없이 일을 처리하느라 조금 피곤하군."

그르릉!

휘이이익!

서린은 무문이 열리자마자 경공 발휘해 우물 위로 뛰어올
랐다. 입구에 턱이 져 있었기에 자리를 잡은 다음 바위를
치우고 우물 밖으로 나올 수 있었다.

밖에는 작열하는 태양이 내리비치고 있었다. 워낙 더운 지방이라 그런지 햇볕이 따가웠다.

"그늘이 있는 곳에서 잠시 쉬며 그동안의 일을 정리해야 겠다. 역용을 할 필요도 있고 하니……."

서린은 그늘을 찾아 자리를 잡은 다음 근육을 변화시켰다. 그리고 피부의 색도 약간 검게 타오르게 만들었다. 옥문관에서 이곳까지 왔다면 얼마간 햇볕에 그을렸을 것이기에 그리한 것이다.

서린은 이곳에서 미리 약조된 대상의 행렬과 합류해 천불동에 들기로 되어 있었다. 불경을 공부하기 위해 천불동으로 유학을 오는 사람들이 있기에 그 틈에 끼어 천불동으로 향하려는 것이다. 그에게 있어 금해병서의 회수는 무척이나 중요한 일이었기 때문이었다.

서린이 회수하려는 금해병서는 당나라 때 고구려의 명장 고선지가 남긴 것이었다.

금해병서는 그가 갈라록(葛邏祿)군에 의해 배후에서 공격을 받고 섬멸당해 후퇴당할 때 미처 가져가지 못하고 천불동에 숨긴 것이었다.

워낙 방대한 양이었기에 가져가지 못한 것이다. 서린 또한 책자 형태로 된 것이 아니기에 머리에 담아 가지고 갈 생각이었던 것이다.

대상이 온 것은 다음 날 오후가 될 무렵이었다. 그동안 서린은 지금까지 자신이 배운 무예를 참오했다.

사혼밀화의 힘이 일부 빠져나가 사혼밀화의 기운을 억제

하고 있는 혈왕기의 힘이 강성해졌기에 운기조식을 하며 그 동안 자신이 정립한 것을 참오한 것이다.

"오는군!"

대상의 행렬이 오는 것을 느끼자 서린은 그늘 속으로 침잠해 들었다. 그 어떤 자의 이목에도 자유롭고 아무도 발견할 수 없는 혈왕의 비기 혈왕잠월을 펼친 것이다.

서린의 기척에 잡힌 인기척은 천불동에 필요한 물건을 납품하고 서역으로 떠날 대상들이었다.

'다행이다.'

대상들이 고창고성 근처에 머물렀다. 그늘진 곳을 찾아 쉬려는 것이 분명했다.

서린은 그들 사이로 조심스럽게 스며들었다. 백여 명이나 되는 기다란 행렬이었기에 스며드는 것은 문제가 없었다.

유학생들은 옥문관을 거쳐 누란의 유적을 지나 천불동 근처에 이르는 여정이 험난했던지 모두들 지쳐 있었다. 그들 대부분은 승려들이었고 간혹 유생으로 보이는 자들도 몇 명이 눈에 띠었다.

"휴우……! 진짜 찌는 더위군. 내 비록 유학을 가는 길이나 이런 고생길이었다면 오지 않았을 것이네."

"보각(寶覺). 자네도 어지간히 지쳤나 보네. 그리 구도에 열을 올리던 자네가 이런 불평이나 하고 말이네."

"승선(昇禪). 자네는 이런 더위에 지치지도 않나?"

"후후! 하지만 어찌하겠나? 불법을 갈구하는 우리가 이곳에 온 뜻은 중생에게 부처님의 참뜻을 전하고자 함이 아니었나. 이런 고난 같은 부처님의 수행에 비하면 아무것도 아니니 참고 견디는 수밖에. 그래도 삼천 리 금수강산이 그리운 것은 어쩔 수 없나 보네. 장장 일 년여가 넘는 여정이 아니었던가?"

"후후! 자네도 별수 없구먼. 천불동이 가까워 오니 그런 생각을 다하고 말이야."

"아무리 구도를 탐구하는 몸이지만 나도 사람인 것을 어찌하겠나. 목적지가 멀지 않았다하니 조금 쉬다가 기운 좀 차리고 가기로 하세."

조선에서 유학을 온 승려들인 듯한 두 사람의 대화를 들으며 서린은 기분이 좋아졌다.

비록 말을 붙이지는 못하지만 정겨운 말을 들었기 때문이었다. 승려로서 중원을 가로질러 이곳 서역과 가까운 곳까지 불법을 구하러 온 스님들을 보며 공경스러운 마음에 마음속으로 합장을 했다.

'대단하신 분들이다. 저런 구도의 마음을 가지다니. 나 또한 천세혈왕사금결을 완성하는 것이 목표이니 저 스님 분들에게 뒤지지 않게 노력해야겠구나.'

고난의 길을 자처하는 스님들을 보며 서린 또한 자신이 익혀야 할 것들을 다지며 마음을 다잡았다.

대상은 일각여를 쉰 뒤 다시금 길을 떠났다. 천불동이 멀지 않은 까닭이었다.

대상이 길을 떠나 천불동에 도착한 것은 해가 거의 질 무렵이었다.

상인들로 보이는 일행은 천불동에 건네줄 물건을 전한 뒤 각자 쉴 곳을 찾아 쉬기 시작했고 유학생으로 보이는 스님들과 유생들은 천불동에서 나온 승려의 안내를 받아 토굴에 마련 된 거처로 자리를 옮겼다. 그 사이에는 서린 또한 끼어 있었다.

늦은 시간이라 모두들 일찍 밥을 먹고는 잠자리에 들었다. 거친 여정이었는지 여섯 명이 한 방에 머무는 유학생들은 잠자리에 들자마자 코를 골며 잠이 들었다.

다음날 대상들이 떠나고 난 뒤 천불동에 남은 것은 유학생들이었다. 승려들과 유생들만이 공부를 위해 남은 것이었다.

하지만 그들은 예정된 공부를 할 수 없었다. 천불동에 심각한 일이 있는 듯 제한된 일이 많았기 때문이었다. 우선 그들을 가르칠 학승이 나오지 않았다. 그들을 안내한 승려만이 아무런 말도 하지 않고, 유학생들을 거처에서 나오지 못하도록 하고 있었던 것이다.

"도대체 무슨 일이 있는 것인지? 아무도 밖에 나가지 못하게 하니 이것 참!"

여기저기서 불만의 목소리가 터져 나왔다. 강론은 고사하고 불경과 각종 경서 그리고 서역의 책들이 보관되어 있는 장불동(藏佛洞)도 개방되지 않아서 터트리는 불만이었다.

"수타로야 님! 이런 때에 유학생이라니, 어려운 일입니다."

"그러게 말입니다, 인드라 님. 불법을 탐구하러 온 그들을 내칠 수도 없는 일이니 말입니다. 종법사(宗法師)들 모두 두르가 님의 사혼밀화를 안정시키기 위해 나섰으니 강론을 할 학승들도 없고, 일이 어렵게 됐습니다."

사사밀교가 장악하고 있는 천불동이었지만 불법을 배우러 온 이들을 물리칠 수는 없는 일이었다. 사사밀교의 일은 일반 세상의 일이 아닌 무림의 일이었기 때문이다.

"그럼 장불동만이라도 개방을 하시지요. 종법사들이 앞으로 삼십 일 동안은 꼼짝없이 두르가 님을 위해 매달려야 하니 말입니다. 그동안만이라도 그들의 관심을 돌리려면 그 수밖에는 없는 것 같습니다."

"인드라 님 말씀대로 우선 그러는 것이 좋을 것 같습니다. 그들의 불만을 잠재우려면 그 수밖에는 없겠습니다. 비록 중요하고 귀중한 경전과 문서들이 있다고는 하나 계율승들로 하여금 그들을 지키게 한다면 충분할 테니 그리하는 것이 좋을 듯합니다."

수타로야 또한 인드라의 말대로 유학생들을 잠잠히 할 수 있는 방법은 그 수밖에는 딱히 없다는 것을 잘 알고 있기에 인드라의 찬성을 했다. 유학생들의 반발을 막기 위해 종단의 지도자인 수타로야와 무단의 인드라는 장불동을 개방하

기로 했다. 장불동도 중요한 곳이지만 지금은 그것보다 중
요한 일이 벌어지기에 내린 결론이었다.

"그나저나 이상한 일입니다. 사혼밀화의 힘이 안정을 찾
지 못하니 말입니다."

"그렇습니다, 수타로야 님. 이건 예상에도 없던 일이라
걱정하고 있습니다. 이미 이 일로 인해 십신장들이 모두 모
이고 있는 중이니 조만간 결말이 나겠지요."

"빨리 모이셔야 할 텐데 큰일입니다."

"걱정하지 마십시오. 모두가 모이는 대로 제밀을 위한 대
법이 펼쳐질 겁니다. 이로서 종단과 무단을 하나로 결집시
킬 두르가 님이 탄생하시겠지요."

"빨리 그날을 보고 싶군요."

"두르가 님께서 이곳에 현신하신 것을 보면 분명 잘될 겁
니다."

불안한 기색이 역력한 수타로야와 마찬가지였지만 인드라
는 애써 마음을 안정시켰다.

두 사람이 의논한 대로 다음 날 장불동이 개방되었다.
출입이 제한되어 내심 당혹해하던 서린은 장불동이 빨리
개방되어 안도의 한숨을 내쉬었다. 장불동은 유학생들이
수학을 마친 후 마지막에 하루 정도만 들리는 곳이었기 때
문이다.

그런데 이번에는 이례적으로 설법이 없기는 하지만 삼
십 일 동안이나 개방된다고 하니 그로서도 좋은 일이었
다.

'두르가의 일로 그런가 보군. 하긴 유학생들의 반발을 무마시킬 수 있는 것은 장불동의 개방밖에는 없을 테니까. 고금을 망라하고 중원과 서역의 경전들이 모두 있는 곳이라 유학생들도 장불동을 개방한다면 그리 섭섭해하지는 않을 것이다.'

두르가의 일로 인해 예상외로 일이 잘 풀리는 것을 느낀 서린은 금해병서를 찾는 일이 나름대로 쉬워졌다는 것을 알고는 유학생들과 함께 장불동으로 향했다. 감시의 눈길은 남아 있을 것이기에 장불동에서도 눈치채지 않게 금해 병서를 찾아야 할 터였다.

장불동은 의외로 넓었다.

사방 삼십여 장의 거대한 암굴 안에 장불동이 있었던 것이다. 유학생들은 훼손해서는 절대로 안 된다는 언질을 받은 후 장불동의 출입이 허용되었다.

입구서부터 사암으로 된 석벽을 둘러 서가들이 줄지어 이어져 있었고 중간 중간에도 서가들이 놓여져 있었다. 서가에는 죽간을 비롯해, 귀갑, 양피지, 한지 등으로 만들어진 책과 지편들이 무수히 놓여 있었다.

워낙 방대한 양이라 무엇이 어디에 있는지 사사밀교에서도 다 정리가 되지 않았다고 하는 설명을 들은 후 서린은 서가를 돌며 금해병서를 찾기 시작했다.

고금을 통 털어 최고의 병서라 칭해지는 것이 바로 금해병서였다. 중원에 손오병법이 있다면 수나라 백만 대군과 중원의 제국들의 침입을 일거에 박살 내 버린 고구려의 병법이 바로 금해병서였다.

조선에서는 고려 이후로 중화사상에 물들어 육도삼략이니 손오병법이니 중원의 병법을 원전으로 모시는 풍조가 팽배하여 민족의 병법이 원본조차 유실되어 버린 것이 현실이었다.

이미 고대로부터 전해진 금해병서의 원전 중 전반부를 얻은 서린은 명장 고선지가 남긴 후반부를 찾기 위해 동분서주 서가 사이로 움직였다.

하지만 서린은 금해병서의 그림자도 찾을 수 없었다. 서가가 워낙 방대했고 정리가 되어 있지 않은 터라 찾을 수 없었던 것이다.

'하루아침에 찾으려고 하지는 않았지만 너무도 방대한 양이다. 아무래도 십여 일은 꼬박 뒤져야 할 것이다. 이곳에 있는 경전들과 서책들은 나름대로 도움이 되는 것들이다. 차근하게 살펴봐야겠다.'

서린은 경전과 남겨진 서편들을 살펴보며 이곳에 있는 것들이 예사 것들이 아님을 알 수 있었다. 중원과 서역의 문물들은 물론이고 그들의 사상과 역사 등 그의 눈을 새롭게 뜨게 하는 것들이 많았기 때문이었다.

그렇게 서린이 장불동에 있던 경전을 뒤지며 금해병서의 단서를 찾을 수 있었던 것은 십여 일이 지나서였다. 한 조각 귀갑(龜甲)에 기록된 짤막한 글귀를 통해 행방을 알 수 있었던 것이다. 귀갑에 기록되어 있는 글자는 이제는 그 누구도 알 수 없는 글자였다. 한 노인과 서린 오직 두 사람만이 알고 있는 글자로 기록되어 있었다.

내가 이것을 가지고 돌아가지 못하는 것은 하늘의 뜻이다. 서역의 인물들이 이것을 얻어 우리에게 해가 되어 돌아올 수도 있을지 모르겠으나 고대로부터 내려온 유산을 소홀히 할 수 없어 비장하니 후손은 기필코 찾아 고구려의 후손에게 전하기 바란다. 내가 이것을 비장한 곳은……

고조선에서 쓰였다는 가림토 문자로 쓰여진 귀갑을 얻은 서린은 금해병서가 감추어진 곳을 알 수 있었다. 그곳은 그가 전에 한 번 가 본 장소이기도 했다. 바로 교하고성에 감추어져 있었던 것이다.

'됐다. 다행히 금해병서가 있는 곳은 천불동이 아니었구나. 진짜 서린의 기억이 완전했다면 이리 고생하지 않아도 되었을 것을……'

서린은 사혼밀화의 힘을 얻으며 흐려진 진짜 서린의 기억이 혼동되어 시간을 허비했다는 것을 알 수 있었다. 그렇다고 해서 소득이 전혀 없었던 것은 아니었다. 장불동의 경전을 읽으며 천세혈왕삼극결의 부족한 부분을 어느 정도 메울 수 있었기 때문이었다.

'어차피 이곳을 떠나야 하지만 장불동이 개방될 때까지는 있어야겠다. 이곳에 있는 것들은 나에게도 큰 도움이 될 것들이니, 될 수 있는 한 많은 것을 보고 가야겠다.'

서린은 남은 이십여 일 동안이나 장불동 안에 있는 경전과 고금의 문서들을 살피기로 했다. 삼몽환시술을 사용한다면 이해하지는 못하더라도 모두 뇌리에 담아 갈 수는 있을 것이기에 그렇게 한 것이다.

다음 날부터 서린은 삼몽환시술을 이용해 오성을 극대화시킨 후 장불동 안에 있는 모든 것들을 뇌리에 담기 시작했다. 사람들의 눈에는 그저 경전이나 경서들을 잠깐 꺼내서 살피는 것 같았지만 그의 뇌리에 모든 경서의 내용들이 들어차고 있었다.

그렇게 있는 듯 없는 듯 서린은 장불동이 개방되는 시간 동안 모든 것을 자신의 뇌리에 담을 수 있었다.

"저는 더 이상 이곳에서 볼일이 없을 것 같습니다. 경서들의 내용을 보기는 했지만 제가 볼 만한 것은 없었던 것 같습니다. 진짜 서역의 문물을 보려면 아무래도 다시 대상을 따라 나서야 할 것 같습니다."

유학생으로 변신해 들어온 서린은 천불동을 떠나며 이렇게 사사밀교의 인물들에게 이유를 밝혔다. 유학생들이 들어오며 하나하나 감시를 붙였던 사사밀교였었다.

하지만 감시해 본 결과 서린이 경전의 내용에 별 흥미를 못 느끼는 것 같다는 보고를 들은 사사밀교의 수뇌부에서는 서린에 대한 의심을 지웠다.

서린은 무사히 천불동을 벗어나 교하고성 쪽으로 방향을 돌렸다. 하지만 그의 뒤를 밟고 있는 이가 있다는 것을 그로서도 알지 못했다. 그는 두르가를 제외한 사사밀교의 일인자로 조화의 신이라 일컬어지는 이름을 이어 온 비슈누였다.

예로부터 으뜸으로 친다는 흰색의 눈썹[白眉]!

하얀색의 장포를 입은 비슈누의 모습은 한기가 풀풀 도는 모습이었다. 대략 장년의 나이를 지났을 것 같은 그의 행적은 신묘하기 그지없었다. 삼십여 장 뒤에서 서린을 따르고 있으나 서린은 그의 기척조차 발견하지 못했던 것이다.

사막과 같은 황량한 사암들만 있는 곳이었으나 서린의 혈혈기감에도 잡히지 않고 뒤를 따르고 있었다.

'이상한 놈이다. 몸에 서린 기운도 언젠가 본 적이 있는 느낌이다.'

비슈누가 서린을 처음 본 것은 천불동의 입구에서였다. 막 북해에서 돌아와 천불동에 들리는 찰나 서린을 본 것이다. 자신에게 전해지는 알 수 없는 희미한 느낌에 서린을 주의 깊게 살피기 시작한 것이다. 그는 서린이 천불동을 나선 후 천불동에서 외인을 감시하는 감찰원주를 찾아 어째서 서린이 천불동을 떠나는지 물어보았다.

하지만 다른 사람은 몰라도 그는 서린이 떠나는 이유를 이해할 수 없었다. 먼 길을 찾아와 장불동의 장서만 보다 간다는 서린은 그로서는 이해가 되지 않았던 것이다.

장불동이 어디던가? 서역과 중원의 문물이 집약된 경전들이 있는 곳이기에 학문을 하는 이라면 가 보기를 소원하는 곳인데 저렇듯 아무 미련 없이 떠난다는 것은 말이 되지 않았던 것이다. 해서 비슈누는 호기심에 서린의 뒤를 쫓고 있었던 것이다.

　'교하고성에 머무는 대상들을 따라갈 생각인 모양이로군. 하지만 대상들이 오려면 며칠은 걸릴 텐데…….'

　서린은 지금 경공을 사용하지 않고 낙타를 타고 서서히 교하고성 쪽으로 가고 있었다. 뒤를 따르는 비슈누는 교하고성 쪽에는 인가가 없음을 알고 있었다.

　알고 있기로는 천산남로를 따라 서역으로 가는 대상들도 며칠 후에나 올 터였다. 서역으로 가기 전 천불동에 물건을 전달하는 이들이 닷새 후 지나가기로 되어 있었던 것이다.

　"저곳에서 며칠 노숙을 할 예정인가 보군. 이만 천불동으로 가 봐야겠다."

　교하고성 안쪽으로 사라지는 서린을 보며 비슈누는 서린이 교하고성에 며칠 머물며 대상을 기다리려니 하고 천불동으로 발길을 돌리려 했다.

　"응!!"

　자신이 쫓던 서린의 기척이 갑자기 사라져 버렸다. 그의 기감에도 전혀 걸리지 않았던 것이다.

　파파파팟!

　삼십여 장의 공간이 일순간 하나로 된 듯 비슈누의 신형이 교하고성으로 다가왔다. 비슈누는 교하고성에 당도하자 자신의 기운을 활짝 펼쳤다. 서린을 찾기 위해서였지만 그 어디에도 없었다.

　"하늘로 솟은 것인가? 땅으로 꺼진 것인가…… 혹시!"

비슈누는 서린이 사라진 방향이 지하인 것 같다는 생각이 들었다. 이곳 찬산산맥 일대는 지하수로가 발달 되어 있었다. 이름 모를 수로의 줄기들이 얽히고설켜 줄기줄기 뻗은 곳이 바로 천산의 지하였다.

"그놈은 분명이 지하로 숨어 들어간 것이 틀림없다. 낙타는 입구에 두고 그냥 걸어 들어갔다면 흔적이 남았을지도 모른다."

서린이 타고 갔던 낙타는 교하고성의 입구 사람들이 보지 못하는 쪽에 있었다. 낙타에서 내려 걸어간 것이 분명했다. 비슈누는 자신의 기감을 지하까지 확대했지만 그 어디에서도 서린의 기척은 느껴지지 않았다.

"도대체 어디로 간 것이란 말인가?"

비슈누가 고민하는 것은 당연했다. 서린은 인드라와 아그니도 눈치채지 못했던 혈왕잠월의 은둔술을 펼친 채로 교하고성의 안쪽에 숨어들었던 것이다.

서린은 이곳으로 오면서 비슈누의 기척을 알아채지 못하고 있었으나 교하고성으로 들어서면서 비슈누가 흘린 독백으로 누군가 자신을 쫓고 있음을 눈치챌 수 있었다.

혈혈기감을 계속 운용하고 있었음에도 눈치를 채지 못했다는 사실에서 자신이 맞상대할 수 없는 강력한 고수가 뒤를 쫓고 있다는 것을 알 수 있었다. 서린은 교하고성으로 들어오며 그의 시야에서 자신의 신형이 사라지는 순간, 낙타에서 내려 혈왕잠월을 시전 해 숨어든 것이었다.

'저자가 내 존재에 대해 의심을 한 것인가? 그럴 리가 없

을 텐데……'

서린은 비슈누가 빤히 바라보이는 곳에 숨어 있었다. 자신의 정체를 정확히는 알지 못하겠지만 무엇이 저자의 감각을 자극했는지 궁금했다. 고민하던 서린은 어째서 자신의 정체가 일부나마 비슈누의 감각에 걸리게 됐는지 알아낼 수 있었다.

그것은 두르가 때문이었다. 사혼밀화의 힘을 두르가에 전하며 혈왕기의 일부를 같이 흘려 넣은 탓으로 완전히 자에게서 흘러나오는 사혼밀화의 힘을 감출 수 없었기 때문이라는 것을 안 것이다.

'불(火)은 나누어도 똑같은 힘을 발휘하는데, 내가 혈왕기를 소모했으니 저자가 혈왕기로도 누르지 못했던 미세한 사혼밀화의 기운을 감지한 것이 틀림없다. 저자! 무서운 자다. 아까는 모르겠지만, 지금의 내 감각이 그렇게 말하고 있다.'

기척을 드러내지 않았을 때는 감지조차 못했던 것을 생각하면 정신이 아찔했다. 혈왕잠월을 시전한 후 우물 속으로 들어갈 수도 없었다. 순식간에 자신을 따라 붙는 비슈누의 움직임에 우물 근처에는 가 보지도 못했던 것이다.

그리고 지금 자신을 찾기 위해 힘을 개방하는 비슈누를 보면 겁마저 들었다. 끝을 알 수 없는 미중유의 힘이 비슈누에게서 흘러나오는 것을 느끼며 서린은 앞으로 어떻게 해야 할지 갈피를 잡지 못했다.

'저자는 포기를 모르는 자다. 느낌이 그렇다. 저자는 자신의 의문이 해소되지 않는 한 이곳에서 한 발자국도 움직이지 않을 것이다. 내가 혈왕잠월을 언제까지 시전 할 수 있는 것도 아니고 큰일이다.'

두르가를 깨어나게 만든 후 운기조식다운 운기조식을 한 번도 취해 보지 못한 서린이었다. 혈왕기가 충분해도 혈왕잠월을 펼치는 시간이 일각여밖에는 되지 않는데, 지금은 그나마 두르가를 깨우느라 쓴 혈왕기 때문에 반 각도 힘든 상태였다.

'치명상을 입히지 못하겠지만 단번에 공격한 후 정신을 못 차리는 사이에 우물 속으로 숨어들어야 한다. 저자가 나에 대해 몰라 힘을 전부 끌어내지 않은 틈을 노려야 한다. 혈왕오격(血王五擊)중 음인(陰引) 자전철풍(紫電鐵風)으로 승부를 건다.'

서린은 자신이 창안해 가장 성취를 보이고 있는 자전철풍으로 승부를 걸기로 작심했다. 같은 류의 음기라면 쉽게 비슈누에게 파고들 수 있으리라는 생각 때문이었다. 서린이 창안해 낸 자전철풍은 일반적인 음공하고는 차원이 다른 것이었다.

음유롭지만 서린이 가진 무예 중에서 가장 빠른 수법이었고, 지독한 음기에 철의 기운까지 섞인 것이라 만약 적이 맞는 다면 철기로 인해 내기가 흐트러지고 경맥을 순식간에 얼려 버리는 중수법(重手法)이었던 것이다.

서린의 화후는 이제 칠 성이었지만 비슈누에게 어느 정도 타격을 입힐 수 있으리라는 생각에 시전하기로 한 것이다.

'내기를 오지에 모으고 철의 기운을 돌린다. 자전철풍!'

서린은 철한풍의 기운을 자신의 손으로 모았다. 천간십이수 중 음인수가 바탕이 되고 그 위에 천세혈왕삼극결로 다스려진 철한풍의 기운이 그의 손에 모였다.

'혈왕잠월을 거두는 순간 내가 알고 있는 가장 은밀한 신법인 사밀야혼(死密若俒)을 펼치고 저자의 가슴에 자전철풍을 쑤셔 박아야 한다.'

결심을 굳힌 서린은 비슈누를 바라보며 기회를 노렸다. 일순간밖에는 기회가 없음을 알기에 기회를 보는 것이었다. 때마침 서린을 찾는 듯 비슈누의 시선이 다른 곳으로 돌아갔다.

서린은 혈왕잠월을 거두고 곧바로 사밀야혼을 펼치며 비슈누에게 다가들었다. 숨어 있던 석벽에서 서린의 모습이 나타났다. 다시금 희미해져 갔다. 그늘이 있는 곳이라면 완전히 신형이 가려졌겠지만 작열하는 태양 아래라 그런지 그저 희미해 보일 뿐이었다. 비슈누의 삼보 앞까지 갔을 때도 그는 서린의 신형을 발견하지 못했던 것이다.

"헉!"

자전철풍이 담긴 손이 뻗어질 때 비슈누의 시선이 서린이 있는 쪽을 향했다.

'이럴 수가!'

비슈누는 경악할 수밖에 없었다. 자신의 시야를 속이고 지척까지 다가선 어린 소년의 모습 때문이었다.

'기척조차 느끼지 못하다니, 방심한 내 실수다.'

어떻게 이렇게 가까이 다가오도록 눈치조차 채지 못했을까 하는 의문과 함께 방신한 것을 자책해야 했다.

그것보다 더 경악한 것은 서린의 오른손에 맺힌 기운이었다. 음기가 흐르는 기운은 어딘지 모르게 무거워 보였다. 모든 것을 내리눌러 가루로 만들어 버릴 듯한 무거움이 서린의 손에 담겨 있었던 것이다. 비슈누는 황급히 호신강기를 끌어 올렸다. 이미 막기에는 늦은 탓이었다.

비슈누가 펼친 것은 현음건곤벽(玄陰乾坤壁)이 불리는 그만의 호신강기였다. 강기무공(剛氣武功)을 장기로 삼는 비슈누가 자신의 비전 강기공인 현음건곤강(玄陰乾坤剛)을 이용해 펼치는 강기막이 그를 둘러싼 것이었다.

하지만 그가 강기막을 친 것이 서린의 손속보다는 늦었다. 세 겹의 강기막이 쳐져야 완성된 현음건곤벽(玄陰乾坤壁)이었지만 한 개밖에는 칠 수 없었던 것이다.

퍽!

자전철풍이 담긴 서린의 오른손과 한겹의 현음건곤벽(玄陰乾坤壁) 부딪쳤다.

펑!

꽈직!

"커억!"

"으윽!"

현음건곤벽(玄陰乾坤壁)의 강력함을 말해 주는 듯 서린의 팔뼈가 부러져 나갔다. 하지만 그의 공격이 성공한 듯 현음건곤벽(玄陰乾坤壁)이 깨지고 비슈누는 입으로 피를 흘리며 뒤로 비틀거리며 물러났다.

파파팍!

서린은 비틀거리는 비슈누를 다시 공격하지 않았다. 부러진 팔을 부여잡고 빠르게 뒤로 물러난 후 우물이 있는 쪽으로 달아났다. 지금 비슈누의 부상이 그리 크지 않다는 것을 알고 있기 때문이었다.

'가, 강자다.'

오히려 자신의 부상이 더욱 컸다. 비슈누의 몸에 덮인 강기와 부딪친 순간 자전철풍을 담았던 그의 오른손이 부러졌고 천세혈왕삼극결이 흔들렸다. 심각한 내상을 입은 것이다.

'이렇게 된 이상.'

세워 둔 계획대로 하기로 했다. 재차 공격할 힘도 없었거니와 공격에 실패할 것을 대비해 마지막으로 준비한 한 수가 있었다.

파팟!

서린은 자신이 낼 수 있는 최대한의 속도로 우물을 향해 달려가더니 자전철풍을 발에 담아 뚜껑 같은 바위를 힘껏 찼다.

쾅!

서린의 일격에 우물을 덮고 있는 바위가 산산이 부서지며 허공으로 비산했다.

후드드득!

팟!

바위의 파편이 지상으로 떨어지는 사이 서린은 우물을 향해 몸을 날렸다.

'젠장!'

공격을 받은 비슈누는 아찔함을 느껴야 했다. 가슴으로 파고드는 무거운 기운은 지금까지 느껴 본 어떤 기운과도 달랐다. 내기와는 다른 기운이 자신의 몸을 파고든 것이다. 만약 현음건곡벽을 펼치는 것이 조금이라도 늦었다면 치명상을 입어야 했을 정도였다.

비슈누는 나이 어린 자에게 당했다는 생각에 불같은 노화가 치밀어 올랐다. 경시하는 마음도 싹 가셔 버렸다. 어째서 천불동에 잠입했는지 반드시 알아야겠다는 생각이 가득했다.

자신에게 일격을 가하고 도망가려는 것을 보니 내상을 입은 것이 분명했다. 경공을 발휘하는 것 같지만 신형이 흔들리고 있었던 것이다.

파파팍!

약간 내상을 입었지만 개의치 않고 서린을 쫓았다. 그 순간 바위가 터져 나가고 우물로 보이는 입구가 드러나는 것을 보았다. 지하수로를 통해 도망가는 것이 분명했다. 지하수로는 거미줄처럼 뻗어 있는 미로라 방금 전처럼 은잠술을 펼치고 도망간다면 잡을 길이 요원 했다.

"네놈이! 거기 서랏!"

파앗!

공간이 다시 한 번 접혀졌다. 순식간에 우물의 입구에 이른 것이다. 비슈누는 지체 없이 우물로 뛰어들었다. 지하수로에 들어가기 전 서린을 잡아야 했기 때문이었다.

콰…… 콰쾅!

비슈누가 우물 속으로 뛰어드는 순간 강력한 폭발음과 함께 사암으로 이루어진 바위들이 사방으로 비상했다. 그 사이에는 비슈누의 신형 또한 섞여 있었다. 서린이 우물 속을 통해 지하수로로 들어가며 터트린 철뇌구의 폭발 때문이었다.

털썩!

폭발에 의해 허공으로 떠올랐던 비슈누의 신형이 바닥으로 내팽겨졌다. 바닥을 몇 번 구른 비슈누가 일어섰다. 상당한 타격을 입은 듯 창백한 안색이었다. 머리카락은 검게 타 있었고, 백의는 폭발의 여파로 검게 그을려 있었다. 또한 군데군데 붉은 피가 흘러내리는 것을 보면 철뇌구의 파편이 그의 몸을 파고든 것이 분명했다.

"으으윽!"

비슈누는 내상을 입은 듯 각혈을 했다. 우물 속으로 뛰어들었고 화약 냄새를 맡자마자 현음건곤벽을 펼쳤지만 일차 서린에 의해 내상을 입은 터라 폭발의 여파를 다 막아 내지 못하고 낭패를 당한 것이었다.

만약 다시금 현음건곤벽을 펼쳐 내지 못했다면 화약의 폭발로 날아드는 철편에 가슴을 뚫려 즉사했을지도 모르는 일이었다.

"크윽! 퉤!"

비슈누는 입가로 맴도는 피를 뱉어 버리고는 이제는 폐허가 돼 완전히 막혀 버린 우물을 바라보았다.

"이대로는 놈을 쫓을 수 없으니 놓친 것 같군. 대단히 무서운 놈이다. 그 어린 나이에 무공하며 마지막 도망갈 곳에 함정까지 파다니. 우욱! 아무래도 한동안은 운기요상을 해야 할 것 같군. 피륙의 상처는 아무것도 아니지만 두 번에 거친 충격에 경맥이 상한 모양이다."

비슈누는 분노가 치밀었지만 이제는 방법이 없음을 알았다. 수하들을 데리고 와 서린을 잡기 위해 추적을 시켜도 잡을 수 없다는 것을 알기에 천불동으로 힘없이 발길을 돌릴 뿐이었다.

                    *   *   *

사사묵련에는 절대로 건드려서는 안 되는 자들이 있었다. 그것이 설혹 련주라 할지라도 함부로 대할 수 없는 자들이다.

백여 년 전 최후의 전쟁에서도 두르가의 날개들과 당당히 맞서고도 죽지 않고 살아남은 자들이 바로 그들이다.

사사묵련의 련주인 삼혼조(三魂爪) 당무성(唐茂盛)은 천불동 인근에 두르가의 날개들이 모이고 있다는 보고를 밀혼영주로부터 듣고는 살아남은 자들이 있는 곳에 와 있었다. 사사묵련에서 그들을 지칭하는 칭호는 사밀혼(四密魂)! 열

명의 밀혼(十密魂) 중 살아남은 나머지를 지칭하는 이름이
었다.

"어르신! 당무영입니다."

당무영은 조심스럽게 자신의 정체를 밝힌 후 어두운 동굴
속으로 들어갔다. 아무것도 보이지 않는 어두운 동굴 속이
었다.

팟!

동굴에 횃불이 켜졌지만 당무영은 긴장감을 없앨 수 없었
다. 동굴 안에 있는 사람들이 풍기는 예기 때문이었다. 가
슴이 서늘하도록 풍기는 예기는 그의 마음을 답답하게 했다.

'어르신들이 이제는 현경(玄境)에 거의 접어드신 것 같구
나.'

백여 년 전에도 이미 화경(化境)에 접어든 사람이었다.
백여 년이 흐른 뒤에도 답보 상태였다면 이미 세상을 등졌
을 것이다. 동굴 안 막바지에 네 사람이 벽면을 앞에 두고
가부좌를 틀고 앉아 있었다. 그들은 낡은 옷을 입고 있었는
데 기세만큼은 삼엄하기 그지없었다.

"어르신들……."

당무영은 행여나 불경을 범할까 저어하며 조심스럽게 입
을 열었다.

"어인 일이냐?"

"드릴 말씀이 있어서 찾아왔습니다."

"우리에게는 볼일이 없을 터인데. 천주 또한 우리의 칩거
를 허락한 터. 만약 아무런 일도 아니라면 우리의 수행을

방해한 죄로 목숨을 부지하지 못할 것이다."

서슬이 퍼런 목소리였다. 당무영이 찾아와 청정을 방해한
듯, 목소리에는 불쾌감이 감돌았다. 복수를 위해 절치부심
하는 그들로서는 수행을 방해하는 것이 무엇보다 싫었던 것
이다.

"검절 어르신! 두르가의 날개들이 나타났다는 소식입니
다."

휘이이익!

네 사람이 일제히 돌아섰다. 몸을 움직이지도 않았는
데도 불구하고 자연스럽게 앉은 자세 그대로 돌아앉은 것
이다.

그들은 방금 당무영과 대화를 나눈 검절(劍絶) 장호기(張
豪奇)를 비롯해 광절(狂絶) 철무정(鐵無情), 파절(把絶) 등
섭인(鄧燮仁), 참절(斬絶) 곽인창(郭鱗倉)이라 불리는 사사
묵련을 비롯한 대륙천안에서도 최고수에 속하는 자들이었
다.

"그 말이 사실이냐?"

그들의 눈에서 신광이 번득였다. 바라보던 당무영은 하마
터면 무릎을 꿇을 뻔했다. 자신과는 차원이 다른 고수들이
격동하여 흘리는 기세에 몸이 떨려 왔다.

"예…… 예! 사실입니다, 어르신들. 그리고 두르가의 날
개들 모두가 부활했다는 소식입니다."

"십신장 모두가 말이냐?"

"그렇습니다. 이곳에서 멀지 않은 곳에 빠르게 모이고 있

다고 합니다.

"어디냐?"

"바로 천불동입니다."

"천불동에 십신장이 모두 모인다는 것은 두르가가 부활한다는 이야기냐?"

그들도 십신장이 모이면 사사밀교 최고수라는 두르가가 부활하는 전조임을 알고 있는 것 같았다.

"그렇습니다. 그리고 이미 부활한 것 같습니다."

"으음."

"어떻게 해야 합니까?"

"그렇다면 곧 전면전이 벌어질 것 같구나. 천주께는 보고를 했느냐?"

"이미 전서구가 떴습니다. 하지만 아직 천주님의 명은 아직 내려오지 않은 상태입니다."

"그럼 넌 우리가 어떻게 해 주기를 바라느냐?"

"이미 사사밀교의 총단에서는 천불동을 향해 고수들이 이동한 것으로 알고 있습니다. 그리고 십신장이 모두 모인 이상 두르가를 없애는 것도 불가능합니다. 그렇지만 어르신들이 나서 주실 일이 있습니다. 십 년 후 전면전을 대비해야 하니 말입니다."

"십 년 후 전면전을 대비한다?"

"예, 어르신. 지금 천불동을 비롯한 천산산맥 인근에는 천금영의 참절백로가 펼쳐져 있습니다. 해서 어르신들께서 수련생들을 구해 주십사 하는 부탁 때문에 여기로 온 것입니다. 두르가의 날개들로부터 그들을 무사히 빼내 올 분들은 어르신들밖에는 없으니 말입니다."

"으음!"

두르가의 날개들을 상대하는 것도 아니고 수련생들을 빼내 오는 일이 탐탁지 않은지 신음성을 흘렸다.

"어르신들이 나서야만 하는 이유가 있습니다."

"우리가 나서야 할 이유가 있다고?"

"수련생들 중에 강신과 연혼의 수련시에 사사밀혼 심법을 일단계까지 터득한 아이가 있었습니다."

"그 말이 정말인가?"

사밀혼은 두르가의 날개들이 나타났다는 소식보다 사사밀혼 심법의 일단계를 통과했다는 수련생이 나타났다는 이야기에 더욱 크게 놀랐다. 사사밀혼 심법 일단계를 연성한 수련생은 그들이 애타게 기다려 온 존재이기 때문이었다.

"천금영주와 밀혼영주가 직접 확인한 일입니다."

"좋다. 그럼 우리가 나서마. 그런데 그 아이는 어디에 있느냐?"

사밀혼은 흔쾌히 자신들이 나서겠다는 의사를 표시했다.

"그 아이는 천불동이 있는 근처 지역에서 행방을 알 수 없게 되었습니다."

"으음! 알았다. 우리는 수령생들을 구하는 데 전력을 다하겠다. 그럼 아이들을 구한 후 어디로 데려가면 되느냐?"

"일단 총단으로 데리고 오시면 됩니다."

"알았다. 너는 이만 가 보도록 해라. 사사밀교의 움직임에 대한 조치는 이미 해 두었을 터. 대비를 충분히 해라. 놈들이 부활했다면 만만치 않은 전력일 테니까 말이다. 그리고 일단계를 통과한 아이는 우리가 데리고 가겠다."

"알겠습니다. 그렇지 않아도 일급 경계 태세를 발동했습니다. 그럼 전 이만 물러가 보겠습니다. 각 지단에서 병력이 오기로 해서 말입니다. 그리고 일단계를 통과한 아이는 서린이라는 아이입니다. 북경 천잔도문이라는 곳의 소문주지요. 여기 용모파기가 있습니다."

당무영은 품속에서 지편 하나를 꺼내 조심스럽게 검절에게 건넸다.

"그래, 알았다."

"그럼 부탁드리겠습니다."

당무영은 수련생들을 구해 준다는 사밀혼의 말에 마음이 한결 가벼워진 상태로 동굴을 나섰다. 이들이 나선다면 대부분의 수련생들이 살아남을 것이 분명했다. 사시밀교의 십신장이 아무리 강하다하더라도 현경을 바라보는 사밀혼을 어떻게 할 수는 없는 일이기에 마음이 가벼워진 것이다.

파파파팟!

당무영이 동굴을 나서고 얼마 후 네 개의 점으로 화한 신형들이 동굴을 나섰다. 그들이 향한 곳은 천불동이 있는 방향이었다. 그들이 떠나자 거대한 동굴만이 덩그러니 남아

주인이 떠난 자리를 지키고 있었다.

* * *

쉬이이익!

바람과 함께 사막에는 때 아닌 신기루가 나타났다. 대낮이기에 귀신이 나타났을 리가 없기 때문이다. 지평선에서부터 날아오는 인영은 사람의 그림자였다. 그것도 허공에서 일 척 가까이 허공에 떠 빠른 속도로 날아가고 있었던 것이다. 지나가는 대상이 보았다면 자신의 눈을 비비며 대낮에도 귀신이 나타났다고 떠들고 다녔을 것이 분명했다.

너덜거리는 옷가지에 깡마른 몰골이 귀신의 형용을 방불케 했기 때문이다. 그들은 바로 황량한 사막을 기점으로 경공을 극성으로 펼치며 달려가는 사밀혼이었다. 앞서거니 뒤서거니 네 명의 인형은 바람도 울고 갈 만큼 빠른 속도로 사막을 가로지르고 있었다.

"정말로 무영 그 아이가 한 이야기가 사실일 것 같습니까? 대형!"

해신 바루나의 황금 포승에 맞서기 위해 지공을 극성으로 익힌 파절(把絕) 등섭인(鄧燮仁)은 사밀혼의 수장 역할을 하고 있는 검절(劍絕) 장호기(張豪奇)에게 물었다. 당무영이 한말이 자신들을 끌어내기 위해 한 거짓일 수도 있기 때문이었다.

"무영이 그 아이가 사사묵련을 맡은 지가 언 이십여 년이

네. 그런데 지금까지 그 아이가 우리에게 거짓을 말하는 것을 본 적이 있는가?"

"그런 적은 없지만……."

"우리에게 거짓을 말할 담을 가지지 못한 아이네. 그리고 우리를 스승으로 여기는 아이니 그리할 생각도 하지 않았을 것이고 말이네. 일단 확인을 하면 될 것이네. 우리가 그런 아이를 얼마나 기다려 왔는지 그 아이도 잘 알 테니."

"하기야."

"어서들 가세나. 자칫 늦는다면 천추의 한을 남길지도 모르니 말일세."

"알겠습니다, 대형!"

부아아앙!

네 사람은 경공의 속도를 높였다. 뒤로 이는 경풍으로 인해 흙먼지가 일만큼 빠른 속도로 사막을 치달리기 시작한 것이다. 아니, 날아간 것이었다. 날아가는 속도나 그런 경공을 발휘하면서 대화를 할 수 있다는 것은 이들의 경지가 남다르다는 것을 뜻했다. 다른 곳도 아닌 뜨거운 태양이 작열하는 사막을 이렇듯 횡단한다면 아무리 고수라도 지치기 마련인데 이들은 그런 기색이 전혀 없었던 것이다.

당무영은 사밀혼의 현 경지를 현경의 초입으로 보고 있었다. 조화경의 바로 밑이며 뜻이 일면 기가 이는 의형수형(義形修形)의 경지가 바로 그것이었다. 뜻으로 사물 움직이고 다스릴 수 있는 경지에 이른 이들이었던 것이다.

"그 아이를 무사히 데려오기 위해서는 될 수 있으면 두르가의 날개들과 전면전은 피해야 하지만 우리의 실력이라면 그리 밀리지는 않을 것이니 이번 기회에 새로운 두르가의 날개들이 어느 정도의 실력인지 알아볼 필요도 있을 것이다. 십년 후 어떻게 될지 모르겠지만 지금 그들과 겨루어 실력을 측량해 알아 놓으면 나중을 대비하는 데 좋을 테니 말일세."

"그렇군요. 대형! 백 년 만에 놈들과 대적할 수 있다니 꿈만 같군요."

사밀혼의 제일 막내지만 지닌바 무력은 제일가는 철무정이 기쁜 듯 거침없는 말을 내뱉었다. 광절(狂絕) 철무정(鐵無情)은 조화신 비슈누에 맞서기 위해 강기공을 익힌 자로 무예에 미친 자였다. 나이가 제일 어려 막내가 되었지만 지닌바 무력은 검절을 능가하는 자였다.

그런 마음은 광절뿐만이 아니었다. 그들은 새로운 기대감에 차 있었다. 평생의 숙적이던 두르가의 날개들이 부활해했으니 그동안 닦아 온 그들의 무공을 시험해 볼 좋은 기회였기 때문이다. 또한 그들의 뜻을 이루어 줄 기재 또한 나타났으니 더 이상 바랄 것이 없어 천불동으로 향하는 길에 어떤 일이 벌어질지 기대에 차 있었던 것이다.

하지만 워낙 모습이 귀신같은 모습이라 그러한 것은 얼굴에 나타나지 않고 있었다. 경동된 마음으로 경공에 박차를 가할 뿐이었다.

7장. 화령적옥(火靈赤玉)

"제기랄! 아직도 내가 이 정도밖에는 안 되는 것인가?"

비슈누를 피해 지하수로로 들어온 서린은 자신을 한탄하고 있었다. 너무도 허무하게 쫓기 듯 도망치는 자신의 모습을 생각하면 가슴에 울화가 치밀어 올랐다.

금해병서를 얻고 천불동을 도망쳐 나와 혹시라도 있을지 모르는 추적에 대비해 설치한 철뇌구가 아니었다면 잡히고도 남는 일이었다. 무사히 지하수로로 피하기는 했지만 답답한 마음에 자신을 채찍질 하고 있었던 것이다.

"어차피 자책해도 소용이 없다. 수련이 부족해 실력을 쌓을 시간이 없어서 그런 것일 뿐이니. 내가 얻은 것은 최상의 무예들이다. 그런 좋은 기반을 두고 다 수련해 내지 못했으니 당연한 일인 것이다. 이번에 사사묵련으로 돌아간다면 모든 것을 다 익히고 말리라."

사사묵련으로 돌아간다면 수련의 시간이 주어지기에 자신을 최대한 담금질 하리라 마음먹은 서린은 처음 사령오아와 머물렀던 석실에 당도할 수 있었다.

그르르릉!

서린은 석실로 들어온 뒤 깨끗한 천을 이용해 부목을 대고 팔을 감쌌다. 뼈가 부러지고 피부가 파열되었기에 취한 조치였다. 어느 정도 치료가 끝나자 팔이 저려 오는 것에도 불구하고 서린은 다른 것에 생각이 미쳤다. 바로 금해병서의 행방에 대한 것이었다.

"일단 수련은 수련이고 이곳에서 금해병서부터 살펴봐야겠다."

서린은 석실에 들어오자마자 자신이 뇌리에 담아 가지고 돌아온 금해병서의 단서를 살피기 시작했다. 잊어버리기 전에 되새기기 위해서였다.

"분명 이곳에서 멀지 않은 곳이다. 지하수로가 미로처럼 되어 있으나 내가 들어온 우물을 기점으로 살피면 된다. 이곳까지는 정확하게 귀갑과 일치한다. 귀갑에서는 분명 이곳에서 태극을 찾으라고 했다."

귀갑의 내용을 기억해 낸 서린은 귀갑에서 명시한 태극에 대해 생각에 잠겼다. 정확한 위치는 찾은 것 같지만 태극에 대한 실마리를 찾기 어려웠기 때문이다.

"분명 태극에 모든 것이 있다고 했다. 태극은 음과 양의 조화! 그리고 이곳은 화염산의 기맥이 흐르는 곳인 동시에 지하수로의 맥 또한 흐르는 곳이다. 음양이 교차하는 곳이지. 그럼 이곳인가? 알고서도 흐트러진 서린의 기억으로 인해 괜한 일을 벌인 것인가? 후후! 우습군!"

서린의 짐작대로였다. 금해병서가 감추어져 있는 곳은 바로 지금 서린이 있는 석실이었던 것이다. 태극이 교차하는 곳에 금해병서가 감추어져 있다는 귀갑의 문구는 바로 이곳을 지칭하고 있었던 것이다.

흐트러져 버린 기억으로 인해 엉뚱한 곳에서 일을 벌였던 서린은 잃어버린 시간을 한탄 할 수밖에 없었다. 한 달여간의 시간이 속절없이 지나간 것이었다.

서린은 다급 화섭자를 꺼내 홰에 불을 밝혔다. 그리곤 석실의 사방에 박혀 있던 횃불을 걸 수 있는 쇠고리에 횃불을 걸기 시작했다. 사방에 횃불을 걸자 횃불이 일렁이고 있었다.

"어디에 숨겨 놓은 것인가?"

응급처치를 하긴 했지만 아픈 팔을 부여잡고 서린은 석실의 중앙에 서서 횃불에 일렁이는 그림자를 바라보았다. 사방과 중앙 오행을 이룬 것이다. 태극이 조화를 이뤄 오행을 만들어 낸 것이다. 서린은 제자리에서서 한 바퀴 돌기 시작했다. 그리고 묘한 점을 발견했다.

"그림자의 차이가 틀리다."

그림자로 보는 오행의 방위가 맞지 않았다. 횃불이 걸려 있는 각도가 제각기 틀렸던 것이다. 그 차이는 아주 미세해 좀처럼 발견할 수 없도록 작은 차이를 보고 있었다.

서린은 횃불로 다가가 자신의 그림자와 일일이 대조하며 오행의 방위를 맞추어 나갔다. 마지막으로 북방의 횃불을 맞추고 서린이 중앙으로 돌아왔을 때였다.

그르르!

서린은 미미한 진동과 함께 자신이 있던 자리가 회전하는 것을 느낄 수 있었다. 기관이 작동한 것이다. 천여 년 전에 설치된 기관임에도 아무런 이상 없이 작동한 것이었다.

"찾았다."

서린 지체 없이 자리를 벗어나 회전하는 바닥을 쳐다보았다. 모래가 깔린 바닥이 회전하며 조금씩 떠오르고 있었다. 서린이 드디어 금해병서를 찾은 것이었다.

"저것인가?"

회전하며 떠오른 기관 안에는 석판이 들어 있었다. 대략 백여 장 정도 되는 석판이 삼층으로 쌓여 있었던 것이다. 서린은 그중 하나를 꺼내 들었다.

이 글을 전하는 자는 민족의 정기를 지키는 자일 것이다. 중화라 칭하는 자들의 수많은 침략을 버티고 지켜 온 것은 이 병서가 있어서 가능한 것이었으니 그 맥은 자부(紫府)에서 비롯된 것이다. 귀곡(鬼谷)의 맥이 중원에 있다면 우리에겐 자부의 맥이 도도히 흐를지니 천 년이 지나도 귀곡(鬼谷)은 자부를 넘지 못하리라! ……

금해병서의 후반부는 다른 것이 아니었다. 혈왕을 위해

안배해 온 자들이 그동안 쌓아 온 노력의 결과물이었다. 대군을 통솔하고 병략을 운용하며 싸워 이기는 백전불패(白戰不敗)의 전략을 수록해 놓은 것이었다.

내용은 이것으로 끝을 맺는다. 후세 또한 자신의 경험과 경륜을 담아 후세를 위해 남기기 바란다. 그리고 이 병서를 얻게·될 자는 자부의 맥을 이은 자는 아닐 것이다. 해서 자부의 전인을 위해 한 가지 심결을 남기니 아직도 자부의 맥을 잇고 있는 후인에게 전해 주기 바란다. 또한 이것을 전하는 자 또한 익혀 두면 쓸모가 많을 터이니 익히는 것을 허락하노라.

금해병서의 마지막에 있는 구절을 읽으며 서린은 자부의 맥에 대해 생각하지 않을 수 없었다. 고조선의 스승이라 일컬어지는 자부선인(紫府仙人)의 맥을 잇고 있는 자에게 전하는 것을 자신도 익힐 수 있다는 말에 자세히 살피기 시작했다.

이 비결은 사람의 인체를 최적의 상태로 만드는 법이다. 그러하니 연자는 언제나 이를 애써 실천해야 할 것이다. 사람의 몸 안에 있는 십이경맥 중, 호와 흡에 가장 중요한 것이 임맥과 독맥이다. 독맥은 몸의 뒤쪽에 수직으로 등뼈와 닿아 있고 옥침을 통과해 백회와 연결되어 있다. 임맥은 몸 앞쪽에 수직으로 있는데 백회에서 인당을 통과해 아랫배까지 연결되어 있다. 아랫배로 호흡을 깊고 고요하게 하면 화로에 불을 붙이듯이 아래쪽이 뜨거워지면 몸의 아랫부분에 응기여 있던 수(水)기운이 독맥을 타고 머리로 올라온다. 임맥을 타고 화(火)기운이 아래로 내려온다. 이로써 기의 순환이 시작되는 것이다. 이를 불러 수승화강(水乘火降)이라 하고 주천(周天)이라 한다. 마음이 머무는 곳에 기가 머물게 되니, 삼단전에 마음을 두어 신(神), 기(氣), 정(精)을 함께 머물게 하는 것이다. 마음을 한곳에 집중하여 흩어지지 않게 함은 정신의 힘을 이루는 신과 기, 그리고 정이 밖으로 흘러 나가는 것을 막기 위함이다. 이리 함으로서 연자는 비로소 마음의 힘을 일부나마 깨달을 수 있을 것이다. 임맥과 독맥이 뭉뚱그려 하나로 순환하게 되면 온몸의 모든 기혈이 동조하여 함께 돌면서 더 깊은 상태로 가게 된다. 이 길을 얻은 연후에는 몸이 화평(和平)해지고, 모든 맥이 두루 돌게 되니, 곧 마음이 공(空)에 들며 십시지간(十視之間) 세상 만물에 대한 정이 느껴지고, 내가 육신에 깃들어 있는지 육신이 내 속에 있는지조차 알 수 없으며, 매우 고요하고 아득하여 황홀한 경지가 되어 자신은 이미 음과 양이 나누어지기 이전, 즉 태극이 갈라지기 이전의 경지에 이를 것이다. 이 비결의 요체는 바로 삼단전에 있나니 움직이는 법은 다음과 같다. ……

석판에 써 있는 글을 읽어 가며 서린은 이것이 자신도 알고 있는 것임을 알 수 있었다. 어려서부터 몸으로 체득하고 익혀 왔던 것. 한 노인이 몸으로 체득한 것이 최상이라 굳이 비결의 내용을 알 필요 없다고 하던 삼극정법의 요체를 기록해 놓은 것이었던 것이다.

서린은 비결을 읽으며 자신이 여태까지 몰랐던 사실들을 알 수 있었다. 삼극정법을 이용한 발경(發勁)의 묘리를 알게 된 것이다. 그저 안으로 힘을 키우고 자연스럽게 하던 것이 어떻게 이루어지는지 자세히 알게 된 것이다.

"이 비결을 익힌다면 천세혈왕삼극결은 보다 완전해질 수 있을 것이다. 뜻밖에 것을 얻었으니, 그자에게 당한 보상이 이루어진 것 같다. 그럼 이제는 다 기억했으니 이것을 다시 감추고 아저씨들을 찾아 가 봐야겠다. 내상을 치료하려면 그곳이 최적지일 테니. 그리고 아저씨들과 실전을 통해서 수련을 해야 할 것이다. 남과 대적해 본 적이 전무한 내가 상승의 경지에 들 수 없을 테니, 실전 경험이 풍부한 아저씨들이라면 나에게 필히 도움이 될 것이다."

서린은 자신의 부상을 치료하고 좀 더 자신을 가다듬기 위해 화령적옥(火靈赤玉)이 있는 곳으로 가야함을 느꼈다. 앞으로 다시는 다른 이에게 패배하지 않기 위해 그들과 같이 수련하기 위해서였다.

그르릉

서린은 자신이 찾아낸 금해병서를 찾아낼 때와는 반대로 기관을 작동시켜 원래의 자리로 갈무리 시켰다. 가지고 갈 수 있는 물건이 아니었기 때문이었다.

이미 모든 것을 기억해 놓은 상태이기에 자부의 맥을 이은 후인과 인연이 닿는다면 고스란히 전해 줄 수 있을 것이다. 금해병서의 후반부뿐만 아니라 자신이 혈왕을 위해 안배해 둔 곳에서 찾아낸 전반부 또한 전해 줄 생각이었다.

서린은 석실을 나섰다. 화염산으로 향하는 지하수로를 걸으며 서린은 앞으로의 수련 방향을 잡았다.

"일단 부족한 양기를 화령적옥의 기운으로 보충해 혈왕기를 극성으로 올린다. 그다음 이곳에서 아저씨들과의 비무로 실전 감각을 키우고 사사묵련으로 돌아가 내게 주어진 수련 기간 동안 모든 것을 완벽하게 정리하는 것이다. 만약 내 계획대로 된다면 앞으로 다시는 누군가에게 패해 쫓겨 다니지는 않을 것이다."

비슈누가 얼마만큼의 강자인지 잘 알지 못하는 서린으로서는 비슈누에게 패한 것에 자존심이 상한 것이다. 고래로부터 내려오는 최고의 무예를 한 몸에 지니고도 패했다는 것 때문이었다. 서린은 그런 결심으로 석실을 나선 지 세 시진 만에 화염산 밑 지하수로가 흐르는 통로에 올 수 있었다.

"이곳에서는 조심해야 한다. 자칫 이곳에 있는 혈홍사(血紅蛇)에게 물리면 찍 소리도 못하고 저 세상으로 가야 할 테니까."

혈홍사는 화령적옥이 있는 곳에서 불의 기운을 흡수하고 사는 영물(靈物)이자 독물(毒物)이었다. 강력한 화기를 간직한 것은 물론 가진 독이 너무도 지독하여 함부로 할 수 없는 기물이었다.

혈홍사의 움직이는 속도는 일류 고수를 뺨칠 정도다. 고수의 시야로 쫓기에도 벅찬 속도를 낸다. 그렇기에 잡기는 커녕 웬만한 고수라도 피하기 바쁜 극악의 독물이었던 것이다. 그리고 그보다 더 무서운 점은 이 독물들이 무리를 이루며 산다는 것이다. 만나는 순간 피할 길 없이 당하게 되고 서서히 살점을 뜯기며 죽게 되는 것이 바로 혈홍사였다.

이놈들은 특이하게도 먹이를 삼키는 것이 아니라 짐승처럼 먹이를 뜯어먹는 독사였다. 물리게 되면 독에 중독되어 아무리 독공의 고수라 해도 꼼짝을 하지 못하게 되는데, 물린 상태에서 의식불명이 되며 서서히 죽어 가게 된다.

그리고 죽기 전까지 먹이로서 혈홍사에게 물어뜯기며 생을 마치게 되는 것이다.

서린은 지하수로 근처를 살피기 시작했다. 일렁이는 횃불에 의지해 지하수로를 살피던 서린은 수로 석벽 사이에 자그맣게 나 있는 다른 길을 찾을 수 있었다. 바로 화령적옥이 있는 곳으로 갈 수 있는 길이었다.

서린은 통로로 들어서자마자 횃불을 껐다. 혈홍사가 빛에 민감하게 반응하기 때문이다. 빛이 보이면 우선 물어 뜨고 보는 놈이라 혈홍사를 자극하지 않기 위해서다.

어두운 통로를 따라 반 각여를 지나가자 횃불이 꺼졌지만 그리 어둡지가 않았다. 그곳부터는 화령적옥의 기운을 받아 은은한 붉은빛이 도는 홍사암(紅砂巖)이 어두운 통로를 밝혀 주고 있었다.

'이곳부터 혈홍사가 사는 서식지다. 일단 혈왕기는 내부에 철한풍은 몸 밖에 둘러야겠군. 혹시나 놈들이 피 냄새를 맡지나 않을지⋯⋯.'

들어오기 전 각혈을 한차례 한 터라 지하수로를 따라 흐르는 물에 피를 씻어 냈지만 마음이 불안했다. 빛과 피가 혈홍사를 자극하는 요소이기 때문이었다. 그나마 안심이 되는 것은 자신이 혈왕기와 철한풍이라는 상극의 기운을 가지고 있다는 것이었다.

몸의 내부는 혈왕기로 보호하며 외부는 철한풍으로 보호한다면 혈홍사가 덤벼들지 않을지도 모른다는 사실이었다. 극양의 화령적옥이 있는 곳에서 화기를 흡수하며 사는 놈들인지라 극음의 기운에 약할 것이라는 생각 때문이었다.

'아저씨들은 준비해 놓은 빙정이 있었으니 무사히 지나갔을 것이다. 빙정이 없는 나로서는 이 방법밖에는 이곳을 통과할 방법이 없으니 어쩔 수 없구나.'

사령오아에게는 준비되어 있는 빙정이 있었다. 화령적옥이 있는 곳에서의 수련을 위해 준비된 것이었다. 이토록 치밀한 준비를 할 수 있었다는 사실에 서린은 혈왕을 안배하는 사람들에 대해 다시 한 번 경외감을 느껴야 했다.

아무리 삼몽환시술이 있어 가능한 이야기라고는 하지만 혈왕이라는 존재가 이토록 오랜 세월을 안배해야 하는 존재라는 것은 아직도 의문이 들었다. 혈왕이 마지막으로 걸어야 할 길을 서린은 아직 모르기 때문이었다.

혈왕이 된 자의 첫 번째 사명은 중원의 강자들을 모두

꺾는 것이었다. 중원뿐만 아니라 사해의 모든 강자를 꺾어야 하는 숙명을 안고 있는 것이다. 그리하여 혈왕의 위대함을 알리는 것이 앞으로 서린이 걸어가야 하는 길인 것이다.

두 번째의 숙명은 첫 번째의 숙명을 따라가다 보면 자연히 알게 될 것이라는 것이 진짜 서린이 남긴 기억의 골자였다.

또한 놈들이 탈취해 가지고 간 천우신경을 회수하는 것도 사명을 이루어 가는 과정 중에 하나였다. 첫 번째 사명을 이루기 위해서는 반드시 거쳐야 하는 일이었다.

'역시! 놈들이 철한풍의 한기에 꼼짝을 하지 않는구나.'

좁은 통로를 걸어오면서도 철한풍에서 뿜어지는 한기로 인해 혈홍사는 덤벼들지 않았다. 이제 일 성에 이른 것이지만, 혈왕오격 중 하나인 탄양(彈陽) 음양혈기(陰陽血氣)를 펼친 까닭이었다. 음양혈기는 지금과 같이 음양의 기운을 몸 밖과 안으로 나누었다가 음양의 기운을 다시금 몸 안과 밖으로 반전시키면서 경력을 쳐 내는 수법이었기에 가능한 것이었다.

음양혈기는 지금과는 달리 몸 안에 철한풍을 몸 밖에 혈왕기를 담아 두었다가 반전시켜 경력을 튕겨 낼 수도 있는 수법이었던 것이다.

음양전환(陰陽轉換)이 자유로운 수법. 회전하는 음양이기의 반발력을 이용해 축경(畜勁)과 동시에 발경을 할 수 있는 극상승의 수법이었던 것이다.

아직 서린이 일 성에 머물러 있어서 음양의 전환만 간신히 이루었을 뿐이지만, 만약 음양혈기를 오 성 이상 익혔다면 비슈누 또한 상당한 타격을 입었을 정도로 강력한 수법 중 하나였다.

머리만 내밀고 있다가 서린이 지나가면 자신들이 숨어 있는 구멍으로 재빠르게 숨는 혈홍사의 서식지를 지나는 데는 일각이 넘게 걸렸다. 긴장된 순간이었으나 서린은 아무런 탈 없이 지나왔다는 안도감 속에, 화령적옥의 본 맥이 지나가고 있는 곳으로 갈 수 있었다.

붉은 암반이 온통 뒤덮고 있는 공동은 사방 이십여 장이 넘었다. 따뜻한 기온이 은은히 감돌고 있는 공동 안쪽에는 사령오아가 가부좌를 틀고 앉아 있었다. 그들이 앉아 있는 곳은 유난히 암반이 더욱 붉었는데 화령적옥의 본 맥이 흐르는 곳인 것 같았다.

운기조식을 취하는 듯 가부좌를 틀고 앉아 있는 그들의 몸 주변으로 붉은 기운이 유유히 흐르고 있었다. 산허리를 둘러싼 구름 마냥 그들의 몸을 휘감고 있는 붉은 기류는 화령적옥에서 뿜어져 나온 화령지기(火靈地氣)였다.

열양의 극을 이루는 화령지기는 음양상조지지(陰陽相助之地)중 양화극천지(陽火極天地)로 그 지닌바 양기가 하늘에 있는 양기를 누를 수 있을 정도로 강력한 양기를 포함하고 있는 것이었다.

"아저씨들이 그동안 성과가 있는 것 같군. 그동안 이곳에서 화령지기를 흡수한 양형통관(陽形通觀)을 이룬 것 같구나."

양형통관은 몸 안에 양의 기운을 형성하여 바로 관조할
수 있는 경지로 장백에서 내려오는 오음창룡의 심법이 어느
정도 경지에 다다랐다는 것을 알려 주는 것이다.

서령오아가 익히고 있는 것은 장백파에서 내려오는 것
들이다. 사사묵련에서 알려 준 사사밀혼 심법을 배우기도
했지만 무공의 기본이 되는 것은 장백에서 익힌 것이었
다.

장백파에서는 제자가 입문하면 운법(運法)이라는 내가
운기법을 가르친다. 보통의 중원의 운기법이 자신의 내기
를 키우는 것인 반면 운법은 내외의 기운을 동시에 수련
하는 것으로 장백파에서 내려오는 고유의 내가 운기법으
로 오음창룡(五音蒼龍)을 배우기 전 배우는 기초 심법이
다.

운법을 통해 기의 순환을 배우고 나면 배우는 것이 바로
오음창룡(五音蒼龍)이라는 내가 운기법이다. 오음창룡(五
音蒼龍) 궁상각치우로 대변되는 오음(五音)을 오행에 대비
해 내기를 일으키는 심법으로 대성하면 오행지기를 이룰 수
있는 심법이다.

사령오아는 그중에서 오행지기를 이루기 바로 전 단계 중
하나인 양의 기운을 다룰 수 있는 양형통관(陽形通觀))의
경지에 이른 것이다.

만약 양형통관을 이루며 다시금 음(陰)에 속한 기운을 담
아 외부로 쏟아 낼 수 있는 경지인 음인제찰(陰引制察)을
같이 완성한다면 음양의 기운을 끌어들여 제어하며 살필 수

있는 경지를 이룰 수 있을 것이 분명했다.

인기척을 느낀 성겸이 눈을 떴다.

―오셨습니까? 소문주님!

―어느 정도 성취를 이루신 것 같군요.

―이런 곳이 있을 줄을 몰랐습니다. 이곳에 있는 화령지기로 인해 전보다 한 단계 상승한 것 같습니다. 이번 수련이 끝나면 빙정을 이용해 수련해야 하니, 잠시만 기다려 주시겠습니까?

―그러지요?

운기조식에서 깨어났지만 아직은 수련이 끝난 것이 아니기에 자신들을 찾아온 서린을 보면서도 크게 아는 척을 하지 않는 사령오아였다. 그들은 양형통관의 수련이 끝나자마자 다시 음인제찰의 수련을 시작해야 하기 때문이다.

성겸과 사령오아는 자신들이 가지고 있는 빙정을 이용해 음인제찰(陰引制察)을 수련할 요량으로 품에서 청옥의 옥갑을 꺼내 들었다. 빙정이 들어 있는 옥갑이었다.

사령오아는 옥갑에서 빙정을 꺼내어 가부좌를 튼 상태로 손에 쥐고는 다시 운기를 하기 시작했다. 그러자 화령적옥으로 주변에 화기가 흐름에도 불구하고 그들의 몸에는 한 겹 서리가 끼기 시작했다. 빙정에 담겨져 있는 음기를 흡수하는 것이었다.

반 시진 정도의 시간이 지나자 그들은 음인제찰의 수련을 마쳤다. 자칫 잘못하면 음양의 기운이 깨지기에 자신들이 이룬 양형통관의 경지에 맞추기 위해서이기도 하지만 워낙 방대한 양의 음기가 들어 있는 빙정이라 오래 운기조식을 한다고 해도 모두 흡수할 수 없기 때문이었다.

"죄송합니다. 소문주님! 운법이 막바지에 이르렀는지라 어쩔 수 없었습니다."

운법을 마친 성겸이 사과를 했다.

"괜찮아요. 한번 시작하면 둘 다 수련해야 한다는 것을 잘 알고 있는데요, 뭘."

"그런데 소문주님, 다치셨나 봅니다."

성겸은 이야기를 나누다 서린이 손을 다쳤음을 볼 수 있었다. 감싸 놓은 천위로 피가 새어 나와 붉게 물들어 있었기 때문이었다.

"별거 아닙니다. 사사밀교의 인물과 부딪쳐서 이렇게 됐습니다. 그건 그렇고 아저씨들의 수련은 어떻게 됐나요. 아까 보니 이제 양화통관과 음인제찰이 어느 정도 성취를 이루신 것 같은 데 말입니다."

서린의 말에 성겸의 고개가 끄덕여졌다.

"다행히 오음창룡이 구 성에 달한 것 같습니다. 사사밀혼 심법을 병행하다 보니 조금은 늦어지는 것 같습니다."

"그렇겠지요. 사사밀혼 심법이 다른 내공심법을 아우른다고는 하지만 기본적인 성취가 있어야 그것도 가능하니까요. 그리고 오음창룡을 대성해야만 사사밀혼 심법도 대성할 수 있으니까요. 하지만 아저씨들이 이토록 단시간에 그런 경지까지 올라왔다는 것은 아저씨들의 노력이 어떠한 것인지 말해 주는 것이니 상당히 고무적인 일입니다."

"다 이곳에 있는 화령적옥과 소무준님 주신 빙정 덕분입니다."

"별말씀을 다 하십니다. 그런 기물이 있다는 것이 조금은 도움이 될지는 몰라도 아저씨들의 노력이 없다면 불가능했을 겁니다."

서린은 사령오아가 어떤 노력으로 지금까지 왔는지 잘 알고 있는 사람이었다. 장백과의 인연을 이었다고는 하나 스스로의 노력이 없었다면 이룰 수 없는 성취임을 누구보다 잘 알고 있는 것이다.

"그런데 소문주님은 다른 일을 하시기로 한 것이 아니었습니까?"

예정보다 이른 시간에 자신들과 합류했기에 성겸이 궁금한 명수가 궁금한 듯 물었다.

"다른 일을 완수했습니다. 부상을 입기는 했지만 예정보다는 빨랐지요. 해서 전 아저씨들과 수련을 하기 위해 이곳에 왔습니다. 적과 부딪친 후 제가 아직은 수련이 한참 부족하다는 것을 느껴서 말입니다. 아저씨들과 실전을 겸한 수련을 하면 제 성취도 높아질까 해, 이렇게 일찍 합류했습니다.

"그러셨군요. 잘하셨습니다. 사실 소문주님이 성취가 어느 정도 될지 상당히 궁금했었습니다. 한 번도 소문주님이 무공을 시전 하는 것을 보지 못했으니 말입니다. 전음을 사용하시기에 어느 정도 수준은 되지 않나 짐작하고 있었습다만, 같이 수련하시다 보면 저희도 그렇고 소문주님도 얻으시는 것이 많으실 겁니다."

"제 수련을 도와주신다고 하니 고맙군요. 그럼 앞으로 시간이 어느 정도 남아 있으니 잘 부탁드립니다. 아저씨들이 오음창룡과 사사밀혼 심법을 수련하고 남는 시간에 저를 좀 단련시켜 주십시오. 아주 혹독하게 말입니다."

"저희도 살살하지는 않습니다. 수련에서 흘리는 땀 한 방울이 실전에서 흘리는 피 한 방울과 같으니까요. 아마 각오하셔야 할 겁니다."

서린을 향해 웃음을 지으며 말을 하는 성겸의 눈동자에는 각오가 엿보였다. 서린이 걷는 길이 무엇인지는 모르겠으나 험난할 것이 분명하기에 이 기회에 단단히 단련시키리라 마음먹은 것이다.

"그럼 전 몸을 치료해야 하니, 단련할 시간은 나중으로 미뤄야겠군요. 그자와 대결하느라 뼈가 부러진 상태라 어쩔 수 없습니다."

"그러십시오. 그럼 저희들은 다시 운기를 하겠습니다. 치료가 끝나고 다 나으시면 말씀 하십시오. 실전 수련을 원 없이 시켜 드릴 테니 말입니다."

"후후! 알겠습니다. 제가 바라던 바니까요."

제일 먼저 한 것은 서린의 팔에 대한 치료였다. 뼈가 부러진 상태라 수련을 하기 위해서는 치료를 먼저 하는 것이 우선이었다.

서린은 일단 사령오아가 화령을 흡수하고 있는 곳을 제외한 다른 곳에서 화령적옥의 맥을 찾기 시작했다. 사방이 온

통 화령적옥 투성이었지만, 그 맥은 달리 존재하기 때문이었다.

가장 강렬한 화기를 뿜어내고 있는 곳은 이미 사령오아가 차지하고 수련을 하고 있었다. 그렇지만 서린은 찾아내야만 했다. 드루가를 회생시키느라 쓴 혈왕기를 북돋우기 위해서는 양의 기운이 필요했기 때문이기도 하다.

서린은 공동 안을 뒤진 끝에 사령오아가 차지한 곳보다는 못하지만 공동의 다른 곳보다는 충만한 화기를 간직하고 있는 화령적옥을 찾을 수 있었다.

본 맥에 비하면 부맥(副脈)에 불과하지만 그것도 본 맥에 못지않은 화기를 간직하고 있는 것이었다.

'할 수 없지. 이것이라도 나에게는 충분하니 이곳에서 혈왕기를 가다듬어야겠다. 그동안 뇌리에 담아 놓은 것 정리도 할 겸 한 달 정도는 이곳에서 수련을 해야겠다.'

더 이상 본 맥이 흘러나오는 곳을 찾을 수 없자 서린은 수련하기로 마음을 먹고는 사령오아를 불렀다.

"아저씨들, 한 달 정도는 몸을 가다듬어야 할 것 같아요. 그러니 아저씨들도 그동안까지는 화령적옥의 화기를 흡수하는 데 전력을 다하세요. 그리고 빙정도요."

"알았습니다, 소문주님!"

사령오아에게 당부를 끝낸 서린은 자신이 찾아낸 화령적옥의 부맥이 있는 곳으로가 부맥의 중심을 파기 시작했다. 본 맥이 암반인 것에 비해 부맥은 홍사암(紅沙巖) 파내는 것은 그리 어렵지 않았다. 서린은 자신의 몸 크기만큼 파내더니 그 안으로 몸을 들이밀었다.

"나에게는 시간이 없다. 이곳에서 빠른 성취를 얻지 못하면 저번과 같이 당하게 된다."

비슈누에게 당한 것이 마음에 남았었는지 서린은 지금 중요한 결심을 한 것이었다.

혈왕기를 속성으로 완성하기 위해서였다. 반쪽뿐인 혈왕기였기에 이번 기회를 통해 완전히 완성을 보고자 한 것이다.

만년혈옥진액을 흡취하기는 했지만, 두르가에게 혈왕기를 건네주면서 불완전하다는 것을 몸소 체험했기 때문이었다. 원래 완전한 혈왕기가 아니었기에 벌어지는 현상이 분명했다.

'극한의 음기인 철한풍은 내 뼛속 깊숙이 들어 차 있는 상태다. 그리고 만년혈옥진액의 힘은 피륙과 혈맥에 잠들어 있다. 하지만 이 두 가지는 물과 불이라 전혀 섞이지 않고 있다. 그것은 만년혈옥진액이 가진 양기가 철한풍이 가진 음기보다 현저히 적기 때문이다. 어느 정도 성취를 가져다주었지만 양기가 부족한 것으로 인해 서로 융합되지 못하고 몸의 불균형을 초래하기에 혈왕기도 자연 약해지는 것이 분명하다. 그러니 이 방법밖에는 없다. 모든 것을 흩트려 혼돈의 상태를 만들어 하나로 융합하는 것이다.'

서린은 자신의 팔을 내려다보았다. 정확히는 자신의 부러진 팔뼈에서 일어나는 현상에 대해 주목하고 있었다. 상처는 빠르게 아물고 있었다. 이곳 화령적옥의 공동에 들어오면서부터 일어나는 현상이었다.

시원하면서도 청령한 기운이 느껴지고 있었다. 지금까지 한 번도 느껴 보지 못한 기운이 일고 있는 것이었다.

'이제부터 몸의 뼈란 뼈는 모두 부러뜨린다. 엄청난 고통이 연이어 지겠지만 그것도 순차적으로 해야 한다. 그렇지 않으면 몸이 붕괴될 테니까. 분명 팔에서 일어나고 있는 신비한 현상이 다시 일어난다면 성공할 것이다.'

서린은 자신의 발에 진기를 운행했다. 스스로의 힘으로 다리뼈를 부러뜨리기 위해 진기의 힘으로 뼈에 압력을 가했다.

뿌드득!

"크윽!"

생으로 다리뼈를 부러뜨리자 무지막지한 고통이 밀려들었다. 다리뼈를 부러뜨리자 뼛속에서 철한풍의 음기가 넘실거리며 혈맥을 따라 흘러나와 뼈를 복구하기 시작했다.

철한풍의 기운이 화동을 개시하자 사암으로 이루어진 화령적옥의 부맥에서 엄청난 양의 화기가 서린의 다리로 몰려들기 시작했다.

피부를 통해 스며들고 있었다. 두 가지 기운은 반목하는 것이 아니라 서로 화합하며 서린의 다리뼈를 치료해 나갔다. 두 가지 기운은 만년혈옥진액이 뿜어내는 기운의 조율을 받아 서서히 융합하며 서린에게 상쾌함을 던져 주고 있었다.

그렇게 반나절이 자나자 서린은 자신의 다리뼈가 완전히 붙었음을 알 수 있었다. 그리고 말할 수 없는 상쾌함이 다리에서 느껴졌다.

'후후! 내 예상이 맞는 것이었다. 내 예상이…….'

서린이 자신의 예상을 정확했음을 확인하자 자신의 뼈들을 하나하나 부러뜨리기 시작했다. 두 가지 기운이 몰려들어 자신을 치료하고 나면 다른 부위의 뼈들을 진기를 이용해 부러뜨리는 것을 반복한 것이었다.

그렇게 한 달여가 지나자 서린은 자신의 모든 뼈들을 부러뜨린 후 다시금 이어 붙일 수 있었다.

그리고 철한풍의 음기와 화령적옥의 양기 그리고 만년혈옥진액의 기운이 서로 완전히 융합되었음을 알 수 있었다.

'이제 끝난 것인가? 정말 지독한 고통이었다. 다시는 하고 싶지 않을 만큼 말이다. 이제는 아저씨들과의 수련만이 남은 것인가? 이제는 그 누구 못지않게 강해질 것이다. 전화위복이 되기는 했지만 다시는 적에게 쫓겨 도망가고 싶지 않으니 말이다.'

외유내강한 성격이기에 표현은 안 했지만, 서린은 비슈뉴에게 패한 것을 수치스럽게 생각하고 있었다. 남에게 지는 것을 죽기보다도 더 싫어한다는 것은 이번에 서린이 발견한 자신의 성격이었다.

*   *   *

"지금까지 구한 아이들은 몇 명인가?"

장호기는 당무영의 부탁을 받고 천금영의 수련생들을 구하기 위해 나선 후 지금까지 상당한 숫자의 수련생들을 구했기에 얼마나 되는지를 천금영주에게 묻고 있었다.

"스스로 돌아온 아이들을 빼고 지금까지 팔십여 명이 구함을 받았습니다. 하지만 그 와중에 사사밀교의 추적에 걸려 죽은 아이들도 십여 명이나 됩니다. 하지만 어르신들이 아니었다. 희생자들은 몇 배로 늘었을 겁니다."

"남은 수련생들은 얼마인가?"

"지금까지 오 개월여 동안 구한 아이들 빼고 아직까지 행방이 파악되지 않는 수련생들은 십여 명입니다. 아마도 사사밀교의 세력권이라 우리들이 뒤져 보지 못한 화염산 인근에 있을 확률이 많습니다."

"그럼 그 아이도 화염산 인근에 있을 가능성이 크겠군."

장호기가 단정하듯 말했다.

"그럴 겁니다. 사령오아라고 그 아이를 모시는 자들이 상당한 실력자들이니, 화염산 인근에 살아 있을 확률이 높습니다."

"사사밀교의 움직임은?"

"그것이 좀 이상합니다. 인드라와 아그니를 빼놓고는 모두들 잠잠합니다. 총단으로 움직일 기미도 보이지 않고 천불동에 칩거해 있는 상태입니다."

"그건 조금 이상하군. 두르가가 탄생했다면 분명히 총단으로 가야 하지 않는가?"

"저희도 파악을 하려고 애쓰고 있습니다만 천불동에 들어간 저희 세작들이 모두 제거된 탓에 정확히 어떤 일이 벌어진 것인지는 모르겠습니다."

"으음! 알았다. 움직이고 있는 놈들이 인드라와 아그니라고 그랬나?"

"화염산 인근을 뒤지는 걸로 알고 있습니다."

"좋다. 그 둘 만이라면 우리도 그리 밀리지 않으니 한번 우리가 나서 보겠다. 그 아이를 데리고 오는 것이 우리에게는 무엇보다도 중요하니 말이다. 조금 번거롭더라도 이번에는 직접 우리가 나서야겠다."

장호기는 서린을 데리고 오기 위해 위험하지만 하염산에 들어가기로 마음먹었다. 아그니와 인드라도 문제지만 그의 수하들도 모두 와 있을 것이 조금은 번거롭다는 생각이 들었다.

하지만 무조건 데리고 와야 하는 입장이기에 나서기로 한 것이다.

"알겠습니다. 그리 조치해 놓겠습니다. 이번에는 영자 이십여 명이 어르신들을 따를 것이니 번거로운 일은 없으실 겁니다."

"알았다. 넌 이만 무영에게 이번 일을 알려 주거라. 그리고 그 아이를 구하는 순간 이곳에서 모두 철수하도록 하고 말이다. 앞으로 전면전에 대비하자면 모든 전력을 한군데로 모으는 것이 좋을 것이라고 전해라. 지금까지 사사밀교의 수하들을 보면서 그들이 예전과는 다르다는 것을 알 수 있었으니 말이다."

"알겠습니다. 그리 정하도록 하겠습니다."

천금영주는 사밀혼의 언질을 다 듣고는 천막을 나섰다. 이제 수련생들의 귀환 조치는 모두 끝나고 마지막 남은 이들을 구하러 가기에 차후에 일어날 일을 대비해야 했기 때문이다.

그나마 사밀혼이 제때에 와 주어 희생을 많이 줄일 수 있었음을 기뻐하는 천금영주였다.

하지만 앞으로 벌어질 사사밀교와의 전면전을 생각하면 마음이 무거워졌다.

금수주는 전과는 다른 실력을 보이는 사사밀교 총단의 인물들을 보면서 그들의 실력이 전과는 확실히 달라졌다는 것을 이번에 몇 차례 부딪치면서 알게 되었던 것이다.

어차피 두르가가 진정으로 완성되는 십 년 후면 부딪치게 될 일이지만 걱정스러운 마음에 마음이 무거워지는 금수주였다.

* * *

"대형, 화염산으로 가면 두 놈과 부딪칠 것이 자명한데 얼마나 변했을까요?"

참절(斬絕) 곽인창(郭鱗倉)은 뇌신 인드라의 금강저에 맞서기 위한 도법을 익힌 자로 이번에 인드라와 부딪칠 생각에 장호기에게 물었다.

"그들 본인은 아닐 것이다. 우리야 전수할 만한 후인이 없어 후예를 두지 않았지만 지금까지 파악된 바로는 석년에 우리와 상대했던 자들은 아닌 것 같다. 아마도 그들의 후인들이겠지. 실력이 어느 정도인지 알 수 없으니, 우리뿐만 아니라 너도 경계를 단단히 해야 할 것이다. 인드라를 상대할 자는 너밖에는 없으니 말이다."

"알겠습니다, 대형."

곽인창을 대답을 마치며 눈빛을 빛냈다. 석년의 인드라에게 당한 패배를 설욕할 수 있는 기회였기 때문이다.

네 사람은 자리를 털고 일어나 화염산 방면으로 향했다. 이번이 수련생들과 서린을 구해 내는 마지막 일이었기에 그들의 발걸음은 평소보다 더욱 빨랐다.

화염산까지는 한나절이 넘는 거리였지만 경공을 시전 해 온 터라 두 시진 만에 올 수 있었다.

워낙 넓은 지역이라 어디서부터 찾아야 할지 몰랐지만 전에 마지막으로 수련생들이 향했다는 곳부터 찾기 시작했다.

붉게 달아오른 화염산의 토양이 숨을 턱턱 막히게 했지만 한서불침(寒暑不侵)의 몸인지라 더위를 그다지 느끼지 않는 사밀혼은 수련생들이 남겼을 만한 밀마(密碼)를 찾아 산자락을 뒤지고 다녔다.

"대형"

무엇인가 발견한 목소리가 들려왔다.

"무슨 일인가?"

자신을 찾는 등섭인의 목소리에 장호기는 그가 무엇인가를 발견한 곳으로 다가갔다.

"수련생들이 남긴 밀마(密碼) 같습니다."

등섭인이 가르킨 곳에는 바닥에 그저 스쳐 지나가는 두 줄기 선이 그어져 있었다. 자신들이 향한 방향과 동행의 여부를 써 놓은 밀마였다.

"맞는 것 같군. 그들이 간 방향으로 이동한다."

장호기의 말에 사밀혼은 밀마가 가리킨 방향으로 빠르게 움직이기 시작했다.

한 시진을 넘게 군데군데 남겨진 밀마를 쫓아간 그들은 자신들과 같은 방향으로 산을 타 넘고 있는 일단의 일행들을 볼 수 있었다. 온통 너덜너덜한 누더기를 걸친 일행들은 화염산에서 돈황 쪽으로 방향을 잡고 길을 가고 있었다.

"잠깐 서라!"

파파파팟!

장호기의 외침에 피곤에 절어 걷던 이들이 순식간에 산개하며 오행진을 펼쳤다. 마치 대적을 상대하는 듯 그들의 몸에는 긴장감이 가득했다.

"사사밀교 놈들이냐?"

긴 머리카락을 산바한 장년인이 사밀혼을 바라보며 눈빛을 빛냈다. 그는 적색이 감도는 겸 두 자루를 잡고서 사밀혼을 경계하고 있었다. 바로 화령적옥의 본 맥에서 수련을 마치고 지상으로 나선 성겸이었다.

―아우들! 이 아이들이 바로 우리가 찾던 아이들 같네. 하지만 흘리는 기운이 보통이 아니니 시험을 한번 해 봐야겠으니, 아우들은 내가 하는 것만 지켜보도록 하게.

장호기의 전음이 다른 사밀혼들의 귓가에 울렸다. 사밀혼들은 장호기가 무엇을 시험하려는지 알겠다는 듯 작게 고개를 끄덕였다.

"사사밀교면 어떻고 아니면 어쩌겠다는 이야기냐?"

"시비를 거는 것을 보면 득이 될 자들이 아니로구나. 어차피 행적을 지워야 하는 마당이니, 지우고 갈 수밖에……."

"글세, 그럴 수 있을까?"

장호기는 성겸의 말꼬리를 잡으며 시비를 돋우었다. 자신이 보기에도 상당한 실력을 가지고 있는 사령오아와 서린의 실력을 알아보기 위함 이었다.

특히 다섯 사람 모두 사사밀혼 심법의 일단계를 넘어선 것 같아 그로서는 앞으로의 일을 위해 이번 기회에 진정한 성취가 어디까지인지 시험해 보고 싶었던 것이다.

촤르르르!

쐐애애액!

은사마냥 가는 쇠사슬이 풀려 나가는 것은 순식간이었다. 작열하는 태양 아래 반짝이는 은사의 빛은 그야말로 섬광이었다.

자신들을 뒤 쫓아온 자들이 강자라 것은 알아보지 않아도 충분히 짐작할 수 있는 터에 성겸이 선택할 수 있는 것은 기습밖에는 없었다. 거리를 허용하면 당할 수도 있기에 원거리에서 서린이 자신에게 준 쌍겸을 날린 것이다.

타탕!!

카…… 카카카캉!

어느새 꺼내 든 것인지 장호기의 손에는 검이 들려 있었다. 자신에게 날아든 성겸의 공격을 막아 낸 장호기는 자신의 검을 휘두르며 쌍겸의 뒤를 이어 공격해 오는 은사의 후속 공격을 막아 냈다.

하지만 그것도 잠시 자신이면 충분할 것이라 생각했던 것과는 다르게 진행되고 있었다. 성겸의 공격에 이어 사령오아들이 일제히 자신의 무기를 들고는 달려들고 있었기 때문이었다.

"허허! 이 정도라니…… 안 되겠네. 체면을 구기는 일이지만 자네들도 합류하게! 나 혼자서는 힘들 것 같네."

생각한 것과는 다른 양상을 보며 자신들의 의제들을 부를 수밖에 없었다. 자신을 향해서 두 사람이 공격해 들고 나머지는 다른 이들의 공조를 차단하려는 듯한 움직임이었다.

마치 원진과 비슷한 합격진이었다. 두 사람은 자신을 공격하고 다른 세 사람은 광절과, 파절, 그리고 참절을 차단하며 공격해 든 것이다. 서로의 무기가 얽혀 들고 있었다.

차차차창!

파팡!

사령오아의 빠른 공세에 사밀혼과 사령오아는 금방 한 덩어리로 얽혀 싸우기 시작했다. 비록 사밀혼이 전력을 다하지 않는다고는 하나 지금 사령오아가 보여 주는 움직임은 무섭기 그지없었다.

언제 어디서나 서로 공조하며 자신들을 짓쳐 드는 모습을 보며 사밀혼은 혀를 내두르지 않을 수 없었다. 성겸(聲鎌) 쌍성혈겸(雙聲血鎌)이 허공을 비산하며 겸과 은사로 사밀혼을 포위하며 공격하고 있었다.

혈겸도 무섭지만 혈겸에 매달린 은사의 공격은 더 무서웠다. 새파랗게 날이 선 칼날마냥 원을 그리며 휘몰아치는 공격에 자칫하다가는 목이 잘린 판이었다.

그런 공격 속에 나머지 사령오아들은 사밀혼의 정신을 쏙 빼놓기에 충분했다. 도운(刀雲)의 흑오도법(黑烏刀法)은 검은 경기(勁氣)를 일으키며 언제나 가슴을 노리고 들어 왔고, 명수(冥袖)의 최혼명수(摧魂冥袖)는 음유로운 암경을 요소요소에 뿜어냈다. 호명(虎銘)이 날리는 호아철권(虎牙鐵拳)의 권풍은 가뜩이나 너덜거리는 사밀혼의 옷자락을 더욱 헤지게 만들었다.

또한 기습적으로 자신의 천돌혈을 찔러 오는 백천(魄穿)의 천호백검(穿毫魄劍)은 잠깐 실수한다면 자신을 황천에 보낼 게 분명해 보였다.

차차차창!

허공을 난무하며 자신들의 천돌혈을 노려 오는 백천의 검을 막아 내며 장호기는 다급히 자신의 의제들에게 소리쳤다. 더 이상 하다가는 서로를 상할 우려가 있었기 때문이었다. 자신들도 그렇지만 사령오아 또한 자신의 실력들을 모두 내보이고 있는 것 같지 않았기 때문이었다.

"동생들 모두 물러서게!"

쐐…… 애애애액!

차…… 차차창! 타탕!

장호기는 자신의 검에 경력을 실어 장내에 뿌렸다. 그의
장기인 검편(劍鞭)이었다. 검기를 가늘게 뽑아 채찍처럼 휘
둘러 상대방을 경상하는 무서운 수법이지만 지금 뿜어내는
경력에는 살기가 묻어 있지 않았다.

"이때다!"

휘이이익!

사령오아의 공격을 모두 차단하고 한차례 드잡이질을 끝
낸 장호기가 사밀혼들을 뒤로 물렸다.

지금까지와는 다른 빠른 몸놀림으로 뒤로 물러선 사밀혼
들은 감탄이 어린 눈으로 사령오아를 바라보았다. 예상외의
실력을 가지고 있었기에 그들도 놀란 것이었다.

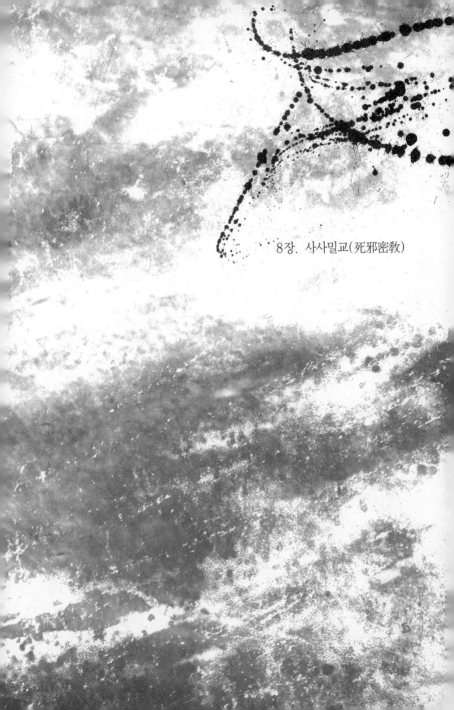

8장. 사사밀교(死邪密敎)

"모두들 훌륭하구나. 기습에 이어 오행진을 형성하고 한 합격은 가히 일절이었다."

"당신들은 누굽니까?"

장호기의 칭찬에 성겸은 사밀혼의 정체를 물었다. 공격에 살기가 묻어나지 않아 어느 정도 안심한 면도 있지만 그들의 경력(勁力)에서 보여지는 힘의 정체를 통해 그들이 누구인지 확신이 섰기 때문이었다.

"우리는 사밀혼이라고 한다. 너희들을 찾으러 사사묵련에서 온 사람들이니 적대하지 않아도 된다."

"그걸 우리가 어찌 믿는다는 말이오."

"후후! 손속을 섞어 보았으면 이미 짐작을 했을 터인데……"

"귀하들이 우리와 같은 종류의 심법을 익힌 것은 이미 알고 있소. 하지만 이곳은 적지요. 지난 시간 많은 적들을 상대해 온 우리가 생전처음 보는 당신들을 믿기는 어려운 일이오. 아무리 우리와 같은 심법을 익혔다고 해도 말이오."

"그럼 이것을 보면 믿겠느냐?"

장호기가 성겸의 말에 품에서 무엇인가 꺼내 들었다. 그것은 조그만 팔각의 영패(令牌)였다. 천금영주를 상징하는 패였다.

"이것은 천금영의 영주인 금수주가 우리에게 준 것이다. 너희 같이 우리를 믿지 않는 아이들을 위해서지. 이것을 본 적이 있을 것이다."

동으로 만들어진 팔각의 영패에는 천금(淺錦)이라 세로로 써져 있었으며, 글자 사이에는 날아가는 듯한 용 한 마리가 양각으로 새겨져 있었다.

"영주를 뵈오!"

서린을 비롯한 사령오아가 일제히 영패를 향해 읍하며 고개를 조아렸다. 영패가 진짜임을 알아본 것이었다.

"영패가 진짜임을 알아보겠습니다. 한데 적진 한가운데까지 우리를 데리러 오신 겁니까?"

"그렇다. 사사밀교에서 움직인 자들이 너희가 감당하기 힘든 자들이라 나선 것이다. 한데 너희들을 보니 인드라와 아그니가 직접 너희들과 부딪쳤더라도 무사히 빠져나왔을 것이 분명하겠구나. 사사밀혼 심법의 기운을 알아보고 손속에 사정을 둔 것을 보니 말이다."

"그건……."

사실 성겸을 비롯한 사령오아는 처음 사밀혼이 나타났을 때 서린의 전음으로 이들이 누구인지를 알고 있었다. 사사밀혼 심법이 자신들보다 높은 성취를 이루고 있는 자들이라는 것을 서린이 알려 준 것이었다.

앞으로의 일을 위해 서린은 사령오아에게 진짜 실력을 감출 것을 당부했었다. 그런데 사밀혼은 이미 자신들의 실력을 어느 정도 짐작한 것 같기에 말끝을 흐렸던 것이다.

"됐다. 강호에서는 언제나 자신의 실력을 삼 푼은 감추어야 하는 법! 우리는 다만 너희들이 그러한 성취를 이루고 있다는 것이 기쁠 뿐이다. 앞으로도 강호를 행보할 시에는 언제나 그리 행동하여야 할 것이다."

"알겠습니다."

"이만 돌아가도록 하자. 괜히 사사밀교의 놈들을 마주쳐 봐야 번거로울 뿐이니."

장호기가 말을 마친 후 뒤돌아서 가기 시작했다. 사밀혼들 또한 이제는 자신들의 목적이 달성 되었기에 뒤돌아 가기 시작했다. 이제는 사사묵련으로 귀환해야 할 때인 것이다.

"예!"

사밀혼이 사사밀교와의 조우를 꺼려 하는 것 같아 보여 사령오아와 서린은 장호기의 말에 대답하며 길을 나섰다.

그들로서도 별 어려움 없이 사사묵련과 합류할 수 있어 다행한 일이었다. 사실 서린과 사령오아는 이틀 전 오 개월여의 수련을 마치고 화령적옥이 있는 곳에서 나왔었다. 이제는 사사묵련으로 합류하기 위해서였다.

지하수로를 거슬러 올라와 화염산을 가로지르며 사사묵련이 있는 곳으로 방향을 잡고 이동할 때는, 어떻게 하면 의심을 사지 않고 사사묵련에 합류할 것인가 고민을 많이 했었는데 사밀혼을 만나 의외로 쉽게 합류하게 되어 내심 안도하는 가운데 그들의 뒤를 따르고 있었던 것이다.

—서린이란 아이는 성취가 어때 보이는가?

사사묵련으로 향하며 이번에 나서지 않은 서린의 성취에 대해 검절은 철무정에게 물어보았다. 사사밀혼 심법은 특성상 자신보다 높은 성취를 이룬 자의 상태는 알아보기 힘들 것이나 아래라면 얼마만한 성취를 이루었는지 금방 알 수 있는 것이었다.

그런데 서린의 성취를 알아보기 힘들었다. 사령오아는 이단계를 넘어서 있는 것을 직접 확인한 터라 사밀혼은 상당히 기분이 고무되어 있었다. 하지만 그와는 상이하게 자신이 알아볼 수 없는 서린의 성취가 궁금했던 것이다. 그렇기에 사사밀혼 심법의 성취가 가장 높은 철무정이기에 물은 것이었다.

—대형, 알 수 없는 아이입니다. 이미 사사밀혼 심법이 삼단계를 넘어 선 것 같습니다.

—사제! 그 말이 정말인가?

예상외의 말에 장호기의 전음이 철무정의 고막을 울려 댔다. 그로서도 놀라운 일이었기 때문이었다. 삼단계라면 자신과 비슷한 성취이기에 놀란 것이다.

—그렇습니다. 서링이란 아이의 경지는 삼단계에 이르렀고, 그것도 대형보다 높은 수준의 경지입니다. 만약 저 아이가 사전 조사와 사혼화를 통해 행적이 증명되지 않았다면, 전 단연코 저 아이를 사사밀교의 세작이라고 의심했을 정도입니다.

—으음! 그렇다는 말이지.

철무정의 말에 고민하는 장호기였다. 금수주와 장민석이 본 바로는 강신과 연혼의 과정을 통해 일단계를 완성한다는 것 같다는 당무영의 말에도 반신반의 했었다.

그런데 철무정의 말을 들어 보면 이건 상상을 초월하는 경지였던 것이다. 사령오아의 경지도 익힌 기간에 비해 엄청나게 빠른 속도인데 그들보다 더하다니 믿을 수가 없었던 것이다.

—이제 저 아이의 나이가 열일곱이 됐다고 들었습니다. 연무관(鍊武關)에 집어넣기가 아까울 지경입니다.

—사제! 그럼 저 아이를 직접 가르치겠다는 뜻인가?

—대형께서도 그러고 싶지 않습니까? 저 정도의 연성 단계면 사령오아라는 아이들은 연무관에 넣더라도 전 서린이란 아이는 직접 가르치는 것이 낫다고 봅니다.

—그건 사사묵련으로 돌아가서 상의해 보도록 하세. 어차피 천(天)의 재가가 떨어져야 하는 일이니 말이네.

―알겠습니다. 그렇지만 대형께서 힘을 좀 써 주셨으면 합니다. 대형께서 말씀하신다면 천에서도 그리 반대하지는 않을 겁니다.

―알았네. 아직 저 아이가 그 정도의 실력이 되는지 검증이 되지 않은 상태니. 일단 사사묵련으로 돌아가 저 아이의 성취를 알아보세나. 그 다음에 직접 가르칠 것인지 결정하세나.

―알겠습니다. 대형!

장호기는 철무정의 말을 믿기는 하지만 자신의 눈으로 직접 확인해 보고 싶었기에 결정을 잠시 뒤로 미룬 것이었다. 천금영의 수련생들에게는 사 년의 수련 기간이 주어지지만 서린을 자신들이 가르친다는 것은 어찌 보면 특혜였다.

그리고 원래 사사밀혼 심법이 일단계를 넘어서는 수련생이 나오게 되면 그 수련생은 대륙천안으로 보내지는 것이 사사묵련의 관례였다. 그들은 대륙천안에서 다른 임무를 맡게 되며 나중에 대륙천안의 수뇌부로서 새로운 삶을 살게 되는 것이다. 사사밀혼 심법의 일단계 이상 성취한 자가 어떤 길을 걸어야 하는지 사정을 잘 아는 것이다.

사사밀혼 또한 그러한 사람 중에 하나였다. 사사묵련에서 천에 발탁되어 들어가 십밀혼이란 중요 직책을 맡았었다. 그리고 사사밀교와의 전면전 당시 많은 공을 세웠기에 대륙천안에서 나와 자신만의 시간을 가질 수 있었던 것이다.

물론 아직까지 십밀혼의 직위에는 있었다. 그들은 일종의 장로직이었기 때문이었다. 사밀혼은 대륙천안에서 나와 사사묵련의 총단이 가까운 곳에서 지금까지 자신들의 절기들을 절차탁마하기 위해 수련을 하던 사람들이었다.

이들이 이렇게 사사밀혼 심법을 어느 정도 성취한 자들에 대해 필요 이상의 관심을 보이는 것은 이유가 있어서였다. 그것은 대륙천안의 내부 구도 때문이었다. 대륙천안의 내부 세력 구도가 이제는 암흑련 쪽으로 기울고 있었다. 그 이유는 백 년 전 전면전 당시 가장 피해를 많이 본 곳이 바로 사사묵련이었기 때문이었다.

대륙천안의 양대 조직인 사사묵련과 암흑련에서 출중한 자들은 모두 대륙천안의 본 천으로 들어가게 돼 있었지만 사사묵련은 피해를 복구하기에도 바빠 백여 년 전서부터는 대륙천안의 중추에 들어선 자들이 거의 없었다.

있다면 사밀혼들과 사사묵련의 련주, 그리고 삼영의 영주들, 그리고 사사밀혼 심법을 일단계 이상 성취한 자들 몇몇 뿐이었다. 그나마 최근 이십여 년간은 그런 자들이 나오지도 않았던 것이다. 그래서 지금은 현저하게 암흑련에 밀리고 있었던 것이다.

해서 수뇌부에 진출시키기 위한 최저 조건인 사사밀혼 심법의 일단계를 성취한 자들을 목마르게 기다려 왔건만, 지금까지 아주 극소수의 자들만이 나타났던 것이다. 이십여 년을 기다리던 자들의 출현이니 나름대로의 안배를 하고 싶었던 것이다.

그 이유는 사사묵련에서 사사밀혼 심법을 일단계 이상 성취하고 대륙천안에 들어섰던 자들 중에 암흑련의 방해로 수뇌부에 진입한 것은 당무영을 비롯한 삼영주가 유일했다. 나머지는 그저 그런 이무를 맡고 있을 뿐이었다.

그러했기에 사밀혼은 상상을 초월하는 성취를 이루고 있는 서린을 암흑련의 세력판인 대륙천안의 내부 구도를 바꾸기 위한 암전으로 사용하고 싶었던 것이다. 천주의 후계자라는 가장 확실한 패를 손에 쥐고 싶었던 것이다.

그렇게 사밀혼은 서린과 사령오아의 앞으로의 일을 어떻게 처리할 것인가 고민하며 가는 도중 일단의 무리들이 자신들에게 다가오는 것을 알 수 있었다.

"모두 주의해라. 우려하던 일이 벌어진 것 같다."

그들은 얼마 가지 않아 걸음을 멈추어야 했다. 사밀혼에게 포착된 일단의 무리들이 자신들을 막아섰기 때문이었다. 그들은 바로 서린이 칸 텡그리에서 죽음의 위기를 넘기게 했던 인드라와 아그니였다. 분노의 표정을 짓고 있는 인드라와 아그니는 서린을 노려보고 있었다. 서린이 누군지를 알아본 것이었다.

"놈들을 사로잡아라. 특히 저 어린놈은 반드시 사로잡아야 한다."

인드라와 아그니는 자신들이 데리고 온 수하들에게 지시를 했다.

차차차차착!

그들은 지시를 받자마자 사밀혼과 서린 일행을 포위했다.

그들이 고수라는 것을 말해 주듯 간결하면서도 빠르고도 신속한 동작이었다.

'전에 당한 것에 대한 복수를 할 수 있는 순간이 온 것인가? 후후, 이제는 숨지 않을 것이다. 그때처럼.'

서린은 인드라와 아그니가 자신을 알아보고 살기를 흘리는 것을 느끼자 자신의 살기도 개방했다. 이제는 지고 싶지 않기 때문이었다. 드디어 서린과 사시밀교와의 본격적인 접전이 시작되려는 순간이었다.

*　　　*　　　*

인드라와 아그니는 자신들의 눈을 피해 천산 일대에 마련해 놓은 근거지를 무참히 파괴한 사사묵련의 천금영들에게 지독한 분노를 품고 있었다.

자신을 비롯해 십신장이 두르가의 부활을 위해 잠시 자리를 비운 탓에 벌어진 일이었기에 그 분노는 더욱 컸다.

"쥐새끼들! 이런 곳에 숨어 있었구나."

사혼밀화의 추적을 위해 두르가의 부활을 맡고 있던 자신들이 두르가가 부활할 장소를 떠난 것 때문에 치른 곤욕이 아직도 가슴에 남아 있는 그들이었다.

본 단에 근거지가 공격당하고 있다는 소식이 전해지고, 자신들의 귀에도 두르가가 없어졌다는 소식이 들려왔을 때는 얼마나 낙담을 했었는지 지금 생각하면 정신이 아찔할 뿐이었다.

하지만 마하 데바라자(위대한 신들의 왕)의 보살핌으로 사혼밀화의 힘을 간직한 완벽한 두르가의 부활을 기점으로 자신들의 잘못을 어느 정도 상쇄한 인드라와 아그니는 천금영의 수련생들을 추살하는 데 앞장을 서 온 터였다.

그러나 대략 천여 명으로 추산되는 천금영의 수련생들은 근거지를 습격해 올 때 자신들이 손에 죽은 자들이 사백여 명, 그리고 나머지 행방을 쫓아 추살한 자들 이십여 명을 제외하고는 어디로 갔는지 행방이 묘연한 상태였다.

습격해 온 자들의 행방이 묘연하자 인드라와 아그니는 혈안이 되어서 처금영의 수련생들을 찾고 있었다. 화염산을 뒤지면서도 이미 퇴각을 했을 것이라는 생각이 들어 분해하던 참이었다. 그런데 뜻밖에도 사사묵련에 몸담고 있는 자들을 열 명이나 되는 발견했으니 기쁘기 그지없었다.

"너희들이 이곳에 있다니, 마하 데바라자께서 우리의 염원을 저버리지 않으심을 알겠다. 내 오늘 두르가 님의 부활을 자축하는 의미에서 너희들에게 깨끗한 죽음을 내릴 것이다."

사사묵련의 떨거지들이 모두 모여 있는 것으로 판단한 인드라는 이것으로 사사묵련의 추적을 종결하고자 하는 마음에 사밀혼을 비롯한 사령오아를 이 자리에서 죽이기로 마음먹었다. 머지않아 본 단으로 돌아갈 시기가 오기에 서두르기로 한 것이다.

"글쎄, 인드라. 그게 네 마음대로 될까? 석년의 인드라도 마음대로 되지 않았는데 말이다."

인드라의 말에 가당치 않은 듯 장호기가 말을 받아쳤다. 사밀혼 또한 서린과 사령오아를 찾은 마당에 한바탕 십신장과 붙어 보고 싶은 마음이 강했기 때문이었다.

십여 년 후 본격적인 전면전이 시작되겠지만 지금 사사밀교의 힘이 어느 정도인지 인드라와 아그니를 통해 가늠해 보고자 하는 마음도 있었다.

"나를 알고 있다니 너희들은 누구냐?"

자신들의 정체를 정확히 알고 있는 것 같은 사밀혼의 모습을 보며 인드라는 의구심이 들었다. 십신장이 부활한 지 얼마 되지 않은 기간이었기에 사사묵련에서 알고 있다고 생각하지 못했기 때문이었다.

"넌 석년의 인드라에게서 나의 이야기를 듣지 못한 모양이로구나. 이제는 떨어진 팔에 대한 기억은 잃어버린 모양이니 말이다."

"그렇다면!!"

인드라는 검절 장호기의 말에 그가 누구인지 짐작을 할 수 있었다. 백여 년 전 사사밀교에서 후원한 원이 멸망하고 퇴각할 때 자신들과 전면전을 벌이며 무수한 피해를 입혔던 피의 전사들에 대해 들었던 기억이 생각이 난 것이다. 사사밀교의 십신장에 대적하기 위해 사사묵련에서 심혈을 기울여 양성했다는 십밀혼에 대한 이야기가 생각난 것이다.

"넌 그 당시 십밀혼이냐?"

"후후! 그렇다. 형제들의 죽음이 우리를 살려 놓았지."

"으으음, 당시에 모두 죽은 것으로 알고 있었는데……."

"긴말은 필요 없지 않느냐? 아그니도 그렇고 인드라 너도 석년의 십신장의 진전을 모두 얻은 것 같으니, 이번 기회에 석년의 한을 풀 수 있으니 말이다. 우리 또한 그렇고."

"그렇군. 말이 필요 없는 일이었군."

인드라와 아그니도 공감한다는 듯 고개를 끄떡였다. 어차피 불구대천의 원수들이었다. 서로 싸우고 서로 간의 생사를 가르면 그뿐일 뿐, 더 이상 말이 필요 없는 상대였던 것이다.

치지지직!

대적을 상대해야 한다는 생각 때문인지 인드라의 몸에서 전력을 기울인 뇌전이 방사되기 시작했다.

화르르르르!

아그니의 몸 또한 화염에 휩싸이기 시작했다. 신의 힘을 이어받았다고 생각하는 십신장의 넷을 저세상으로 보내고 나머지 여섯에게는 치명적인 상처를 안겨 주었던 십밀혼이기에 전력을 이끌어 낸 것이었다.

'어, 어떻게 인간의 몸에서 저토록 번개와 불이 솟아날 수 있다는 말인가?'

대적해 본 경험이 있는 사밀혼들이나, 한 번 본 적이 있는 서린을 제외하고 사령오아는 인드라와 아그니가 보여 주는 모습에 놀라지 않을 수 없었다. 인간으로서는 도저히 보여 줄 수 없는 모습 때문이었기 때문이었다.

마치 뇌신과 화신의 환생처럼 막대한 투기와 함께 흘려 대는 두 사람의 힘은 가히 공포의 대상이었기 때문이었다.

―아저씨들! 잘 봐 두도록 하세요. 저것이 사사밀교가 가진 진정한 힘입니다. 그리고 앞으로 아저씨들은 저런 자들을 상대해야 하고요.

놀라고 있는 사령오아의 귀로 서린의 전음이 날아들었다. 서린은 인드라와 아그니를 잘 관찰함으로서 앞으로 사사밀교와의 대적할시에 사령오아에게 보탬이 되었으면 하는 뜻으로 전음을 보낸 것이었다.

―소문주님! 저것은 인간의 힘이 아닙니다. 아무리 무공이 뛰어난 자들이라고 해도 중원에서는 저런 자들과 비슷한 경지에 대해서도 들어 본 기억이 없습니다.

성겸은 서림에게 사령오아를 대변해 궁금증을 물었다.

―저건 무공의 힘이 아닙니다. 중원에서 말하는 법술의 힘이지요. 하지만 무공으로 상대하지 못할 것은 아닙니다. 사밀혼들의 움직임과 대적하는 방법을 잘 보시면 제 이야기가 무엇인지 아시게 될 겁니다. 저분들이라면 저들과 좋은 상대가 도리일 테니 말입니다.'

'으...... 음!'

지켜보라는 말에 성겸은 인드라와 아그니에게 시선을 돌

렸다. 그런 그의 눈에 인드라와 아그니가 자신들의 무기를 부여잡고 수인을 맺는 모습이 보였다.

"화신강림(火神降臨)! 출(出)!"

수인을 맺는 것이 끝이 난 것인지 아그니의 입에서 노호성이 터져 나오며 그의 앞에 거대한 불덩어리가 생겨나기 시작했다. 불덩어리가 생겨나자 광절(狂絕) 철무정(鐵無情)이 그 앞에 나섰다.

불덩어리 앞에 나선 그의 몸에는 불덩어리와 대적하려는 듯 검은 묵빛의 안개가 스멀거리며 피어오르고 있었다. 그 기운에는 강력한 수(水)의 기운이 풍겨 나오고 있었다.

―지금 나서시는 분은 사사밀혼 심법이 사단계에 이른 분입니다. 오행지기의 수발이 자유로운 분으로 지금 몸에 수기를 두른 상태입니다.

서린의 설명이 이어졌다. 사령오아도 진한 묵빛의 기운에서 강력한 수의 기운을 느낀 터였다. 스멀거리는 기운이 서서히 확장하며 붉은 불덩어리를 향해 뻗어 나갔다.

치…… 이이이익!

끓는 쇠에 물을 부을 때 나는 소리가 들리며 사방에 자욱한 수증기가 생겨나기 시작했다.

열사의 사막과 같은 더위가 몰아치는 화염산이었지만, 철무정이 가진 수의 기운은 아그니가 만들어 낸 불의 기운에 맞서 제대로 된 위력을 발휘하고 있었던 것이다.

번쩍!

불과 물이 어울리자 눈을 뜰 수조차 없는 빛이 사밀혼에
게 몰아닥쳤다. 인드라의 공격이 시작된 것이다.

콰…… 쾅!

인드라의 공격도 곧바로 누군가에 의해 막혔다. 그의 앞
을 가로막은 것은 바로 참절(斬絕) 곽인창(郭鱗倉)이었다.
그의 왼손에는 마치 나뭇결 같은 무늬가 있는 작은 방패가
들려 있었다. 그는 그 방패로 인드라가 뿌린 뇌전을 막아
낸 것이었다.

그리고 그의 오른손에는 방패와 같은 무늬가 있는 목도
가 들려 있었다. 목도에는 새파랗게 강기가 형성되어 있었
다.

"뇌성추뢰(雷聲追壘)를 막아 내다니 그것은 무엇이냐?
십밀혼들 중 누구도 인드라의 공격을 막아 낸 자가 없었거
늘!"

"인드라에게 복수하기 위해 백년을 준비해 온 것이다. 난
백여 년간 오행지기 중에 목의 기운만을 전문적으로 익혀
왔지. 바로 인드라를 상대하기 위해서다. 후후! 내가 들고
있는 것은 만장지하에서 캐내 온 지심향목(地心香木)으로
만들어진 도와 방패다. 바로 네놈이 뿌려 대는 번개를 막기
위해 만들어진 물건이지."

"으…… 음!"

인드라는 상당히 곤란하게 됐다는 표정이 역력했다. 백여
년 전에도 상당한 실력자들이었다. 하지만 그들이 십신장인
두르가의 날개들에게 패한 것은 실력이 떨어져서가 아니었

다.

바로 인드라의 뇌전 공격 때문이었던 것이다. 다른 십신
장과 상대하다 인드라의 뇌전 공격에 막을 방법이 없어 당
한 것이었다. 특히 쇠로 된 무기를 들고 있는 자들은 상당
한 타격을 입었던 것이다.

그런데 지금은 자신의 뇌전을 막아 낼 수 있는 기물을 들
고 있는 자가 심상치 않았다. 검강이 분명한 기운을 목도에
운용하고 있는 참절을 상대하며 그가 백여 년간 뇌전 공격
을 상대할 준비를 했다는 것을 철저히 했다는 것을 느낀 것
이다.

"모두들 그놈들을 일제히 공격해라. 내가 너희들을 도울
수 있는 길이 없는 것 같으니 말이다."

상황이 심각하다는 것을 인식한 인드라가 사령오아를
포위하고 있는 자신들의 수하들에게 명령을 내렸다. 방
심하다가는 큰 낭패를 당할 것 같은 생각이 들었던 것이
다.

"네놈 걱정이나 해라!"

번쩍!

참절의 말이 끝나기 무섭게 목기가 그득 담긴 검강을 몸
에 두른 목도가 인드라에게 날아왔다.

캉!

인드라는 금강저를 들어 목도를 막았다. 도저히 쇠와 나
무가 부딪치는 소리라고는 볼 수 없는 소리가 울려 퍼졌다.

카카카카캉!

최초의 격돌 후 이어지는 참절의 공격은 유려하기 그지없었다. 금강저에 뿜어지는 뇌전을 방패를 이용해 효과적으로 막으며 목도를 연이어 인드라에게 휘둘러 대는 것이었다.

'이대로 상대하다가는 모두 당하고 만다. 시간을 벌어야 한다. 시간을……'

무공의 경지가 예사가 아니었다. 백여 년 동안 갈고닦아 왔다는 말은 거짓이 아니었다. 인드라는 시간을 벌어야 했다. 아그니가 화신을 강림시킨 것에 이유가 있었기 때문이었다. 화신이 강림했다는 것은 아그니의 기운이 다른 십신장에게 전해진다는 이야기였다. 그만큼 아그니는 사밀혼들의 경지를 자신들보다 높게 보고 있었던 것이다.

인드라 또한 화신강림의 기운을 느끼고 다른 십신장들이 올 때까지 시간을 벌어야겠다는 생각에 아직은 미완성이지만 최후의 수단을 펼쳐야 함을 알았다. 인드라는 두르가가 부활해야만 익힐 수 있는 뇌신삼절을 아직 익히지 못했기에 자신이 지금 알고 있는 최후의 수단을 펼쳐야만 한다는 것을 알 수 있었던 것이다.

인드라가 이런 생각을 하게 된 것에는 이유가 있었다. 바로 아직도 팔짱을 끼고 구경하고 있는 두 사람의 십밀혼과 사령오아 때문이었다. 수하들은 사령오아를 향해 공격해 들고 있었다.

하지만 그들은 아무런 소용이 없었다. 서린을 중심으로 원진을 그린 사령오아를 향해 달려드는 자신의 수하들이 속절없이 쓰러지고 있었기 때문이었다.

"뇌신장벽(雷神障壁)."

번개의 원구가 인드라를 중심으로 생겨나며 퍼져 가기 시작했다. 한 점에 집중된 공격이 참절에게 먹히지 않았기에 자신의 전력을 기울여 번개의 구를 만들어 낸 것이다.

치지지지직!

빠지지지직!

그런 그의 공격을 참절은 방패를 휘둘러 막기 시작했다. 방패를 중심으로 푸른 강기의 막이 형성된 것이다. 하지만 그를 중심으로 양옆으로는 번개가 빠져나가고 있었다. 인드라가 공격한 범위가 그가 막을 수 있는 범위를 넘어선 때문이었다.

파절(把絕) 등섭인(鄧燮仁)과 검절(劍絕) 장호기(張豪奇)는 분분히 뒤로 물러섰다. 아직 사사밀혼 심법이 삼단계에 머문 그들로서는 인드라의 뇌기를 막을 수 없기 때문이었다.

"피해라! 뇌기에 닿으면 위험하다. 한참 인드라의 수하들과 격전을 벌이는 서린과 사령오아를 향해 검절이 소리를 질렀다. 퍼져 가는 번개의 구에 닿으면 목숨이 위험하기 때문이었다."

검절이 소리를 지르지 않아도 서린은 인드라의 행동을 지켜보고 있었다. 사사밀교가 자랑하는 십신장의 위용을 보고 싶은 탓도 있었지만 자신에게 최초로 상처를 안긴 자를 자세히 보고 싶었기 때문이었다.

"아저씨들! 오령(五靈)중 목령(木靈)을 펼치세요."

번개의 장벽이 다가오자 서린이 사령오아를 향해 소리를 질렀다. 사령오아가 형성하고 있는 오행진의 진형을 변경시키는 것이었다. 사령오아는 서린이 가르쳐 준 오행진법을 지난 삼 개월여 동안 고심참담하여 수련해 왔다.

그건 서린이 치료를 마치고 수련을 시작한 지 한 달이 지나지 않아 일대일로는 상대가 되지 않았기에 벌어진 현상이었다. 다섯 사람의 힘을 하나로 모아 오행진을 이룬 후 서린을 상대할 수 있었던 것 또한 두 달여밖에는 할 수 없었다. 서린이 성장하는 속도가 그들을 훨씬 뛰어넘었기 때문이었다.

다섯이 합공하면서도 상대가 되지 않자 서린은 사령오아에게 새로운 것을 가르쳐 주기 시작했다. 밖으로 나오기 전화령적옥이 있는 공동에서 나머지 한 달여 기간 동안 서린에게 오행진의 진정한 참모습인 오령천아(五靈天牙)에 대해서 배우고 수련해 왔던 것이다.

사령오아는 서린의 말에 진형을 변형시켰다. 그리고 인드라의 수하들을 상대할 때도 개방하지 않았던 힘을 개방하기 시작했다. 그것은 사사밀혼 심법의 이단계에 들어선 힘이었다. 사령오아가 진형을 변형시키자 진을 둘러 녹색의 기운이 덮이기 시작했다. 그들이 들고 있는 무기에서도 녹색의 기운이 감돌고 있었다.

"개진(開陳)! 침사목아(針射木牙) 공(攻)!!"

서린의 지시에 녹색의 이빨들이 생겨났다. 마치 나무가시처럼 생긴 가는 침들이 생겨난 것이다.

퍼퍼퍼퍽!

나무가시들은 거침이 없었다. 자신을 위협하는 것들은 용서하지 않겠다는 듯 사령오아를 향해 달려드는 뇌전의 장벽들을 무참히 꽤 뚫고 있었다. 사력을 다하는 듯 사령오아의 이마에 땀이 맺히기 시작했다.

"방진(方陣)! 회력(回力)!"

서린의 외침이 다시금 울려 퍼졌다. 뇌전의 힘을 돌리기 위해 방어진을 펼친 것이었다. 뇌전의 기운이 휘도는 녹색의 목의 기운에 의해 사방으로 빗겨 나기 시작했다.

서린이 모가 난 방진을 형성하며 힘을 돌린 것은 아직 완벽하지 않은 오령천아진(五靈天牙陣)이었다. 침사목아로 쏟아지는 뇌전의 맥을 끊어 놓기는 했지만, 나머지 여력을 사령오아가 감당하지 못할까 우려해서였다.

그렇게 자신이 가한 최후의 공격이 허탕을 치자 인드라는 당황한 표정이 역력했다.

"아그니! 넌 빨리 저자를 처리해라!"

"인드라! 이 상태로는 힘들다. 크…… 윽! 이자가 가진 기운은 내가 상대할 수 없는 것이다."

다급히 장내를 빠져나가려고 했지만 아그니도 발을 뺄 수 없을 만큼 고전 중이었다. 화신강림의 법술이 철무정에게 하나도 통하지 않았기 때문이었다. 아그니는 연신 철무정의 공격을 피하며 불로된 구를 간간이 날릴 뿐이었다. 그 또한 아직 두르가가 탄생하지 않아 완전한 힘을 발휘할 수 없었기 때문이었다.

'삼제! 사제! 모두 물러서라!'

사령오아와 서린이 진을 이루며 인드라의 공격을 방어하자 검절은 당황한 목소리로 광절과 참절에게 전음을 날렸다. 자신들이 있는 곳으로 막대한 기운들이 달려오고 있는 것을 느낀 때문이었다.

파팟!

참절과 광절이 물러서자 의아한 것은 인드라와 아그니였다. 하지만 그들도 이내 두 사람이 어째서 물러났는지 알게 되었다. 나머지 십신장들이 이곳으로 달려오고 있다는 것을 느낄 수 있었던 것이다.

"아그니 힘내라! 마야 님께서 오신다. 마야 님께서 오실 때까지 저자들을 잡아 놔야 한다."

밀리기는 했지만 다시 힘을 낸다면 부상을 입어 요양하고 있는 비슈누를 제외한 다른 십신장들이 올 때까지 시간을 벌 수 있을 것 같았다. 인드라는 아그니를 격려하며 금강저를 고쳐 잡았다.

'아무래도 안 되겠다. 지금은 그들과 부딪치면 우리만 손해일 뿐이니…….'

인드라의 외침을 들으며 자신이 느낀 것이 헛것이 아니라는 걸 확인한 장호기는 우선 이곳을 빠져나가야 한다는 것을 알 수 있었다. 이곳을 향해 달려오고 있는 자 중에는 석년에 자신들의 동료들을 무참히 살해한 자가 둘이나 끼어 있었기 때문이었다. 흘리는 기운에 살기를 가득 실은 그들의 느낌은 멀리 떨어져 있지만 살이 떨려 올 지경이었던 것이다.

—모두들 잘 들어라! 그들이 이곳에 온다면 살아서 벗어날 생각을 버려야 한다. 너희들도 느끼고 있겠지만 그들은 진짜 인간이 아니다. 현경에 이른 자가 아니면 상대조차 할 수 없는 자들인 것이다. 석년에 우리의 윗줄을 차지했던 십밀혼조차도 그들의 상대가 되지 못했던 것이다. 내가 저놈들을 공격하면 바로 장내를 벗어나 돈황으로 향해야 한다. 그곳에 첨금영주인 금수주가 대기하고 있으니 놈들이라도 그것까지는 쫓지 못할 것이다.

전음을 마치고 장호기는 사밀혼과 서린을 비롯한 사령오아를 바라보았다. 모두들 잘 알아들은 듯 고개를 끄떡였다. 너덜거리는 검절 장호기의 장포가 부풀어 오르기 시작했다. 그의 손에는 어느새 검이 쥐어져 있었고 그것은 인드라와 아그니를 향해 겨눠지고 있었다.

"크…… 윽!"

"큭!"

몰아치는 검기를 느끼며 인드라와 아그니가 신음을 안으로 삼켰다. 검절이 펼치는 검경 안에 자신들이 들어간 것이었다. 일격에 끝장을 보려는 듯 몰아치는 검기가 장난이 아니었다.

피피핏!

이미 검기의 수준을 벗어난 것이라 인드라와 아그니가 입고 있는 토가가 속절없이 잘려 나가고 있었다. 혼신을 다하는 듯 검절의 안색이 하얗게 변하기 시작했다. 그리고 검세가 더욱 거칠어지더니 종내는 검절의 머리 위 상공에 거대한 검의 형상을 이루기 시작했다.

"파황검우(破荒劍雨)!"

여름 한낮 쏟아지는 소나기를 보는 것처럼 검절의 머리 위에 형상화된 검기가 인드라와 아그니를 향해 폭우처럼 쏟아져 내리기 시작했다. 그야 말로 검의 비(雨)가 그들을 향해 몰아친 것이다.

"뇌신장벽!"

인드라가 쏟아지는 검기들을 막기 위해 다시 한 번 뇌신의 장벽을 쳤다.

콰—콰콰콰쾅!

퍼퍼펑!

연이어지는 폭발음이 한동안 울려 퍼졌다. 뇌신장벽에 막혀 빗겨 난 검기들이 화염산의 붉은 사암을 향해 다시금 내리꽂혔다. 뿌옇게 일어나는 홍진이 장내를 가득 메우기 시작했다. 붉은 사암이 가루로 부서지며 장내를 뒤덮기 시작한 것이다.

콰콰콰쾅!!

검우는 한동안 지속해서 내렸다. 모든 것을 파괴해 아무것도 남아 있지 않은 거친 황야로 만들려는 듯 검의 비가 모든 것을 파괴하고 지나간 자리에는 오직 두 사람만이 서 있었다.

인드라의 수하들은 팔다리가 잘려 나가거나 목이 잘린 모습으로 피를 흘리며 화염산을 더욱 붉게 물들이고 있었고, 인드라와 아그니는 너덜거리는 토가와 같이 온몸에 상처를 입은 모습으로 서 있었다.

하지만 그곳에는 사밀혼을 비롯한 서린과 사령오아의 모습은 온데간데없었다. 이미 장내를 떠난 것이었다.

"크…… 으윽! 살아 있다는 것도 놀라운데 이런 위력을 가진 무공을 익히고 있다니…….."

두르가가 부활했으니 머지않아 자신이 익히지 못했던 뇌신 삼절을 익힐 수 있을 테지만, 지금 검절이 보여 준 무공의 위력은 인드라의 가슴을 무겁게 했다. 뇌신의 삼절을 익힌다 해도 상대할 수 있는 자신이 없었던 것이다.

지금 검절의 공격을 막아 낸 것도 아그니 덕분이었다. 아그니가 힘을 보탠 덕분에 검절의 엄청난 공격을 간신히 막아 낼 수 있었던 것이다. 두 사람이 힘을 합쳤는데도 말할 수 없이 깊은 상처를 입고 있었다. 외상보다는 내상이 더욱 심각했던 것이다.

아그니는 붉은 안색이 분칠을 한 듯 하얗게 변해 있었고, 입으로는 가늘게 피를 흘리고 있었다. 인드라 또한 넘어오려는 울혈을 간신히 삼키고 있는 중이었던 것이다.

"크…… 으윽! 뇌신의 삼절을 익혔더라면 이렇게 허무하게 당하지는 않았을 텐데…….."

털썩!

아그니가 더 이상 버티고 못하고 바닥으로 쓰러졌다. 인드라가 너무 과도하게 아그니의 법력을 뽑아 쓴 탓이었다.

"아그니! 괜찮나? 아그니!"

인드라가 아그니를 깨웠지만 정신을 차리지 못했다. 철무정을 상대하느라 법력에 타격을 입은 상태에서 다시 인드라에게 힘을 보태느라 모든 법력이 빠져나가 기식이 엄엄한 상태였다.

차차차착!

인드라가 아그니를 깨우기 위해 그를 흔들고 있을 때 일단의 무리들이 장내에 도착했다.

"어찌 된 일이냐?"

가면으로 얼굴의 윗부분만을 가린 여자가 싸늘한 목소리로 인드라에게 자신이 보고 있는 모습이 어찌 된 상황인지를 물었다. 사방 삼십여 장이 완전히 폐허로 변했고, 그 가운데는 사사밀교의 교도들이 피를 흘리며 쓰러져 있는 모습에 분노가 가득한 목소리였다.

그녀는 황천의 신이라 일컬어지는 마야였다. 사사밀교에서조차도 죽음의 신으로 여겨질 만큼 잔혹함과 무서움의 대명사였다.

"사사묵련에서 십밀혼이 나타났습니다. 마야 님!"

"그자들이?"

"크으윽! 그들의 위력은 전해지는 것보다 대단했습니다. 저와 아그니를 이렇게 만들 정도로 말입니다. 그들은……."

분한 듯 인드라가 자신들이 당한 정황을 소상히 마야에게 말해 주었다.

"그놈들은 어디로 간 것이냐?"

"모르겠습니다. 우리들에게 무지막지한 공격을 퍼붓고는 순식간에 사라졌습니다. 들었던 과는 판이하게 다른 무공이었습니다."

"으음! 사사묵련 놈들에게 이런 피해를 입다니. 비슈누님은 어디서 듣도 보지도 못한 놈에게 상처를 입으시고, 너희들 또한 이 모양이라니. 일이 예상외로 꼬이는구나. 놈들에 대한 흔적도 찾을 수 없고 말이다. 쿠베라 넌 어떻게 했으면 좋겠느냐?"

아그니의 상세를 살피고 있는 자를 향해 마야가 물었다. 그는 인상 좋게 생긴 조금은 몸집이 좋은 중년인이었다. 사사밀교에서는 재신이라 일컬어지는 자로 사사밀교의 두뇌 역할을 하는 자였다.

"일단은 철수하는 것이 나을 것 같습니다. 우리가 만들어 놓은 근거지들을 공격한 것이 의외이기는 하지만, 이번에 사사묵련이 천산에 나타난 것은 주기적인 수련의 일환으로 보입니다. 아마도 우리의 움직임을 심상치 않게 여겨 떠본 것이 분명합니다. 이미 그들은 두르가 님께서 부활한 것을 알고 있을 겁니다. 그리고 우리들이 완전하지 않은 것도 말입니다. 하지만 그럼에도 불구하고 그들이 전면적인 공격을 해 오지 않는 그들 사이에 문제가 있는 것으로 보입니다."

"문제?"

"일단 백여 년 전보다 사사묵련의 힘이 약화된 것으로 보입니다. 우리에게 막대한 타격을 입은 것도 이유지만 다른 이유가 있는 것 같습니다. 마야 님도 아시다시피 사사묵련 뒤에는 우리들이 알지 못하는 존재가 있는 것이 분명합니다. 그리고 그 밑에는 사사묵련뿐만 아니라 다른 휘하 조직도 있는 것이 분명하고 말입니다. 돌아가는 중원의 정황으로 보면 그들 사이에 문제가 있는 것이 분명합니다. 무엇 때문인지는 모르겠지만 사사묵련의 뒤에서 움직이는 힘의 중심이 동쪽으로 쏠린 것 같으니 말입니다."

"그렇다는 말이지?"

"예! 해서 우리가 먼저 나서서 저들의 관심을 이곳으로 돌리게 할 필요는 없습니다. 정황으로 보면 아직 이곳으로 힘을 돌리기는 힘들겠지만 마야 님께서 전면으로 나서신다면 아마도 그들은 무게 중심을 이곳으로 돌릴 것입니다. 그럼 아직 완전히 힘을 회복하지 못한 우리 사사밀교는 힘든 전쟁을 벌여야 할지 모릅니다. 아직은 우리도 힘을 회복해야 할 때니까요."

"얼마정도의 시간이 걸릴 것 같은가?"

"앞으로 십여 년은 족히 시간을 벌어야 합니다. 두르가 님께서 부활하셨지만 아직은 미숙한 십신장들도 고련을 해야 하니 말입니다."

"하지만 이곳에서 공격해 온 자들은 나의 존재에 알고 있을 것이다. 그들이 십밀혼 중에 살아남은 자들이라면 말이다."

"후후, 마야 님. 그들이 보고를 한다고 해도 그 정도의 시간을 벌 수 있을 겁니다. 제가 손써 놓은 것에 그들은 정신을 차릴 수 없을 테니 말입니다."

"그것 말인가?"

"이제 계획의 팔 할이 완성되었습니다. 앞으로 오 년 후면 그들은 우리들에게 신경을 쓸 여력조차 없을 겁니다. 중원 한복판에 그들이 나타날 테니까 말입니다."

"그건 다행스러운 일이로군. 그건 그렇고 물건의 행방은 어떻게 됐나?"

"그건 아직 파악이 되지 않고 있습니다. 정황을 보면 명의 황궁 보고로 흘러 들어간 것 같지만, 그곳은 놈들의 힘이 집결되어 있는 곳이라 확인이 불가능했습니다."

"세작은?"

"아시지 않습니까? 그 안에 세작을 넣는다는 것은 불가능한 일임을 말입니다."

"그렇지. 놈들은 그 방면에 있어서는 지난 천여 년간 무섭도록 철저했으니까."

"그렇습니다. 그리고 어쩌면 우리가 알고 있는 것도 놈들의 가진 힘의 빙산의 일각일 뿐일지도 모릅니다. 중원에 존재해 온 황가들이 모두 그들의 예하였으니 말입니다."

"좋다. 아직은 때가 아닌 것 같으니 다친 이들을 데리고 모두 돌아가기로 한다. 하지만 중원에서의 계획이 성공하고 나면 우리의 분노가 어떠한지 놈들은 절실히 알게 될 것이다. 그리고 쿠베라! 너는 계속해서 물건의 행방을 찾도록 해라. 놈들이 배신을 하면서까지 빼돌리려고 했던 이유가 무엇인지 반드시 알아내도록 해라."

"알겠습니다. 마야 님!"

마야의 지시에 달려온 사사밀교의 인물들은 검절의 공격에 살아남은 자들은 챙기기 시작했다.

그리고 죽은 자들은 한곳에 가지런히 모아 놓았다. 죽은 이들은 그대로 놔두고 갈 터였다. 화장이나 풍장을 선호하는 것이 사사밀교의 장례 관습이었기 때문에 시체를 그냥 놔둔 것이었다.

*   *   *

"곤란할 뻔했는데 네 선택이 탁월한 것이다."

"아닙니다. 그런데 가면 쓴 여자는 무서운 기세를 뿜어내던데…… 누군가요?"

"그녀가 두르가의 날개들 중 가장 강하다는 황천신 마야다. 법술뿐만 아니라 무공 또한 거의 현경에 근접했다고 알려져 있는 인물이지. 석년에 십밀혼 중 셋이 그녀에게 세상을 달리했다."

"그렇군요."

서린을 비롯한 일행은 지금 카레즈를 통해 이동 중이었다. 그들의 시야에서 벗어나는 최고의 길이었기에 어쩔 수 없는 선택이었다.

"그런데 넌 이런 길을 어떻게 알게 된 것이냐?"

"사사밀교의 시야에서 벗어나는 길은 이곳밖에는 없더군요. 대상들을 통해 알게 됐습니다. 지하수로가 존재한다는 것은 몇몇 밖에는 모르더군요. 처음에는 무척이나 헤맸습니다. 죽는 줄 알았으니까요. 그리고 길은 저도 잘 모릅니다. 이 길도 열흘을 넘게 고생해서 간신히 알게 된 길입니다. 앞으로 두 시진만 가면 나가는 곳이 있습니다."

이미 물어볼 것을 짐작한 서린이었기에 장호기의 질문에 막힘없이 대답을 했다.

"그렇군!"

"이제 우리는 총단으로 돌아가는 것입니까?"

"그렇다. 하지만 총단으로 간다고 해도 너희들은 우리들을 따라가게 될 것이다."

"네 분을 따라가게 된다는 말입니까?"

"그렇다. 너희들은 다른 수련생과는 다른 수련을 거치게 된다. 사사묵련이 베푸는 수련은 특별한 것이기는 하지만, 너희들은 우리와 함께 운남으로 떠나게 될 것이다."

"운남이요?"

"그렇다. 그곳에서 인간 한계를 시험하는 수련을 하게 될 것이다. 사사묵련의 숙원을 풀기위해서 말이다. 이미 천금 영주에게는 이야기를 해 놓았다."

"그럼 옥문관을 넘어 다시 운남으로 향하게 되는 건가요?"

"아니다. 너희들은 일단 티벳으로 가게 된다. 그곳에서 한 가지 얻을 것이 있기 때문이다. 사사밀교에 참여하지 않은 유일한 종파가 거기에 있다. 비밀스러운 밀교의 한 일파지. 그곳에서 그들에게 한 가지를 얻고 바로 운남으로 여정을 잡을 것이다."

"먼 길이 되겠군요."

"그렇다. 아주 힘든 길이 될 것이다. 사사밀교의 추적에는 벗어나겠지만 지형 자체가 워낙 험준한 곳이니 말이다. 그리고 그곳으로 가는 것도 수련의 일환이다. 그곳도 인간 한계를 시험하기 위한 곳으로 적합한 곳이니 말이다."

"힘든 수련이 되겠군요."

검절 장호기의 말대로 무척이나 험준한 여정이었다. 이미 칸 텡그리에서 고생한 경험이 있는 서린이었지만 그것은 고난의 연속이었다.

이만 척이 넘어가는 산들을 줄줄이 넘어가는 여정이었기에 무척이나 고된 길이었던 것이다.

숨이 턱턱 막히는 것은 물론이고 기혈의 운행조차 제대로 되지 않았다.

또한 깎아지른 무수한 절벽과 빙벽들을 맨손으로 오르고 건너야 하는 그들로서는 생사를 건 모험이 아닐 수 없었다.

서린과 사령오아가 그렇듯 힘들게 티벳의 고원들을 횡단한다면 사밀혼은 그야말로 소풍 나온 것이나 다름없었다.

그들은 여섯 사람을 수련시키면서 산양을 잡는 등 식량을 조달하기도 했고 산을 타면서 온몸을 이용하는 법을 가르치기도 하면서 티벳 고원을 가로질렀던 것이다.

9장. 사사밀혼(死邪密魂)

"후—우! 이제 저곳을 타면 되는 것인가? 하지만 몸을 걸치려면 힘을 쏟아야 할 텐데. 할 수 없지 손을 암벽에 박아넣는 수밖에."

거의 직각으로 꺾여 있는 천 길 낭떠러지에 매달려 있는 서린은 일행의 선두에 서 있었다. 그는 자신의 머리위로 다시 직각으로 꺾어져 있는 바위 밑에 몸을 걸치고 있었는데, 바위 위로 올라가려고 하는 중이었다.

휘이익!

푹!

손을 끌어당겨 몸을 솟구친 서린의 손이 바위에 틀어박혔다. 서린은 바위에 손을 박고는 아무것도 지지할 수 없는 공중에 매달린 것이다.

"아직도 적응이 안 되는군. 경공을 사용하지 않고 이곳까지 오느라 거의 두 달여가 걸렸는데. 그동안 무수히 경험했으면서도 아직도 아찔하니."

이렇게 절벽을 기어오른 것이 한두 번도 아니었건만 서린의 등줄기에는 식은땀이 주르륵 흘러내렸다.

자칫 하면 바로 급전직하 천 길 낭떠러지로 떨어지는 생사지간이었기 때문이다.

푹! 푹!

서린은 강기공을 사용해 바위에 손가락을 박으며 바위에 거꾸로 매달려 오르기 시작했다. 뒤를 따르는 사령오아 또한 서린과 같은 방법으로 바위 밑에서부터 위로 오르기 시작했다.

"잘못하면 낙하하는 바위 파편에 맞을 수 있으니 조심하세요. 바위들이 무척이나 무릅니다."

뒤에서 따라 올라오는 사람들에게 경고성을 발한 서린은 힘겹게 바위 위로 완전히 거슬러 올라가 평평한 면에 앉아 쉬었다. 사령오아 또한 완전히 올라 온 후 서린의 옆에 앉아 가뜩이나 가빠 오는 숨을 골랐다.

휘이익!

타탁!

사령오아가 완전히 올라오자 뒤를 이어 가벼운 몸놀림으로 사밀혼이 뒤를 따랐다.

"수고들 했다. 응조벽(鷹爪壁)이 어느 정도 경지에 든 것 같구나."

"힘드네요."

"후후! 힘들 것이다. 하지만 지난 두 달여 동안 거의 본신의 힘만으로 이렇듯 따라와 준 것을 보면 너희들을 선택한 우리의 눈이 아직은 녹슬지 않았다는 것을 보여 주니 기쁘다."

"저희들에게도 상당히 도움이 됐습니다. 그동안 느끼지 못하던 것을 많이 느꼈으니 말입니다."

"일단 운기조식을 취하도록 해라. 도착할 곳이 멀지 않았으니 말이다."

"그런데 우리가 그곳에 가야 하는 이유가 무엇입니까? 목적지에 도착하면 알려 주신다고 했으니 말씀해 주십시오."

"음!! 이젠 알려 줘도 무방하겠지. 너희들은 사사밀혼 심법이 어떤 것이라고 생각하느냐?"

"사사밀혼 심법이요?"

"그래 우리가 가는 곳은 사사밀혼 심법과도 연관이 많은 곳이다."

"글쎄요. 아주 신비한 심법이라고 알고 있습니다. 전에 익히던 무공하고 반발하지도 않고 자연스럽게 섞여 가는 것이 말입니다."

"맞는 소리다. 사사밀혼 심법은 무척이나 신비로운 것이다. 가히 무학의 원류라 칭할 수 있는 것이 바로 사사밀혼 심법이다. 그리고 사사밀교와도 무척이나 관련이 많은 심법이기도 하지."

"사사밀교와요?"

"그렇다. 그 이야기를 하려면 천여 년 전으로 거슬러 올라가야 한다. 그러니까……."

장호기는 서린과 사령오아에게 사사밀교에 얽힌 비사를 말해 주었다. 그것은 사사밀교가 탄생한 비화였다.

바라문교와 배교 그리고 패륵불교에 관한 이야기였다. 그들이 모여 사시밀교가 만들어졌다는 이야기였다.

그리고 오백여 년 전 혈교의 배신으로 사사밀교가 큰 타격을 받은 것까지 세인들이 잘 알지 못하는 사사밀교의 비사를 모두 말해 주었다.

"사사밀교가 그런 단체였군요."

"그렇다. 하지만 사사밀교에는 그들도 알지 못하는 비사가 존재한다."

"비사가요?"

다른 숨겨진 이야기가 있다는 말에 서린이 장호기를 쳐다보았다.

"원래 사사밀교는 네 개의 종교 집단이 뭉친 곳이었다. 앞서 말한 세 집단 이외에 서장밀교 또한 가담했었지."

"서장밀교도 그들과 합류했었다는 말입니까."

"그렇지 지금 이곳 티베트를 중심으로 전역을 장악하고 있는 자들도 가담했었지만, 그들은 초창기에 떨어져 나왔다. 그들은 세력을 확장하기보다는 구도를 위해 더욱 매진한 자들이지. 너희들이 알고 있는 사사밀혼 심법은 원래 네 종교 집단의 최고 수뇌부들이 처음 의기투합하여 만들어 낸 결과물이다. 이것이 완성되고 나서 사사밀교가 하나의 단체로 결합되었으니까."

"사사밀혼 심법이 원래는 사사밀교의 것이라는 말입니까?"

"그렇다고도 볼 수 있고 아니라고도 할 수 있다. 그것은 지금 사사밀교에 전해지는 것이 완전한 것이 아니기 때문이다. 원래 사사밀교의 사사밀혼 심법이 완성된 후 서장밀교가 빠지면서 그들의 진전 또한 빠지게 됐기 때문이다. 사사밀혼 심법의 마지막 장을 차지하고 있던 서장밀교의 진전이 완전히 지워진 것이지."

"그렇다. 서장밀교에서 전해지는 것과 혈교에서 흘러나온 것을 합하여 오랜 연구 끝에 완성해 낸 것이다."

"으…… 음!"

장호기가 들려준 뜻밖의 말에 서린을 비롯한 사령오아는 놀라지 않을 수 없었다.

"그렇다고 해도 사사밀혼 심법은 아직까지는 이론상의 무학이었다. 우리들이 나타나기 전까지는 말이다. 완성하기는 했지만 그 누구도 익힌 이들이 없었기 때문이다. 우리들도 백여 년간 고심참담한 결과 겨우 연성할 수 있었지. 그렇지만 완성한 사사밀혼 심법의 육단계 중 막내인 광절만이 겨우 사단계를 익힐 수 있었다. 오랜 시간이 걸린 일이었지. 그래서 우리는 이번 수련생들에게는 우리가 완성을 본 사사밀혼 심법을 전수했다. 너희들 같이 탁월하게 연성하는 자들을 찾기 위해서 말이다."

"그랬군요. 그럼 사사밀혼 심법이 단계별로 다른 성취를 이룬다는 것인가요?"

"그렇다. 너희들에게 전수한 것은 전반부인 삼단계까지다. 일단계 사밀혼(死密魂), 이단계 사접혼(死接魂), 삼단계 전이혼(轉移魂)이 바로 전반부다. 사밀혼은 기존의 내공을 변화시켜 자신에게 맞는 사사밀혼 심법을 익힐 수 있도록 해 주고, 사접혼은 그 어떤 기운이든 끌어들여 자신의 기운으로 사용할 수 있도록 혼돈의 기운을 간직하게 해 준다. 그리고 전반부의 마지막인 전이혼은 혼돈의 기운에서 자신이 원하는 기운을 끌어낼 수 있는 경지가 되는 것이다. 서린이 너는 이미 삼단계에 접어들었고 사령오아는 이단계를 넘어서 삼단계의 성취를 이루기 직전이라는 것을 안다. 해서 우리는 후반부를 알려 주기 위해 너희들을 이끌고 가는 것이다. 우리보다는 그분이 알려 줄 테니 말이다."

"후반부는 어떤 것들인가요?"

"나중에 알게 되겠지만 지금은 간략하게 알려 주도록 하겠다. 후반부는 체공(體功)을 겸한 것이다. 사단계 사방투(四方鬪)는 무기를 가리지 않고 사방에 기운을 쏘아 내 적을 격상시킬 수 있는 단계고, 오단계 팔령야(八嶺野) 팔방에 기운을 뿌려 자신만의 기운이 지배하게 만드는 것이다. 그리고 마지막 단계인 육단계 십밀황(十密荒)는 이루기 힘든 것일지도 모르겠지만 심검의 단계로 마음이 이는 곳에

내 뜻이 있는 경지라 할 수 있다."

"그런 것들을 우리가 익힐 수 있을 까요. 이론상으로
는 오단계까지는 어느 정도 가능하다. 하지만 육단계는
인간의 벽을 넘어서야 하는 것이라 뭐라 장담은 할 수 없
다."

"무척이나 난해한 것일 수도 있겠군요."

"그렇지만 너희들이 익히는 속도를 보면 사단계까지는 이
번 수련 동안 어떻게든 이룰 것으로 보인다. 그만큼 너희들
의 성취는 우리로서도 놀라운 것이니 말이다. 이제 쉴 만큼
쉰 것 같으니 어서 가도록 하자. 앞으로 세시진 후면 우리
가 목적한 곳에 당도할 수 있을 것이다."

"예!"

서린과 사령오아는 사사밀혼 심법에 그런 비밀이 있었다
는 것을 알게 되었지만 별다른 감흥을 느끼지 못하고 있었
다. 사령오아의 오음창룡이나 서린의 천세혈왕삼극결이 사
사밀혼 심법의 무결을 모두 포함하고 있다는 것을 알고 있
기 때문이었다. 지금 자신들이 사사밀혼 심법의 경지에 든
것도 원래부터 익히고 있던 것들의 도움이 큰 터였기에 별
다른 감흥을 느끼지 못했던 것이다.

'참으로 알 수 없는 아이들이다. 사사밀혼 심법의 위력에
대한 설명을 들으면 놀랄 만도 하건만 아무런 표정의 변화
도 보이지 않다니 말이다.'

그런 모습을 보면서 사밀혼은 참으로 서린과 사령오아가
특이하다고 생각하고 있었다. 무공을 익힌 자들이라면 이러

한 심법을 본다면 눈에 불을 켜고 달려들 판이건만 너무도 담담한 표정이 그들을 의아하게 만든 것이었다.

'그럴 수도 있겠지. 밑바닥부터 올라온 아이들이니 자신이 가진 것만을 믿을 수도 있으니. 그리고 수련할 때보면 오로지 그것에만 매달리는 아이들이었으니 그럴만도 하겠군.'

수련을 하면서 아무것도 돌아보지 않고 수련에만 매진하는 서린과 사령오아의 성격을 좋게 본 장호기였기에 더 이상 궁금증을 갖지 않았다.

"이제부터는 나를 따라오도록 해라! 이 위에서부터는 내가 길을 잡아야 할 테니 말이다. 진법이 펼쳐져 있어서 잘못 길을 들면 이곳에서 생을 마감해야 하니 주의해서 잘 따라와야 할 것이다."

"알겠습니다."

바위에 올라서 휴식을 취하던 일행은 장호기의 안내에 따라 다시금 산 중턱을 향해 올라갔다. 그리고 얼마 안 있어서 바위 틈으로 나 있는 협곡을 볼 수 있었다.

"이 입구에서부터는 미로다. 너희들이 그냥 들어온다면 길을 찾지 못해 굶어 죽을 수밖에 없는 천혜의 미로지."

장호기는 안쪽으로 그들을 안내했다. 구불구불 이어진 협곡을 지나고 나면 얼음으로 이루어진 어두운 동굴이 나타나고 동굴을 지나가면 다시 협곡이 이어졌다. 동굴을 나와 본 곳은 온통 얼음으로 이루어진 협곡이었다.

"이곳은 빙하로 이루어진 곳이다. 햇빛이 간간히 비치기는 하지만 사방의 모양이 비슷하기 때문에 길을 잃기 십상이지."

빙하 속에 나 있는 길은 한 시진이 넘게 걸리는 긴 거리였다. 그렇게 미로와 같은 길을 통과한 일행의 눈앞에는 지금까지는 보지 못했던 광경이 눈에 들어왔다.

고지대의 산속에 위치한 것이라고는 생각할 수 없는 광경이 눈앞에 펼쳐져 있었던 것이다.

병풍처럼 깎아지른 것 같은 산들이 만년설에 뒤덮여 있는 안쪽에는 분지가 위치해 있었다. 분지 위에는 이름을 알 수 없는 동물들이 뛰어놀고 있었고, 분지의 중앙에는 돌로 만들어진 신전 같은 것이 위치해 있었다.

"저곳인가요?"

"그렇다. 우리들이 가야 할 곳이지. 바로 서장밀교의 총본산이 바로 저곳이다. 세인들은 포달랍궁이 서장의 밀교를 지탱하는 기둥이라고들 하지만 그 포달랍궁의 원류라고 할 수 있는 곳이 바로 저곳이다. 사사밀교(死邪密敎)의 어원도 다 저곳에서 비롯된 것이다. 그것은 바라문교도 패륵불교도 마찬가지다. 유일하게 연관을 갖지 않는 곳이 바로 배교일 뿐이지. 어서 가자! 기다리시겠다."

장호기는 말을 끝마침과 동시에 경공을 펼쳤다. 마치 선을 그은 듯 신전까지 일직선으로 날아간 것이다. 나머지 사밀혼도 경공을 펼치자, 서린과 사령오아 또한 뒤를 따랐다.

파파파팟!

신전 앞에 도착한 장호기는 손을 가지런히 하며 안에다 자신들이 왔음을 고했다.

"어르신 저희가 왔습니다."

"들어오너라!"

신전이 울리는 듯한 목소리가 안에서 흘러나오자 장호기를 비롯한 사밀혼은 경건한 자세로 신전 안으로 들어갔다.

서린과 사령오아 또한 안에서 풍기는 기운이 심상치 않음을 느꼈기에 최대한 조심하는 기분으로 그들의 뒤를 따라 들어갔다.

신전의 안쪽에는 줄을 지어 신상들에 세워져 있었다. 기괴한 동물의 모양을 한 신상을 포함해 불상으로 보이는 신상들이 도열해 있었던 것이다.

신상의 뒤로는 부조들이 연이어 펼쳐져 있었는데 부조 안에도 각종 신들이 모양이 양각되어 있었다.

신상들과 부조들은 천정에 박혀 있는 야명주들로 환하게 비추어지고 있었는데 그 모습이 장관이 아닐 수 없었다.

'참으로 신비로운 곳이다. 이 안에 감도는 기운은 나로서도 처음으로 느껴 보는 기운이다. 이것이 신성(神性)이라는 것인가?'

서린을 비롯해 사령오아는 통로 안에 머물고 있는 기운의 신비스러움에 다들 경탄하는 모습이었다.

하지만 사밀혼은 많이 와 본 듯 그저 전면만을 주시하며 앞으로 나갈 뿐이었다.

이윽고 통로에 끝에 다다르자 사밀혼들이 걸음을 멈추었다.

그르르릉!

신전의 가장 안쪽으로 들어선 서린은 자신의 앞을 가로막고 있는 문이 열리는 소리를 들을 수 있었다. 신전을 울리던 목소리의 주인공이 머물고 있는 곳이었다. 목소리가 들려왔던 신전의 안쪽은 지나온 통로와는 달리 진한 어둠으로 한 치 앞도 분간할 수가 없었다.

"어서들 오너라!"

보이지 않는 곳에서 목소리가 흘러나왔다.

"오랜만에 뵙겠습니다, 어르신."

"그래 잘 왔다. 그런데 뒤에 서 있는 아이들은 못 보던 아이들인데 누구냐?"

"어르신이 말씀하신 기준에 적합한 아이들입니다."

"호오! 오십여 년 만에 그런 아이들이 나타났다는 말이지?"

"그렇습니다."

"잘된 일이다. 나도 해탈할 시기가 멀지 않아 걱정하고 있었느니라. 때마침 찾아왔구나. 그런데 사사묵련에서는 이 사실을 알고 있느냐?"

"제자 아이들을 제외하고는 사사묵련에서 아는 이들은 없습니다. 이 아이들은 처음부터 감추어 놓은 아이들인지라."

"잘했다. 그들의 눈에 이 아이들이 띄어서는 곤란하지. 그런데 얼마나 시간이 있는 것이냐?"

"앞으로 사 년 정도입니다."

"사 년이라? 그 정도면 충분하겠구나. 이 아이들에게 안배를 넘길 시간이 말이다."

"그럴 것입니다."

"그럼 이 아이들에 대한 것은 이제 나에게 맡기고 너희들은 가 보도록 해라! 내 얼마 후 너희들을 부를 터이니."

"알겠습니다, 어르신!"

사밀혼은 다시금 목소리가 들린 쪽을 향해 포권(包拳)을 해 보이고는 밖으로 나갔다.

그르르릉! 탁!

파파파파팟!

사밀혼이 나가고 문이 닫히자 사방을 둘러 가며 불이 켜지기 시작했다. 벽에 걸린 석등에서 불이 켜지자 어두웠던 신전 안이 환하게 밝아 왔다.

신전의 중앙에는 유리로 되어 있는 관이 놓여 있었고 그 안에는 머리카락이 발끝까지 자란 앙상한 몰골의 노인이 누워 있었다. 그의 모습은 마치 잘 마른 미이라를 보는 것 같았다.

"네 모습이 흉해 보이느냐?"

목소리는 관 안에서 흘러나왔다. 입도 벌리지 않았는데도 신전 안에 울려 퍼졌던 것이다.

"아닙니다."

"후후! 역시 혈왕의 기운을 받은 아이들답게 겁이 없구나."

관에서 흘러나오는 목소리에 서린은 놀라지 않을 수 없었다. 사령오아도 모르고 있는 사실을 그가 알고 있었기 때문이었다.

"어찌 아셨습니까?"

"당대의 사왕(死王)인 내가 모를 리가 있겠느냐? 네 몸에 흐르는 기운은 뼈에 사무치도록 알고 있는 것이거늘. 내가 이리 누워 있는 것도 혈왕의 은총을 받아서다. 후후!"

서린은 관에서 흘러나오는 목소리로 누워 있는 사람이 바로 자신과 같이 십왕계의 주인인 것을 알 수 있었다.

"혈왕의 은총이라니요."

"그걸 보면 모르겠느냐? 졌으니 이리 누워 있지."

"누구에게……."

"후후, 네놈 할애비다."

"할아버지가요?"

"그래, 한 일 년 전쯤 이리로 찾아왔더구나. 그리곤 다짜고짜 나를 이렇게 만들어 놓았지. 원래부터 빚을 지고 있는 몸이었지만 도망갈까 봐 이리 만들어 놨다."

"빚이라니요?"

"사밀혼이라는 아이들이 온 이유와 같다. 사사밀혼 심법의 후반부를 너에게 주라는 이야기였다. 그것 외에 한 가지 기물도 주라 했지. 원래는 사밀혼이 데리고 올 아이에게 모든 것을 주어야 하지만, 이리된 것도 인연인 듯싶구나. 너도 알다시피 이곳은 서장밀교의 총본산이다. 그리고 사왕이 지배하는 밀맥 중에 하나고, 그놈이 내가 이곳에 있는지 어떻게 알아냈는지는 모르나, 너에게 사왕의 맥이 이어지게 됐으니, 다른 십왕계는 이제 죽어 나는 수밖에는 없을 것 같다."

"제가 사왕의 힘을 얻다니요? 무슨 말씀이십니까?"

"네 할애비에게 듣지 못했느냐?"

"아무런 말씀이 없었습니다."

"그 인간 하는 일이 그렇지? 넌 무혹지변에 대해 들어 보았느냐?"

"그것은 들어 보았습니다. 고려가 멸망한 후 고려의 무인들이 중원으로 들어왔다는 이야기는 할아버지께서 한 번 해 주셨습니다."

"그렇다면 이야기가 쉬워지겠구나. 나 또한 고려에서 온 무인 중 하나다. 내 이름은 김천후(金泉厚)라고 한다."

"그럼!!"

서린은 놀랄 수밖에 없었다. 미이라처럼 누워 있는 사람은 서린도 알고 있는 사람이었기 때문이었던 것이다.

"왜 그러느냐?"

김천후가 의문을 표시하자 서린은 관을 향해 조용히 일배를 했다.

"제자 사조님께 인사드립니다. 제자는 사조님의 고손자이신 김성갑 어르신께 사사받은 서린이라 하옵니다."

"허허! 네가 고려에서 이어진 내 사승을 이었다는 말이더냐?"

"제자는 스승님께 천세결과 천간십이수를 전수받고 탄기선봉을 이용해 수련을 했습니다."

"인연이로고, 인연이야!"

김천후는 이렇듯 인연이 이어졌다는 것에 놀라워했다. 그리고 놀라는 사람은 그뿐이 아니었다. 사령오아 또한 서린의 진정한 신분이 자신들이 고려에서 데리고 온 서린이라는 사실에 놀라워했던 것이다.

삼몽환시술로 인해 중원에 있는 서린의 모습으로 화한 탓에 몰라 보고 있었지만, 그동안 궁금해했던 정체가 바로 조선에서 온 서린이라는 사실에 조금은 허탈해지는 기분을 느꼈다.

"네가 서린이라는 그 아이란 말이냐?"

"그렇습니다. 아저씨들! 그동안 모른 척하느라 혼났네요. 하지만 그건 내 잘못이 아니에요. 지금에 와서 밝혀졌지만 분명 아는 척 하지 말라고 한 것은 아저씨들이니까요."

사령오아는 서린의 말에 할 말을 잃었다. 분명 자신들이 먼저 아는 척을 하지 말라고 당부했던 것이 기억난 때문이었다.

"허허! 같은 혈왕의 일맥을 이은 아이들이 서로를 모른 척 했다니. 역시 그 늙은이의 행사는 알다가도 모르겠다. 하기야 다른 십왕계의 눈치를 보아야 하니 어쩔 수 없을 테지만. 그건 그렇고 일단은 무혹지변에 대해 들어야 할 것이다."

사령오아가 놀라워하며 말하려던 분위기가 흐트러지자 김천후는 다시금 분위기를 정리했다.

"알겠습니다, 말씀하시지요."

"우리들은 민족의 최대 유산인 천우신경을 찾기 위해 나선 것이었다. 그것은 우리들이 지켜야 할 마지막 유산이었으니까. 우리들은 천우신경을 찾기 위해 중원으로 들어온 후 뿔뿔이 흩어졌다. 천혈옥의 행방을 전혀 모르기 때문이다. 그 당시 다른 이들은 어디로 향했는지 모르지만 난 이곳 서장밀교로 향했다. 천혈옥은 대륙천안의 입김이 스며든 곳이라 어디에나 존재할 가능성이 있기 때문이었다. 그리고 난 서장으로 와 우연치 않게 포달랍궁에 들어갈 수 있었지만 천우신경에 대한 단서는 발견할 수 없었다. 그러다 발견하게 된 것이 이곳에 사왕의 맥이 이어진다는 것이었다. 내 무예와 이곳의 무예가 상이함을 느낀 나는 수련에 들어갔었다. 이곳의 무예는 오묘함이 깃들어 있는 것이라 무인의 호기심이 발동한 탓이었다. 그리고 사왕의 맥을 이을 수 있었다. 내가 사왕의 맥을 이을 수 있었던 것은 전적으로 네 할애비의 덕분이다. 도움이 없었다면 이곳을 발견하지도 못했을 테니까. 맥을 이은 후 네 할애비가 나에게 말했다. 사왕의 모든 것을 얻게 된다면 나중에 그것을 자신이 보내는 아이에게 물려주라고 말이다. 하지만 나는 그럴 수가 없었다. 사왕은 분명 이곳 서장에서 발원한 힘이다. 그러니 이곳 사람들에게 돌려줘야 한다고 생각했었다. 일 년 전까지는 말이다."

"그랬었군요. 그런데 일 년 전에 무슨 일이 있었던 건가요."

일 년 전에 김천후를 이렇게 만들어 놓았다면 무슨 일인가 분명이 있었을 것이기에 서린은 그 일이 무엇이었는지 물었다.

"우선 그 이야기를 하기 전에 들려줄 것이 있다. 난 사밀혼이란 아이들에게 부탁했었다. 사왕의 맥을 이을 자를 찾아 달라고 말이다. 사밀혼은 백여 년 전 죽을 뻔한 것을 나에게 구함 받았기에 내 제의에 승낙을 했다. 그래서 너희들이 오게 된 것이다."

"참으로 기이한 인연이군요."

"그들에게는 사사밀혼 심법의 전반부를 전수해 주는 조건을 걸었었다. 어차피 그들도 사사밀교와 상대해야 함을 알기에 내가 그렇게 한 것이었다. 사왕과 사사밀교는 비록 맥을 같이 하지만 이상이 틀리기에 어쩔 수 없는 일이었다. 그들은 정도를 벗어난 집단이 되어 버렸기에 그리한 것이다. 그리고 사사묵련의 뒤에 있는 대륙천안에 접근하기 위해서도 그렇고."

"대륙천안이라면……?"

"너도 알고 있을 텐데. 자신들만이 최고라고 여기고 다른 민족을 정기를 말살하려는 놈들 말이다."

"들어서 알고 있습니다. 제가 최종적으로 상대해야 할 자들이라는 것을 말이죠."

"알고 있다니 다행이구나. 어차피 최종 목표가 같기에 네 할애비에게 제압당했어도 가만히 있었던 것이다. 네 수명도 이제 얼마 남지 않았고 말이다."

"목표가 같다니요."

"그건 일 년 전 나도 네 할애비에게 들은 이야기다. 사왕의 맥이 끊어지고 멸망한 것과 본 맥에서 갈라져 나와 사사밀교로 나뉜 것은 바로 대륙천안의 음모 때문이다."

"대륙천안의 음모라니요?"

"천여 년 전 사왕의 부름을 받은 바라문교와 패륵불교, 그리고 배교와 서장밀교는 사사밀교를 구성했었다. 하지만 그 당시 사왕은 서장밀교를 제외한 나머지 셋 중에 어느 곳인지는 모르겠지만 대륙천안의 입김이 깃들어 있음을 알 수 있었다. 그 셋 모두에 그들의 입김이 스며들었을 수도 있고, 그래서 사사밀교를 구성한 후 얼마 안 있어 서장밀교를 탈퇴시킨 것이지. 대륙천안의 입김이 닿아 있다면 분명 사사밀교 전체가 말살당할지도 모르니 말이다."

"그 당시에 대륙천안의 입김이 스며들었다고요."

"그렇다. 그것은 나중에 혈교의 배신으로 이어졌다. 혈교의 배신으로 사사밀교는 정말 심각한 타격을 입었었다. 그들의 근원이라 할 수 있는 것들을 대륙천안에 탈취당한 것이나 마찬가지였으니 말이다. 혈교가 사사밀교를 배신하면서 그들의 진산지보를 거의 다 송두리째 빼내 갔기 때문이다. 그리고 혈교는 수순을 밟듯 멸망이라는 길을 걸었지. 하지만 그것도 대륙천안에서 만들어낸 음모였다. 그들의 존재를 숨기고 사사밀교의 전력을 약화시키기 위한 음모 말이다. 그렇게 오백여 년을 지속하며 음모를 진행시키는 대륙천안은 정말 무서운 존재임이 분명하다."

"그러니까 대륙천안에서는 그들에게 위협이 될 만한 다른 민족의 응집 자체를 사전에 차단하려고 했던 거군요?"

"차단이 아니다, 말살이지. 안으로 숨어들어 그들의 근원이 되는 힘들을 차근히 빼내 가는 것이 대륙천안이 즐겨 쓰는 수법이다. 중원을 점령했던 원이 멸망했던 것도 그 때문이고, 대륙을 질타하던 고구려가 멸망한 것도 다 그 때문이다. 해서 네 할애비는 계획을 세웠다고 한다. 놈들에게 멸망당한 십왕계의 일맥인 사왕을 복원시켜 놈들에게 복수하자는 것이 주요 골자였다. 그리고 최후에는 전 중원을 원래의 주인인 쥬신족이 돌려받자는 것이 그의 마지막 목표다."

"원래의 주인이라면?"

"쥬신의 일맥을 이은 자들 중에 하나를 선정해 황가를 세우는 일이다. 네 할애비는 세상에 나설 수 없다는 십왕계의 밀약을 도외시하고 그것 때문에 이번 일에 뛰어든 것이다. 나머지 팔왕의 견제를 받는다면 죽을 것이 빤한데도 말이다. 그리고 쥬신의 마지막 왕가인 혈왕을 부활시켜 민족의 위대함을 알리고자 하는 것이 목표였다. 그래서 난 사왕의 맥을 이을 아이에 대해 그의 의견을 들을 수밖에 없었다. 바로 네가 다음 대 사왕을 이을 아이라는 뜻이다.”

원대한 계획인 것은 알고 있었지만 중원에 왕조를 세우겠다는 것이 최종 목표라고 하니 서린의 마음이 무거워 졌다.

“너도 알다시피 사사묵련은 그들의 예하 조직이다. 네가 대륙천안의 안으로 들어갈 수 있는 길은 그곳에 있다. 그러니 앞으로 잘해야 할 것이다.”

“알겠습니다.”

“그리고 너희들!”

김천후는 사령오아를 불렀다.

“이번 일은 장백파와 천잔도문이 모두 참여하는 계획이다. 이미 고려가 멸망하고 들어선 조선은 대륙천안의 입김이 완전히 스며들어 그들을 제외하고 나머지 쥬신의 일맥 중 하나를 내세워 중원의 황조를 세우는 일인 것이다. 밖에 있는 자들에게는 정을 주지 말거라. 그들은 어쩔 수 없는 대륙천안의 인물들이다. 우리의 정체가 조금이라도 누설이 된다면 천 년을 이어 온 대계가 모두 무너질 수 있음이니.”

엄하게 당부하는 김천후의 목소리에 사령오아는 자신들이 커다란 계획에 동참했다는 것을 다시 한 번 느낄 수 있었다.

“알겠습니다.”

“그리고 호연자라는 사람이 너희에게 전하라는 말이 있다. 그것은 내 머리맡에 남겨진 서신을 보면 알겠지만 요지는 내가 하는 말과 다름없을 것이다. 꺼내서 읽어 보거라!”

사령오아는 김천후의 말에 그의 머리맡에 있는 서신을 꺼
내 읽었다. 서신을 읽은 성겸은 깊은 의혹과 함께 자신들의
운명이 결정지어졌음을 알 수 있었다.

〈『혈왕전서』 제4권에서 계속〉

혈왕전서

1판 1쇄 찍음 2014년 4월 22일
1판 1쇄 펴냄 2014년 4월 25일

지은이 | 미르영
펴낸이 | 정 필
펴낸곳 | 도서출판 **뿔미디어**

편집장 | 이재권
기획 · 편집 | 윤영상
편집디자인 | 김병희

출판등록 | 2002년 9월 11일 (제081-1-132호)
주소 | 경기도 부천시 원미구 상동로 117번길 49(상동) 503호 (우)420-861
전화 | 032)651-6513 / 팩스 032)651-6094
E-mail | bbulmedia@hanmail.net
홈페이지 | http://bbulmedia.com

값 8,000원

ISBN 979-11-315-1130-5 04810
ISBN 979-11-7003-272-4 04810 (세트)

도서출판 뿔미디어 홈페이지 OPEN!!

안녕하세요.
지금껏 저희 뿔미디어를 응원해 주신
독자님들의 성원에 힘입어
이번에 새롭게 홈페이지를 오픈하였습니다.

저희 뿔미디어는 홈페이지에서 독자님들께서
보다 빠른 출간 소식과 미리보기 등
알찬 내용을 제공하기 위해 많은 노력을 기울였습니다.
또한 독자님들에게 도서 할인, 이벤트 등
다양한 혜택을 제공하고자 합니다.

저희 뿔미디어 홈페이지 오픈을 계기로
한층 더 독자님들과 가까워질 수 있는 기회가 되었으면 합니다.

보다 많은 관심과 사랑 부탁드리며,
앞으로도 더 좋은 컨텐츠 제공에 힘쓰도록 하겠습니다.

감사합니다.

-도서출판 뿔미디어 올림-

www.bbulmedia.com